JN174391

厄介な遺産

日本近代文学と演劇的想像力

福嶋亮大
Fukushima Ryota

青土社

厄介な遺産　目次

厄介な遺産　日本近代文学と演劇的想像力

序章　文学史的不安

本書の目的は、日本近代文学における演劇的想像力の機能について考察すること、さらにそれを通じて文学史の新たなパースペクティヴを提案することにある。「演劇的想像力」というこのいくぶんファジーな用語は、ここでは①人間や動物（ないしモノやコト）をモデルに演技すること、②世界を観客のように観察すること、③シーン（場面）や役者を演出することという、大きく三つの意味領域にまたがっている。私の基本的な考えは、この演劇的想像力が狭義の戯曲のみならず小説にも見られるということ、なかでも近代日本の小説は「観客」という存在様式に深く依存していたということである。

むろん、小説の内部に演技者、観察者、演出家という「エージェント」が存在し、それらの協働によってテクストが生成されるというのは、それほど突飛な仮定ではない。しかし、この演劇的なエージェントの仕事内容は従来必ずしも正当な評価を受けてこなかった。そこで、本書では狭義の戯曲について論じる代わりに、むしろ夏目漱石や谷崎潤一郎らの小説をサンプルとする。それによって、私は近代の有力な小説家たちにとって「演劇的なもの」がときに厄介で不気味な、それでいて不可欠な「遺産」であったことを論証しようと思う。

したがって、本書のタイトルだけを見て戯曲論を期待する読者には、用心をお願いしたい。本書は小説がいかに演劇の力を利用してきたかを解明しようとする書物であり、いささか凄んだ言い方をすれば「拡張された演劇論」たらんとするものである。とはいえ、急いで本論に入る前に、まずは演劇の文学史的位置について簡単な考察を施しておくのがよいだろう。

1　文学史とその分身

演劇は近代文学の日陰の道を歩んできた。近代の到来とともに、小説が文学の覇権を握った一方、古代ギリシア以来の演劇の輝かしい伝統には一つの区切りがつけられた。かつて文芸批評家のジョージ・スタイナーがその断絶を「悲劇の死」と名指したことは、よく知られている。彼の考えでは、悲劇とはたんに悲しみの感情を描くジャンルではなく「人間はこの世では歓迎されざる客なのだとする現実観」を検証するための探索法である。しかし、一七世紀以降の中産階級と小説の台頭によって、この意味での悲劇は決定的に衰退したとスタイナーは見なす。[*1]

むろん、人間存在の悲劇的条件そのものに変化はない。今日でも人類は、知の限界に突き当たり、世界の領有にしくじり、自らが「歓迎されざる客」であることを幾度も思い知らされている。しかし、問題はその表現形式にある。悲劇の形式は、近代といううすれっからしの「散文の時代」にはそぐわなかった。悲劇を重々しく深刻な調子で語ることは、今や漫画的な滑稽さに行き着きかねない。このとき、二〇世紀の先鋭な劇作家ベケットは、世界から冷たくあしらわれている「客」たちに道化の浮浪者の形象を与

＊1　ジョージ・スタイナー『悲劇の死』（喜志哲雄他訳、ちくま学芸文庫、一九九五年）一一頁。なお、本書の引用部では、一部の例外を除いて明治以降の文章の旧字・旧仮名遣は新字・新仮名遣に改めた。

えた。一種の健忘症に陥った彼らの記憶はもはやスカスカであり、その言葉も「嘘」と「沈黙」に回収されていく。[2] ベケットのゲームにおいては、喋れば喋るほど、書けば書くほど、出来事は創造される代わりにむしろ摩滅するのだ。そして、じたばたしても仕方がないという彼ら道化たちの諦念も、やがてチェスの終盤の静けさのなかで四散していく……。このノンセンスでミニマルな空間は、現実の探索法としての演劇の臨界点を示すものであった。

こうして、二〇世紀の演劇は自らを表現の袋小路にまで追い込んでいく。演劇にとって近代は厳しい試練の時代であり、それは日本でも例外ではなかった。ただし、近代日本では、演劇の受難が主に翻訳の困難と関わっていたことが見逃せない。文芸の諸ジャンルのなかで、演劇ほど西洋と日本のあいだの敵対性が際立つものはない。日本の伝統的な演劇の構成要素——役者の動作から衣装、所作、音楽、舞台構成に到るまで——は、西洋演劇の仕組みとは調和しなかった。「小説とは対照的に〔…〕演劇は半世紀にわたって翻訳に適さないことを証明してきた」[3]。むろん、そのなかでも新劇運動を牽引した小山内薫のように、海外演劇の「直訳」を試みる劇作家はいた。大岡昇平によれば「小山内薫は当時のモスクワ芸術座の舞台を、そっくりそのまま日本へ持ってきたので、『桜の園』を日本ほど丁寧にやる国はない。〔…〕日本人の恐るべき順応性は、世界じゅうで最もモスクワ芸術座に近い『桜の園』をやっていたのである」[4]。小山内の愚直さは敬服に値するとしても、日本演劇の近代化それ自体がどこか災厄のように見えることも否定しがたい。

実際、日本の近代演劇の歩みは決して順風満帆ではなかった。東京美術学校や東京音楽学校のような官立の学校が明治期に開設されたのに対して、小山内と土方与志（ひじかたよし）によって民営の築地小劇場が創立されたのは関東大震災後の一九二四年のことにすぎず、今も日本のほとんどの劇団は自らの劇場を所有していない。このぐずぐずした歴史ゆえに「演劇だけが、近代化の始まりが、圧倒的に遅いのだ。私は、この遅さが、現在の日本演劇の様々なゆがみの、一つの大きな原因になっていると考えている」（平田オリザ）という言葉が、今日の有力な演劇人から発せられもする。[*5] ジャンルの成長に適したゆりかごを確保できなかったという受苦的な意識は、日本の演劇人に分有されてきた。自己の家を持ちそびれた日本近代文学のパラサイト――、この存在様態は演劇ジャンルの「意識」をも規定せずにはいないだろう。

とはいえ、西洋化を迎える以前、演劇ほど活況を呈していたジャンルは稀であった。明治初期においても、演劇はなお日本の市民的芸術を先導しており、その人気の高さは他国と比べても際立っていた。一八七四年（明治七年）に来日したロシア人革命家メーチニコフが「世界広しといえども、一般に日本人ほど演劇好きな国民はまずあるまい。その日本でも、〝東の都〟つまり東京、別名江戸の住民は、その熱狂的なまでの芝居つまり演劇好きで群を抜いている」と記したのは、その一つの例証である。この芝居（歌舞伎）愛好の余波はしばらく途切れなかった。例えば、幼少時代から団十郎や菊五郎の舞台に親しんだ作家の岡本綺堂は、「歌舞伎から生み出された流行物」の最後のピークが明治一四、五年頃にあ

＊2　高橋康也『サミュエル・ベケット』（研究社、一九七一年）八三頁以下。
＊3　Indra Levy, *Sirens of the Western Shore: The Westernesque Femme Fatale, Translation, and Vernacular Style in Modern Japanese Literature*, Columbia University Press, 2006, p.201.
＊4　大岡昇平『わが美的洗脳』（講談社文芸文庫、二〇〇九年）三八頁。
＊5　平田オリザ『演劇のことば』（岩波現代文庫、二〇一四年）一二頁。

ったと証言している。[*6]

さらに、小説＝散文中心の時代になっても、作家たちは演劇と完全に手を切ることはできなかった。日本の演劇界が近代化の「遅れ」に見舞われたことは確かだとしても、より広く演劇的想像力一般を考察の中心に据えるならば、私たちの眼前にはオルタナティヴな文学史の図面が浮かび上がってくるだろう。本書で論じるように、夏目漱石、森鷗外、坪内逍遥、北村透谷、島崎藤村、谷崎潤一郎、折口信夫、円地文子等々の有力な作家たちには、演劇のファンタズム（幻影／幽霊）が取り憑いていた。彼らは必ずしも劇作を仕事の中心としたわけではないにもかかわらず、あるいは逍遥のように演劇を一度は厳しく断罪したにもかかわらず、演劇の遺産との折衝をなぜか欠かさなかった。個々の作家の主観を超えた、この興味深い現象について考えるには、狭義の戯曲に囚われない広域の調査が要求される。

本書では「演劇はメジャーからマイナーへと文字通り劇的に推移したからこそ、日本近代文学のなかでの一種の特異点になったのではないか」という想定のもとで、演劇的想像力がいかに近代の小説と交差したかを分析する。かつて哲学者のドゥルーズは、哲学史の報告は哲学のコラージュとして、すなわち「分身的存在」として機能せねばならないと述べた（『差異と反復』序）。これを真似て言えば、私は演劇的想像力という辺境の視座から、日本文学史の「分身」を創出したいのである。

2 祝祭と孤独

さらに、演劇の文学史的位置をより明確にするために、ジャンル論の手札も使っておこう。繰り返せば、近代文学は小説を中心に編成されている。それは文学の散文化が徹底されたこと、言い換えれば文学の無根拠性や気儘さ――「小説というものは何をどんな風に書いても好いものだ」(鷗外「追儺」)というアナーキズム!――が露呈されたことと等しい。だが、その一方で、日本文学の歴史のなかには、散文テクストとしての小説に抵抗する作品も多く認められる。近代の小説家たちに取り憑いた演劇のファンタズムは、まさにこの「散文化への抵抗」の一環と考えられるだろう。

そもそも、ヨーロッパから新しいタイプの「散文」である小説が導入される以前、日本にはすでに和歌、漢詩、芸能、芝居等々の非散文的な表現様式が混在していた。この伝統の厚みは明治文学の冒険も下支えした。例えば、正岡子規によって「写生」という概念が俳句から生み出され、それが後に小説に吸収されたように[*7]、あるいは三遊亭円朝の落語が言文一致文の礎となったように、さらに田山花袋や柳田國男の文学と学問がオカルト的な「幽冥道」を説いた桂園派の歌人・松浦辰男によって下準備されたように、小説以前の非散文的な文芸ジャンルはまさに近代文学の「予備校」として機能していた。散文を変えるのに、まず非散文的な領域でのテストが必要であったところに、日本文学の特性がよく現れている。

*6　メーチニコフ『回想の明治維新』(渡辺雅司訳、岩波文庫、一九八七年)一〇三頁。岡本綺堂『ランプの下にて』(岩波文庫、一九九三年)四九頁。

*7　江藤淳『リアリズムの源流』(河出書房新社、一九八九年)も、正岡子規の文学運動に関して「写生文の理論が、もともと散文論としてではなく俳論として唱道されたという事実は、興味深いこととしなければならない」と述べている(二一〇頁)。

批評にしても事情は同じである。近代以前の文芸批評は長らく歌論が中心であり、散文の批評は驚くほど貧しかった（第二章参照）。近代の小林秀雄の批評にしても、志賀直哉や菊池寛のような「生活」に密着した小説家を論じるだけでは足りず、中原中也や富永太郎、さらに「奇怪なマテリアリスト」ランボーといった詩人たちを必要とした。その後も、三島由紀夫が泉鏡花、石川淳、谷崎潤一郎の「語りもの」的な文体に言及しつつ「日本では散文と韻文とを、それほど区別する必要はないと思っています。〔…〕長い散文・韻文の混淆の歴史が日本語の特質の背後に深く横たわっているのであります」と述べたように[*8]、散文だけで日本語の文学が成り立たないというのは批評の常識であった。

実際、日本文学の仕事内容をヨーロッパの散文＝小説という基準だけで理解しようとしても、うまくいかないだろう。「長い散文・韻文の混淆の歴史」があった以上、日本文学にヨーロッパの批評原理をそのまま適用しようとするのは失策のもとである。逆に、文学に多元的な評価基準を認めるならば、日本文学のスタイルやジャンルについての歴史的な検証作業が欠かせない。例えば、折口信夫、保田與重郎から丸谷才一、中沢新一、安藤礼二に到る評論家たちは、日本文学の中核に一種の祝祭――ときに世界（自然）を祝福し、ときに敗者の魂を鎮める呪術的＝芸能的なパフォーマンス――を認めてきた[*9]。文学を「存在の祭り」と見なすその議論には当然賛否があり得るとしても、彼らがヨーロッパ文学と異なる批評原理を模索したことには必然性がある。

日本文学のコンセプトについては、外国人研究者もときに独自の見解を示していた。例えば、サイデンステッカーは日本文学とアメリカ文学のあいだに類縁性を認め、その根拠を「双方ともリアリズムの小説の伝統が真に確立されなかった」ところに求めた。「本質的に孤独な人々を扱って」きた日本近代文学は、市民社会に根ざしたヨーロッパのリアリズム小説よりも、市民社会から逃走しようとするメルヴィルやホーソーンらのロマンティックなアメリカ文学と類似する。したがって、日本文学の批評も「ヨーロッパの文学批評の基準」に固執せず、むしろアメリカ的なロマン主義や実存主義の基準を採用するべきだとサイデンステッカーは提言する。*10

一見して対照的に映るとはいえ、祝祭と孤独はともに社会的なコミュニケーションに属さないという点で共通している。サイデンステッカーと同じく、私も明治以降の近代小説はヨーロッパのリアリズム文学のふりをしていただけで、市民社会の諸相を散文的に記述するのは不得意であった（あるいはその欲望が乏しかった）のではないかと疑っている。ただ、だからと言って、祝祭と孤独によって特徴づけられるロマンティックで非散文的な日本文学を無条件に肯定するのもおかしい。この文学環境に固有の欠陥として、ひとまず二つの問題点を挙げておこう。

第一の欠陥は、社会的なコミュニケーションから逃れるロマン主義的な文学が繁栄した半面、社会を理性的に批評する「啓蒙主義の文学」が総じて低調であったことである。近代日本には福澤諭吉や丸山眞男のような理論家はいても、『カンディード』のヴォルテールや『ラモーの甥』のディドロのような冷厳な風刺家＝小説家は不在であり、せいぜい『三酔人経綸問答』の中江兆民が目立つくらいであった。これは日本の啓蒙主義と文学双方の弱点と言うべきだろう。

＊8　三島由紀夫『文章読本』（中公文庫、一九七三年）二六頁。
＊9　その最新の言説としては、中沢新一『日本文学の大地』（角川学芸出版、二〇一五年）を見よ。
＊10　E・G・サイデンステッカー『現代日本作家論』（新潮社、一九六四年）四三～四五頁。

第二の欠陥は、文体的な鋭さの欠如である。例えば、鋭敏な批評眼の持ち主であった折口信夫は「散文としては無意味・無内容な」表現が日本文学に多いことに注目していた。

> 一体日本の律文、殊にその基準となっている短歌と、一般の散文と違う点は、根本的に、ある一つの事実を挙げれば足りるであろう。それは散文としては無意味・無内容な作品が、律文では、存在価値を認めねばならぬ事実のある事である。
>
> たとえば源氏物語の、散文でありながら律文的な要素を含み、それによって文体の特殊な姿態を持った部分の点綴せられているのは、律文質を多く取り入れているからである。〔…〕こういう部分の多い文章は、次第に若い時代の鑑賞圏外に出て行くであろう。律文学要素の多い詞章が読まれなくなると言うのは事実である。〔…〕文学自身はその美しい姿態の為に、いつまでもその国境を越える事が、自由でないのである。けれどもろまん語を基礎にしない民族の文学が、常に大なり小なり背負うている、文学の上の債務（オイメ）である。[*11]

折口の考えでは、国家の公式的な文書である『古事記』と『日本書紀』所収の「記紀歌謡」にすら、ろくに内容のない歌が含まれている。その無意味な文は確かに祭式には向くだろうが、同時に、中身のない冗長な文章がのさばるという借金も文学に負わせる。こうして「国境を越える」だけの普遍性の成立は妨げられるだろう……。折口は日本文学の「美しい姿態」に正負両面を見ていた。

むろん、この現象を非ロマンス語一般の宿命と見なすのはいささか乱暴であり、散文表現一つとっても、例えば中国語と日本語には大きな違いが認められる。かつて中国文学者の吉川幸次郎が指摘したように、古典中国語の詩文が「表現せんとするものの頂点だけを指摘してゆく」タイプの言語であったのに対して、日本語においては、本居宣長が先駆的に注目した「てにをは」のような「連接」のための辞が、頂点と頂点のあいだを埋めていく。*12 この日本語の滑らかさは、しかしシャープな散文精神を犠牲にすることにもなりかねない。

総じて言えば、日本文学の歴史は①散文＝小説だけでは文学的革新も覚束ないが、②それゆえにシャープな現実感覚を失いがちになるという、厄介な二面性を抱え込んできた。散文精神の弱さは祝祭と孤独、美しさと冗漫さをともに生み出す。こうした文体の歴史性を踏まえて、私たちは次のように問いを立てよう。もし文学言語が祝祭と孤独に分極化していたのならば、リアリズムはヨーロッパ文学とは異なる形態にならざるを得ないのではないか？　言い換えれば、散文的なリアリズムを腰砕けにしてしまうロマンティックで美しい日本文学のなかで、作家たちはいかに闘争し、いかに現実と接触しようとしたのか？

＊11　「日本文学研究法序説」『折口信夫全集』（第五巻、中央公論社、一九九五年）三六四、三六七頁。
＊12　吉川幸次郎『中国散文論』（筑摩書房、一九六六年）一八頁。

3 物語と演劇

これらの問いはただちに「物語」と「演劇」という二つの文学的遺産の再検討を要求するだろう。ヨーロッパの散文＝小説が導入される以前、この両者は「長い散文・韻文の混淆の歴史」を担いながら、それぞれ現実への通路を開こうとしていたように見受けられる。

(α) 物語

物語は疑いなく、日本文学のリアリズムの中核にあった。その仕事内容は古くから中国由来の「歴史書」のリアリズムと比較されてきた。例えば、『源氏物語』の有名な「蛍の巻」において、光源氏はリラックスした調子で、『日本書紀』のような歴史書が取り逃がしてしまう感情の細部も、物語ならば汲み取れると自負していた（「日本紀などは、かたそばぞかし。これら〔物語〕にこそ道々しく詳しきことはあらめ」）。『源氏物語』の構造は『史記』の紀伝体を踏襲したものだが、紫式部自身は、物語が歴史書以上のリアリティあるいはプロージビリティ（もっともらしさ）をもつと主人公に主張させていた。

さらに、日本の物語文学はときに歴史批評の仕事も代行した。例えば、『大鏡』における奇怪な老人の語り手たちの会話は、『無名草子』にも似たサロン的な「座談会」の様相を呈している。[*13] 当時の政治に関する歴史的評価は、芸能的な「語り」のなかで実行された。中国の司馬遷が父から続く歴史の専門家として『史記』に個人の歴史批評書の性格を与えたとすれば、『大鏡』はどこの馬の骨とも知れない胡散臭い芸能人の談話のなかに、歴史批評を紛れ込ませる。そもそも、男性の官僚ではなく、宮中の女房や在野の芸能民を担い手とした日本の物語文学は、中国のオーソドックスな価値基準からすれば「サブカルチャー」にすぎない。しかし、その胡散臭いサブカルチャーが中国ならば歴史書の担うべき公的責任まで背負ってきたところに、日本の文明論的な特徴がある。裏返せば、中国の歴史記述は日本では「サブカルチャー化」しなければ十分に機能しなかった。

むろん、『大鏡』のようなアマチュア的で口話的な批評スタイルは、歴史記述の客観中立性を損ないかねない。モデルにしてライヴァルでもあった中国の歴史書と比べると、日本の物語は「語り」が露出しているぶん、散文的なリアリズムは不純なものとなる（語り＝騙り！）。少なくとも、物語は社会的現実を一点の曇りもなく映し出す鏡ではない。だが、メディアとしては根本的に不実であるにもかかわらず、物語のリアリズムは前近代の日本文学にとって必須であったばかりか、大正期以降の作家たちにも積極的に再利用されてきた。その名簿には、芥川龍之介、谷崎潤一郎、太宰治、坂口安吾、三島由紀夫、中上健次といった錚々たる名前が認められる。

特に、その先陣を切った芥川は「羅生門」や「鼻」「芋粥」などの自作の取材源となった『今昔物語』の写生の技術に「なまなましさ」や「brutality（野性）の美しさ」を認めた（「今昔物語に就いて」）。物事をあけすけに語る物語の野蛮なリアリズムを大正期の文学空間に導入すること――、この試みの背後には、ヨーロッパの自然主義小説の真似をしているだけでは日本に真のリアリズムは根づかないのではない

*13　「『大鏡』再読」『中村真一郎評論集成』（第三巻、岩波書店、一九八四年）。

かという懐疑が見え隠れしている（なお、芥川の自然主義嫌いは有名である）。芥川は文字通り「不安の大家」であり、だからこそ日本近代文学の表現システムの脆弱性を無視できなかった。[*14]

芥川が物語に「野性」を見出したとすれば、谷崎潤一郎は物語から「エロス」を際限なく抽出した。いささか驚くべきことに、谷崎は物語の剥製まで作成してみせた。例えば、彼の『盲目物語』（一九三一年）は『平家物語』さながら盲目の按摩師を語り部に、浅井長政一族の滅亡とお市の方への思慕を延々と語り続けるが、そこでは物語内容よりも艶かしいうねうねとした文体が読者に印象づけられる。川端康成が『中央公論』掲載直後の『盲目物語』について「文体が物語る物語」「日本語の愛し方の歌の一つ」（『文芸時評』同年九月）と評したのは、的確な見方だと言わねばならない。語り方を語ること（さしずめ《ブラッシュストローク》で描き方を描いたポップアートの画家リキテンスタインのように？）、すなわち文体を精密な標本にして愛でることが『盲目物語』の趣向であった。谷崎は反市民的で陶酔的な物語文体を、それ自体として魅力的なテーマに変えた。

それ以降も、日本の物語文体は真（写生）と偽（騙り）、野性とエロスのあいだを往復する。その揺らぎのなかで、ときにシャープな散文精神は半ば放棄された。現に、谷崎や太宰、あるいは筒井康隆や村上龍の「饒舌」な語りは、散文の客観性を損なわずにはいない。彼らの作品は、第三者的な検証を抜きにした一方的な報告を登場人物に語らせることを好んだ。この語り手は市民的な対話能力をもたず、小説の紙面を一人で独占するセルフィッシュで狂気じみた存在である（例えば、太宰の「駈込み訴え」や筒井の『脱走と追跡のサンバ』等を見よ）。しかし、大正期から今日まで、作家たちはあえてこの一方的な語りのパフォーマンスによって、現実の手触りを回復しようとしてきた。いわば故障した散文としての物語の隆盛

――、ここにはヨーロッパ文学とは異なる文体／エクリチュールの歴史性が刻み込まれている。*15

(β) 演劇

ところで、物語文学はたんに孤立して存在していたわけでもない。物語とたえず並走していた演劇やパフォーマンスが独自の文化的地位を築いてきたことにも、私たちは注意を払っておこう。物語と演劇の共進化は、日本文学を考察するのに不可欠の論点と言うべきである。

例えば、誰もが知る『古事記』の物語――イザナギとイザナミの国生み、スサノオの荒事、アマテラスの天岩戸隠れ等――は「おかぐらのような原始劇」を反映していたのではないか？ あるいは、暴君・武烈天皇がその太子時代に、すでに婚約済みであった物部影媛（もののべのかげひめ）を見初めて、婚約者の平群鮪（へぐりのしび）と歌合戦を繰り広げるという記紀の有名なエピソードにしても、鮪の非業の死を伝承する「歌垣」のパフォーマンスを採集したものではなかったか？ さらに、軽皇子（かるのみこ）と軽大郎女（かるのおおいらつめ）の悲恋物語も、そこには曲名つき

*14 ただし、芥川の「不安」はやがて当の物語文体すら崩壊させる。佐伯彰一『物語芸術論』（中公文庫、一九九三年）が整理するように、初期の「鼻」や「羅生門」の語り手が「古典的な幸福の表情」を浮かべていたのに対して、晩年に近づくにつれて、その伸びやかな語り口には「不信と疑惑」が生じ、ついには「話のない小説」へと傾斜していく（四一頁）。

*15 ロラン・バルトによれば、フランス文学はマラルメからカミュに到って、誰のものでもないニュートラルな「零度のエクリチュール」を手に入れた。大まかに言って、古典主義のコードが普遍的人間（理性や徳性を備えた存在者）を生成し、ロマン主義のコードが歴史的人間（歴史の偶然ゆえに一度きりしか出現しない単独者）を生成するとすれば、モダニズムを経た後の「零度のエクリチュール」は、あらゆる人間的なコードを取り去った、無限定で無色のエクリチュール（＝書かれたもの）たらんとする……。逆に、日本の「語り」の文体は、誰のものでもない零度の文体の成立を阻害するものだろう。

の歌が付随しており、しかもその歌どうしが有機的に連関していることから、当時は「歌謡劇」として上演されたと推測される……。[*16] むろん、これらの推論を証明するのは難しいものの、記紀から演劇やパフォーマンスの要素を一切排除するのは極論である。

中世日本の物語文学も演劇やパフォーマンスと連続していた。『平家物語』は「法会や祭礼に奉仕する下級の宗教芸能民」としての琵琶法師のパフォーマンスによって伝承され、[*17] その一部のエピソードは『源氏物語』とともに世阿弥によって能舞台上で再創造された。しかも、こうした物語の演劇化は、芸能民だけではなく貴族にも担われた。例えば、鎌倉時代後期の珍書『とはずがたり』には、宮中の貴人たちが『源氏物語』を社交のためのネタ帳として取り扱う様子が記されている。特にその巻二で、後深草院は「負けわざ」（罰ゲーム！）として『源氏物語』の「春待つ宿のかへし」を再現しようと企てた後に、趣向を変えて「六条院の女楽」を真似た宴会を催す。宮中における『源氏物語』はたんなる読み物ではなく、ゲームやパフォーマンスの「シナリオ」でもあったのだろう。

その後も、能、文楽、歌舞伎へと発展する日本の演劇は、既存の物語や事件を成長させ、アレンジし、社会と再度出会わせるインターフェースとなった。もし演劇というリクリエーション（再創造／気晴らし）がなければ、物語の伝達の線はずいぶん心細いものになってしまったに違いない。物語は演劇やパフォーマンスを吸収し、演劇も物語を舞台上で再生する——、こうした演劇の物語化／物語の演劇化は、疑いなく日本文学を実り豊かなものにした。

とはいえ、物語と演劇の関係が常に調和的であったというのも、無邪気な思い込みにすぎない。この両者のあいだの軋みは、特に異国の演劇的身体が関わってきたときに顕在化する。例えば、江戸時代後期の上田秋成は『雨月物語』以来、近世中国の白話小説の表現技法を取り入れてきた。にもかかわらず、白話小説のなかでもその演劇性／祝祭性によって突出している『水滸伝』の荒々しい身体を秋成が日本語に「翻訳」し得たのは、ようやく晩年のピカレスク小説「樊噲（はんかい）」（『春雨物語』所収）においてのことにすぎない。[*18] 秋成のような天才作家でさえ、中国全土を犯罪者とともに駆け巡り、食人や貪食のシーンも平気で描いていく『水滸伝』という「カーニヴァル小説」（ミハイル・バフチン）の身体性を再現するのは容易ではなかった。

周知のように、『雨月物語』の格調高い新古典主義的文体からは幽霊のイメージが生成され、後の溝口健二監督の映画にも繋がっていく。だが、晩年の秋成は幽霊的身体ならぬ『水滸伝』ふうのカーニヴァル的身体を造形するにあたって、まさにその『雨月物語』の完成度の高い精妙な文体を放棄し、あえて俗っぽい書き方を選んだ。石川淳が言うように、「樊噲」の特徴は『雨月物語』とは打って変わって「修飾をこらさない、ぶっきら棒にいっているような文体」を採用したことにある。[*19] いささか驚くべきことに、秋成の「晩年様式」は老境の静けさを描くどころか、従来の日本文学の言語と身体をともにラディカルに書き換えようとする「樊噲」という野蛮な実験作に行き着いた。明治期の言文一致運動よりも前に、近世の秋成そして曲亭馬琴がすでに「俗語化」のプロジェクトに本格的に着手していたことは、

*16　益田勝実『記紀歌謡』（ちくま学芸文庫、二〇〇六年）一二八、一五八、一八九頁。
*17　兵藤裕己『琵琶法師』（岩波新書、二〇〇九年）三三頁。
*18　拙著『復興文化論』（青土社、二〇一三年）第四章参照。
*19　石川淳「秋成私論」『新釈雨月物語　新釈春雨物語』（ちくま文庫、一九九一年）二三〇頁。

日本文学史上の大きな転換点であったと考えられる（第二章参照）。

しかし、この苦心の作である「樊噲」はあくまで文学史の孤児に留まった。その後も三島由紀夫と村上春樹を典型として、日本人作家たちは幽霊のような半透明の身体を愛好した一方、大地と結びついた『水滸伝』ふうの演劇的／祝祭的な荒ぶる身体性を導入することには躓き続けてきた。外国の演劇的想像力、特にその身体の形象は決して大人しく手なずけられるものではなかった。そこから来る軋みは、本書でもたびたび言及することになるだろう。

4　パフォーマンスの時代

以上のように、散文的なリアリズムの弱さを補完するように、日本文学は長らく物語や演劇の力をさまざまなやり方で利用してきた。それは近代も例外ではない。繰り返せば、日本の演劇にとって近代が受難の時代となったことは確かである。にもかかわらず、以下論じるように、近代文学史の大通りを闊歩する小説家たちのなかに、演劇の痕跡を見出すことは難しくない。この隠された演劇を探索することは、日本文学への了解を豊かにするには必要不可欠だと私は考えている。

それに、近代の小説が演劇的な力を吸収するというのは、決して日本に限ったことではない。二〇世紀以降の演劇は重々しい「悲劇」を手放す一方で「パフォーマンス」との同盟を模索し始めていたが、[*20]それは小説にも無関係ではなかった。例えば、アメリカの批評家リチャード・ポワリエはロバート・フロスト、ノーマン・メイラー、ヘンリー・ジェイムズの文学に「シーン」を作成する力、すなわちパフォーマンス的な演出（rendition）の力があったと述べる。ポワリエによれば「パフォーマンスは野蛮さを有する」。と同時に、パフォーマンスは当初自己参照的でナルシスティックですらあるのに、後には熱心にパブリシティや愛を求めるという「奇妙」な傾向も示す。[*21] 確かに、新しい蛮族としてのパフォーマンスは、必ずしもがっちりとした公共の劇場を要求しない。むしろ私的なナルシシズムから一気に公的な驚異や魅惑へと突き抜けていく、この無遠慮な跳躍にこそパフォーマンス特有の力があると言うべきだろう。そして、それは二〇世紀という「乱痴気騒ぎ的な空虚」（メイラー『ぼく自身のための広告』）に対応したものでもあった。

パフォーマンスはナルシシズムの社会的最大化のための手段である――、こう定義するならば、派手なパフォーマンスを死の間際まで繰り広げた三島由紀夫の名前がただちに思い出されるだろう。三島は世間的には「嘲笑の対象」とされる「肉体的ナルシシズム」（「ナルシシズム論」）をことさら顕示しながら、ついには市ヶ谷駐屯地で時代錯誤の「シーン」を公開した前代未聞のパフォーマーであった。その後、石原慎太郎は文字通り「ポスト三島」の作家として、パフォーマンスの場を「様式美」も「形式美」も

＊20　台本（戯曲）を役者が上演するという旧来のシアトリカルな舞台芸術に代わって、音楽や美術、ダンスとも自在に連携する多種多様なパフォーマンス・アートがここ数十年脚光を浴びている。シアトリカリティからパフォーマティヴィティへの推移については、リチャード・シェクナー「パフォーマンス研究の起源と未来」（聞き手：内野儀）『舞台芸術』（第八号、二〇〇五年）参照。ただし、本書では簡明を期して、演劇とパフォーマンスを厳密に区別せず「演劇的想像力」として一括りにしている。

＊21　Richard Poirier, *The Performing Self*, Chatto & Windus, 1971, p.87. かつてハンナ・アーレントは、市民たちの対話的＝演劇的な「現れの空間」に公共性を認めた（『人間の条件』）。しかし、私と公を繋ぐ回路は、今や場当たり的なパフォーマンスに取って代わられ始めているのではないか？

へったくれもない政治の世界へとラディカルに移行させた。[*22] 一九八〇年代に若い劇作家たちが「小劇場」というポップな密室のサブカルチャーを牽引した一方で、石原のようなパフォーマー的な小説家が政治を使って衆人環視のシーンを創出したのは、興味深い対照である。

小説について言えば、谷崎の出世作「刺青」にせよ（「女は黙って頷いて肌を脱いだ。折から朝日が刺青の面にさして、女の背は燦爛とした」）、川端の『雪国』にせよ（「国境の長いトンネルを抜けると雪国であった。夜の底が白くなった。信号所に汽車が止まった」）、あるいは石原の『太陽の季節』にせよ、そこにはあざといほどの「演出力」が認められる。一見すると端正な風格を感じさせるとはいえ、谷崎や川端の文学は実際にはパフォーマンスや演出の力に深く依存していた（第三章参照）。この延長線上で言えば、太宰治の一九三九年の短編小説「富嶽百景」は、まさにシーンの生成＝演出そのものを素材にした実験作として読み解くことができる。太平洋戦争前夜の日本において、太宰本人をモデルとした主人公は、日本の象徴である富士山をことさら小さく簡潔なものと並べながら、文字通りさまざまな「シーン」（百景！）を演出していた。

それに対して、パフォーマンスの軽妙さを捨てて、わざと古典的な演劇性をまとったのが大岡昇平の『野火』である。『野火』の多彩なレトリックに着眼した丸谷才一は、その主人公の田村が「私的な個人ではなく極めて公的な登場人物になったがゆえに、公的な表現をおこなうことを強いられた」と巧みに評した。[*23] 戦争の当事者として日本の共同体を背負うという、降って湧いた公的な運命を表現するために、大岡は日本文学ではほとんど類例のない明晰かつ厳粛な文体を作り出した。しかし、その「公的」な演技者の文体は、実は戦後に精神病院に入れられた狂人の手記の産物でしかないことが、最後に明かされる。『野火』を貫くレトリカル／シアトリカルな語りは、戦後日本というヴァーチャルな劇場の生み出した虚像なのである。
これらの作品の演劇的想像力（演出力）はおおむね軽視されているが、かといって暴力的に抑圧されてきたわけでもない。日本近代文学において、西洋の小説がいわば「超自我」（規範）であったとすれば、演劇的想像力は「エス」（無意識）に相当するだろう。本書で述べるように、演劇的想像力は日本近代文学の「意識」をときに当惑させ、錯乱させてきた。だが、この種の「力」は文学を台無しにする悪魔ではない。ここでヘーゲルの哲学を思い起こすのは有益である。アドルノの見事な解説を引用しよう。

〔ヘーゲルは〕心底から、次のように感じていたのである。総じて人間の使命は、ただこの疎遠な力を通じてのみ、すなわち、いわば主観の力を上廻る世界の優勢な力を通じてのみ表現されるのだと。人間は今もって、自分に敵対する諸力をわがものとしなければならず、ある程度、この力のなかに潜入し、それを身にまとわねばならない。ヘーゲルが歴史哲学に「理性の奸計」（List der Vernunft）という考えを導入したのも、客観的理性、すなわち自由の実現が、いかに歴史的個人の盲目的・非理

＊22 この点で、三島と石原の対談「七年後の対話」（三島『源泉の感情』河出文庫所収）は示唆的である。歌舞伎役者の仕事は台本に「形式美なり様式美を与えること」だという三島に対して、石原は「歌舞伎というものは様式美でも何でもないと思うんですよ。やっぱり芝居の一つなんだからもっと劇の発生ということをすなおに考えてみればいいんじゃないかしら。日本の芝居も西洋の芝居も同じじゃないですか」と傲然と言い放つ（二二八頁）。石原が息の長いパフォーマーたり得たのは、まさにこの無遠慮さと切り離せない。

＊23 丸谷才一『文章読本』（中公文庫、一九八〇年）二二六頁。

性的情熱によって達成されるかを、納得できるようにするためだった。[*24]

日本近代文学の「自我」が、父＝超自我としての西洋に服従することで成立したのは確かだろう（そこからは偉大な父には到底及ばないという西洋コンプレックスも生じる）。しかし、もしその闘いの底面に別の「疎遠な力」、すなわち演劇的想像力という不可解な「エス」の作用が認められるのだとしたら、私たちはその「主観を上廻る力」を軽視するべきではない。表現をまっとうな道からスリップさせる異常な想像力こそが、文学の可能性を拡張してきたのではないか？ 本書はこの問いの解明に捧げられる。

5 厄介な遺産

読者の便宜のために、全体の構成を示しておきたい。大雑把に言って、前半（第一章、第二章）はモダニズム論、後半（第三章、第四章）はポストモダニズム／プレモダニズム論として書かれている。この大きな枠組みのなかに、以下の四つの対立軸が組み込まれる。

〈1〉近代のモダニズム（第一章）／近世のモダニズム（第二章）
〈2〉近世由来の劇場文化（第三章）／中世由来の旅行文化（第四章）
〈3〉モダニスト漱石（第一章）／ポストモダニスト谷崎（第三章）
〈4〉東洋的近世（第二章）／日本的中世（第四章）

第一章では、夏目漱石の『草枕』の絵画的想像力と『虞美人草』の演劇的想像力が対比される。漱石を潜在的な劇作家として位置づけながら、『草枕』で示された「観客のモダニズム」の変異について詳しく検討する。

第二章では、坪内逍遥の『小説神髄』を演劇と小説の軋轢の記録として読み解いた後、逍遥に批判された近世の曲亭馬琴、さらに馬琴の「前史」となった近世中国の言説へと遡り、そこにオルタナティヴなモダニティの可能性を見出す。

第三章では、その近世の劇場文化の遺産がいかに近代の愛やセクシュアリティの資源として再利用されたかを、北村透谷、谷崎潤一郎、円地文子のテクストから分析する。それはまた、漱石から谷崎への密かな「遺産相続」を浮き上がらせることにもなるだろう。

第四章はあえて劇場の外へと視野を広げ、旅行者（演技者／観客）の文学に広義の演劇的想像力を認めながら、自然主義の前史としての「地図制作」に着眼する。さらに、そこに中世の宗教的遺産の再利用が含まれていたこともあわせて検討する。

特に、第二章以降の関心はもっぱら近代と前近代の接触面に向けられる。それは、従来の「伝統」の語り方に一石を投じるためである。そもそも、日本の知的言説において、伝統の評価は真っ二つに分かれる傾向があった。例えば、中野重治のようなマルクス主義者は過去のあらゆる詩の伝統を研究し尽く

＊24　テオドール・W・アドルノ『三つのヘーゲル研究』（渡辺祐邦訳、ちくま学芸文庫、二〇〇六年）八六～七頁。

すことによって、それを超えた「プロレタリア詩」を建設せねばならないと説く。[*25] 逆に、中野のテクストを文学ではなく「実践家」のパンフレットと見なした江藤淳は、折口信夫の業績を高く評価しながら、現代日本の価値観と対決するために国文学者は「反動的」であることを恐れてはならないとする。[*26] 伝統は明晰判明な意識と階級闘争によって乗り越えられるべき悪魔なのか、それとも反近代＝反動の立場から呼び戻されるべき美や価値なのか——、マルクス主義以降の日本の伝統論はおおむねこの二つの立場へと収斂するだろう。

だが、演劇的想像力はこれら左右両派の語りでは処理できない。漱石、逍遥、谷崎らは、演劇にしばしば嫌悪や不快を示したにもかかわらず、演劇の遺産を引き受けずにはいられなかった。私はここでジャック・デリダに従って、「遺産相続」の概念を遺産の忠実な継承ではなく、遺産のたえざる「変形」と見なしておこう。[*27] デリダの言う「忠実かつ不忠実」な遺産相続は、さまざまな軋みや矛盾を伴っているため、決して文学作品を安穏にすることはない。この「不安」に巻き込まれた文学者は、中野のように伝統を全面的に克服しようとすることはできないし、かといって江藤のように伝統の美や価値に居直ることもできない。演劇的想像力はまさに厄介な遺産であり、不快であるにもかかわらず反復＝相続される何ものかである。

何にせよ、私の狙いは演劇的想像力を中心にした文学史のパースペクティヴの提案にあり、網羅的な論述を目指すものではない（例えば、泉鏡花、永井荷風、江戸川乱歩、太宰治、安部公房は本書の内容と密接に関わるだろうが、ほとんど言及されることはない）。とはいえ、演劇という文学史的不安の所在を指差すだけでも、十分に知的な意義と楽しみがあると私は確信している。もとより、本書で扱う作品は決して美しく整ったものばかりではない。それどころか、演劇的想像力と接触するとき、日本の文学はしばしば自らの混乱した姿をさらけ出してきた。だが、私は本書を書くうちにヘーゲル＝アドルノの言う「非理性的なもの」、すなわち錯乱や失敗、戸惑いや不調和のもつ奇妙な生産性に深く魅せられるようになった。この不思議な心持ちを読者と共有することができれば、本書の役目はひとまず果たせたことになる。

＊25　ミリアム・シルババーグ『中野重治とモダン・マルクス主義』（林淑美他訳、平凡社、一九九八年）二三五頁。
＊26　江藤前掲書、一二一、二〇八頁。
＊27　ジャック・デリダ『マルクスと息子たち』（國分功一郎訳、岩波書店、二〇〇四年）一七頁。

第一章　劇作家としての漱石——モダニズムとその変異

一冊の書物は、我らの手にあって、それが何か崇高壮大な観念を語るならば、ありとある劇場の代わりになる。
（マラルメ「祝祭」）

漱石は一般に小説家だと言われるが、彼が小説を書いたのは、一九〇五年に執筆を開始した『吾輩は猫である』から四九歳の死去（一九一六年）に到るまでのたかだか十年強にすぎない。極論すれば、漱石は中年の小説家として誕生したとき、すでに「晩年性」を内包していたと言えるかもしれない。近代日本の優れた小説家は四〇代までに代表作を残し、しかも五〇歳にならずに死んでしまうというケースがしばしば見られるが、漱石は図らずもその先駆けとなった。

ただ、晩年性と言っても、それは決して静穏で波乱のないものではない。それどころか、柄谷行人がノースロップ・フライの理論を援用しつつ述べたように、漱石の作品群には近代小説以前の諸ジャンルの記憶がざわめいていた。「彼〔漱石〕が写生文として書きだしたものは〔…〕「小説」外の多様なジャンルにおよぶ。たとえば『吾輩は猫である』はアナトミーである。ここには、ペダンティックな会話があり、百科全書的な知識の披瀝がある」「漱石が大衆的な人気を得つづけたのは、彼がまさに「小説」以外のジャンルを書いたからである。だが、漱石が傑出した作家であるのは、彼が「小説」の不可避性と闘争し続け、しかもその結果が小説として存在してしまったからである」[*1]。

ここで注目に値するのは、漱石におけるジャンルの記憶の豊かさが、一九世紀の小説以上に二〇世紀のモダニズムの動向と共振していたことである。[*2] 欧米のモダニズムの作家たち――ジョイス、プルースト、ウルフ、エリオット、パウンド、フォークナー等――は、時間や言語に関する既存の文学上のコードや拘束をいったん解除することによって、多様で複雑な文学を出現させた。彼らは時間を重層化し、言語を多元化し、神話を動的に変形することによって、一九世紀的なリアリズムの限界を超えようとする。むろん、モダニズムそのものはアヴァンギャルド（前衛）と不可分であったとはいえ、二〇世紀のモダニストはたんに表層的な新しさを遮二無二追求するというよりは、むしろ過去の遺産までも含めた広大な言語的領野を出現させようとしていた。モダニズムの真価は文学表現の頑丈な枠を取り去り、時間と言語の豊かさを最大限に引き出したところにある。

ただ、プルーストやジョイスがそれぞれ『失われた時を求めて』や『ユリシーズ』のようなモダニズム小説の金字塔を生み出したのとは違って、漱石の場合はむしろ作家としてのプ、ロ、セ、スそのものがモダニズムの実践となっている。『吾輩は猫である』に始まり『草枕』の漢語的世界を経て『明暗』に到る彼の作品群は、全体として文学上の言語やジャンルの解放区となった。いささか驚くべきことに、漱石は僅か十年のあいだに①過去の因習＝コードをキャンセルして新しい「視覚」と「言葉」を実装し、②その新しい領野のなかに複数の想像力を書き込むという実験的なプログラムを作動させた。この点で、

＊1　柄谷行人『増補漱石論集成』（平凡社ライブラリー、二〇〇一年）二六四、二六七頁。
＊2　本書の視点とは若干異なるが、丸谷才一『闊歩する漱石』（講談社文庫、二〇〇六年）も一九二〇年代の横光利一、川端康成、西脇順三郎らにモダニズムを代表させる平凡な文学史観を退けて、一九〇〇年代の漱石こそを「プルーストやジョイスに先んじてモダニズム小説を書いた」先駆的な作家と見なしている（九一頁）。

私は漱石を日本文学における最良のモダニストの一人と考えたい。

漱石文学の「プロセス」を検証することによって、私たちは完成した芸術品を受け取るのではなく、むしろ作品から作品への途上で得られたものや失われたものについての了解を深めることができる。結論から言えば、漱石の小説は複数の想像力が和解しないまま共存し、ときにぶつかりあう作業台として捉えられる。私は特に『草枕』(一九〇六年)から『虞美人草』(一九〇七年)への推移を重視したい。というのも、この二つの初期作品はそれぞれ絵画的想像力と演劇的想像力という対立的なプログラムを具備するばかりか、その後の漱石文学ひいては日本文学の行方を予告するものにもなっているからである。この二つの想像力の緊張関係に改めて光を当てること、特にそこに潜む「観客」という存在様式に注目すること――、それは日本のモダニズムを再考するのに最適の演習となるだろう。

A　絵画的想像力

1　観客とモノのモダニズム

大まかに言えば、明治期の文学は次の二つの領域に大きな変化をもたらした。一つは視覚(見ること)、もう一つは言語(書くこと)である。漱石は後者の革新運動、すなわち言文一致文の発展にも貢献し、新しい「である」体そのものを題名に冠した『吾輩は猫である』も残したが、ここでは前者に論点を絞ろう。

繰り返せば、モダニズムは過去の因習や慣例を断ち切り、いわば生まれたての新しい眼（純粋視覚）を作ろうとする芸術運動である。近代日本において、この企ては「写生」によって先導された。周知のように、近代の写生のコンセプトは正岡子規の俳句を起点とする。当初は小説家志望であり、幸田露伴に自作の斡旋を依頼したこともあった子規は、やがて「人物よりも花鳥風月がすき也」（河東碧梧桐宛書簡）という言葉とともに俳句の革新に向かった。中村不折や浅井忠の洋画のリアリズムに影響を受けながら、病臥する子規は室内周辺に視点を据えて、身近なモノ（柿、へちま、藤の花……）を写そうとする。『水滸伝』や『三国志演義』に取材した句もあるとはいえ、子規の博物学的な眼は総じて重厚な歴史性を背負わない。文学を構成するプログラムをぎりぎりまで簡略化し、病者の眼と家庭的なモノで作品を成立させること――、この大胆なミニマリズムに子規の革新性があった。

子規の親友であった漱石は、世界をモノ化する「写生」のミニマリズムを引き継いだ。彼によれば、写生文家の態度とは次のようなものである。

写生文家の人事に対する態度は貴人が賤者を視るの態度ではない。賢者が愚者を見るの態度でもない。君子が小人を視るの態度でもない。男が女を視るの態度でもない。つまり大人が子供を視るの態度である。両親が児童に対するの態度である。（「写生文」）

漱石の考えでは、写生文家は世界にどっぷりと感情移入するのではなく、かといって冷酷に突き放すわけでもない。漱石が推奨するのは同情とともに世界を写生することである。例えば、駄菓子を買いに出た子供が犬に追いかけられたとして、大人はそれと一緒に泣きわめいたりはしない。精神上の「大人」としての写生文家は、子供に同情しつつも、余裕のある観察者として振る舞う。柄谷はこの同化と異化の共存にフロイト的な「ユーモア」を認めていた。*3

この写生文特有の第三者的＝観客的な態度は『吾輩は猫である』の観察者（猫）に続いて、特異な実験作である『草枕』を生み出す。写生帖を所持して、熊本の小天温泉に向かう画工の主人公は、文学に絵画的発想を持ち込んだ。ふつうの芝居や小説の人間たちが「苦しんだり、怒ったり、騒いだり、泣いたり」し、読者もそれに感情移入するのに対して、彼は、世界の景色を「一幅の画として観、一巻の詩として読」むために、「利害に気を奪われない」状態で、周りの人間たちの動作を「余念もなく美か美でないかと鑑識する」。世界全体を美しい絵画的なオブジェに見立てる『草枕』は、まさに没利害的な観客ないし観者（beholder）を生成する文学であった。

逆に、世界を知的あるいは感情的に理解しようとすると、この理想的な観客＝観者は消えてしまう。「智に働けば角が立つ。情に棹させば流される。意地を通せば窮屈だ。とかくに人の世は住みにくい」と冒頭でぼやくこの厭世的な画工は「知・情・意」をあらかじめ遠ざけていた。特にそこでは、ナショナリズム（忠君愛国）や孝、恋愛のような強い感情が否定的に見られている。「恋はうつくしかろ、孝もうつくしかろ、忠君愛国も結構だろう。しかし自身がその局に当れば利害の旋風に捲き込まれて、うつくしき事にも、結構な事にも、目は眩んでしまう。したがって、どこに詩があるか自身には解しかねる。／これがわかるためには、わかるだけの余裕のある第三者の地位に立たねばならぬ」。

画工＝写生文家のこの観照的な「第三者の地位」は、『草枕』のなかで「非人情」と呼ばれていた。漱石自身が非人情を「松や梅を見ると同様の態度」（森田草平宛書簡）で人間を見ることだと定義するように、それは世界を非人間的なモノの集合として、つまり「植物図鑑」（中平卓馬）のように観察することである。子規の写生は人物を描くジャンル＝小説への断念を含んでいたが、漱石はそのことをはっきりさせた。しかも、子規の写生文がいわば「実」の観察眼を通じて、モノを写生しようとするのに対して、『草枕』はいわば画家の「虚」の観察眼を通じて、モノの世界に豊穣な漢語的レトリックと絵画的イメージを重ねあわせていく。[*4] とはいえ、この「非人情」の眼は繊細なフィクションであり、油断するとあっというまに壊れてしまう。

茫々たる薄墨色の世界を、幾条の銀箭（ぎんせん）が斜めに走るなかを、ひたぶるに濡れて行くわれを、われならぬ人の姿と思えば、詩にもなる、句にも咏まれる。有体なる己れを忘れ尽して純客観に眼をつくる時、始めてわれは画中の人物として、自然の景物と美しき調和を保つ。ただ降る雨の心苦しくて、踏む足の疲れたるを気に掛ける瞬間に、われはすでに詩中の人にもあらず、画裡の人にもあら

＊3　柄谷前掲書、三四〇頁。
＊4　浅田彰＋岡崎乾二郎編『モダニズムのハード・コア』（太田出版、一九九五年）で導入されるコーリン・ロウの用語を借りれば、子規がモノを「リテラル」に指し示す写生を発明したのに対して、漱石は「フェノメナル」な揺らぎを含んだ写生文を『草枕』で試したと言えるかもしれない。実際、『草枕』の画工はモノそのものというよりは、絵画や詩になるモノを探している。

ず。依然として市井の一豎子に過ぎぬ。（傍点引用者）

知や意志や道徳を断ち切り、エゴイズム（有体なる己れ）や利害関係から超越した「純客観」の眼とは、まさにモダンな「純粋視覚」そのものである。私たちはここで、共同体の因習から脱出する近代化の道筋が必ずしも一つではないことに注意しよう。『草枕』のモダニズムの源泉となったのは、未知のフロンティアに身を投じていくアメリカ的冒険者ではなく、分立する共同体を横に超える対話的社交性を備えたヨーロッパ的市民でもなく、「自然の景物」と美しい調和を保とうとする非人情の観客＝写生文家であった。これは決して漱石だけに留まる問題ではない。本書で以下たびたび言及するように、日本近代文学は総じて、冒険者や市民よりも観客という存在様式に、平たく言えば純粋な眼を作ることに自由や快楽を見出す傾向があったからである。

さて、世界を「絵画化」し、真や善をいったんカッコに入れて、美しいか否かという判断を優越させるとき、露骨な政治は後景に追いやられる。より正確に言えば、『草枕』の写生文は、日露戦争のさなかの政治的現実を指差しつつも、それを念入りに絵画的＝美的な対象に置き換える。確かに、この画工は満州に兵士として召集された青年と出会いはする。「現実世界は山を越え、海を越えて、平家の後裔のみ住み古したる孤村にまで逼る。朔北の曠野を染むる血潮の何万分の一かは、この青年の動脈から迸る時が来るかも知れない」。しかし、漱石は一面の美の世界に血のイメージを時折ひらめかせるだけであり、「現実世界」の生々しさは絵画のなかに閉じ込められていた。

別の角度から言えば、この書き方は漱石にとっての戦争が常に引用であったことも示唆している。それは『草枕』と同年の短編小説「趣味の遺伝」からもうかがえる。日清戦争から日露戦争へと続く状況下で、ことさら「いくら戦争が続いても戦争らしい感じがしない」と記すその語り手（余）の政治的想像力は、明らかに麻痺していた。そこでは、国民国家の戦争――「日人と露人」の「一大屠場」――はスピリチュアルな怪談のネタとなり、政治的現実は一種のヴァーチャル・リアリティとして処理される……。この点で、「国家意識に関する限り、「余」は一種の仮死の状態にある」と評し、そのくだけた口調は「この作品に霊の感応だけを見る脱戦争的解釈を許している」と指摘する大岡昇平の見解は、重要な意味をもつだろう。[*5] なぜなら、この種の政治的な仮死状態は「趣味の遺伝」に限らず、漱石の小説全般に通底しているからである。

だとしても、この「脱政治性」によって写生文そのものの限界を指摘するのが早計であることは、他ならぬ大岡自身が証明している。現に、彼の代表作『野火』（一九五二年）の主人公・田村は、共同体から排除された「非人情」の観客＝写生文家としてレイテ島の戦場を観察していた。この小説では植物から人間の死体に到る無数のモノが執拗に写生され、その蓄積の果てに「神」が幻視される。とりわけ、丘、樹木、草というモノ（風景）は田村に喜びを与える存在として描かれていた。「万物が私を見ていた。〔…〕私は彼等に見られているのがうれしかった。風景は時々、右や左に傾いた」。その一方で、兵士である彼にとって「人間的なもの」の痕跡は恐怖を催させる。モノと神のあいだで、人間は不気味なノイズを発し続ける。「視野に人家がないことは、むしろ私を安堵さした」「私を怖れさせたのは、この道の持つ

＊5　大岡昇平『小説家夏目漱石』（ちくま学芸文庫、一九九二年）一二七頁。

人間的な感じであった」。大岡は「人物」よりも「花鳥風月」を選んだ子規以来の室内的な写生のプログラムを、ことさら戦場の兵士の「眼」に移し変えたのだ。

『野火』を「戦記文学」という枠にこだわらずに読むならば、そこには日本文学における「観客とモノのモダニズム」の極北が見出されるだろう。その非人情の観客の眼は「人間的なもの」にたえず脅かされる一方で、形而下のモノと形而上の神へと誘引される。田村は自分自身の死もモノのように見ようとする。「死はすでに観念ではなく、映像となって近づいてきた。私はこの川岸に、手榴弾により腹を破って死んだ自分を想像した」。この「モノ化」の果てに、赤褐色にふくれ上がり皮膚も破裂した兵士の屍体が、神の恩寵を受けた「巨人」として観察される。しかし、生きた人間である田村はついにこのモノ＝神の境地には到達できず、次第に狂気に近づいていく……。漱石の写生文的手法によって当の漱石が引用符に括った現実世界＝戦争を暴くこと、さらに写生文のプログラムに沿ってモノと神を配置しながら、そのプログラムの不気味な異物である「人間」を浮き上がらせること――、写生文によって写生文の限界に挑むというこの手法によって、大岡は子規や漱石の文学的遺産を批評的に受け継いでいた。

2　アナクロニズムの機能

漱石の小説は日本の知識人の苦悩を意識化したドキュメントであっただけではなく、モダニズムの技術を鍛える作業台でもあった。なかでも、『草枕』はモダンな「視覚」の生成プロセスを詳細に示している。漱石は小宮豊隆宛の書簡で「こんな小説は天地開闢以来類のないものです」と自負していたが、それは確かに今日から見ても斬新な試みである。しかも、この「純粋視覚」は主人公だけの特権ではない。漱石自身が「美しい感じが読者の頭に残りさえすればよい」と述べたように（「余が草枕」）、『草枕』は読者も「美の観客」になるように誘っていた。

子規と漱石によって確立された、このいわばオブジェクト指向の文学の系譜に連なるのは『野火』だけではない。例えば、横光利一とともに一九二〇年代以降のモダニズムを牽引した川端康成は、関東大震災後の浅草を描き出そうとする『浅草紅団』（一九三〇年）を、さまざまなモノのコラージュとして仕立てあげた。

> 鹿のなめし革に赤銅の金具、瑪瑙の緒締に銀張りの煙管、国府煙草がかわかぬように青菜の茎を入れた古風な煙草入れを腰にさげ、白股引と黒脚絆と白い手甲、そして渋い盲縞の着物を尻はし折って、大江戸の絵草紙そのままの鳥刺の姿が、今もこの東京に見られるという。言う人が警視庁の警部だから、まんざら懐古趣味の戯れでもあるまい。

古風なモノたちによって時間意識を動揺させる、この「めくらまし」にも似た冒頭部に続いて、川端は「あらゆるものが生のままほうりだされ」「人間のいろんな慾望が、裸のまま踊っている」浅草の街を「あらゆる階級、人種をごった混ぜにした大きな流れ」として表象する。彼にとって、あらゆる階層を含んだ社会の全体性のイメージは、モノと欲望の集積からおのずと浮かび上がってくるものであった。*6

川端のモダニズムは、子規や漱石によって開拓されたモダニズムを虚無化しつつ大衆化したものである。『草枕』における純客観的な「眼」は、川端において虚無の眼に置き換えられた。川端の有名なエッセイ「末期の眼」（一九三三年）に「正岡子規のように死の病苦に喘ぎながらなお激しく芸術に戦うのは、すぐれた芸術家にありがちのことではあるが、私は学ぼうとさらさら思わぬ」とわざわざ記されるのは、写生文の「眼」とニヒルな「末期の眼」の違いを示唆するものである。子規がくすんだ暗褐色によって特徴づけられる、いわゆる「脂派」の画家である中村不折や浅井忠と親交を結んだのに対して、川端はシュールレアリスムの画家で友人であった古賀春江——その代表作《海》は風俗的な写真のコラージュから成っていた——の生前の思い出を語りながら、その絵画に「童話じみた」「おさなごころの驚きの鮮麗な夢」を認めていた。川端や古賀のコラージュは意識の検閲をすり抜けるようにして、麻薬的で幼児的な夢心地を演出する。それは子規の文学とは別のやり方で、モノの美学を大衆社会のなかで再生させるものであった。

　日本の文化的プログラムがモノをいかに処理してきたか、あるいはモノを見る観客をいかに生成したかは、十分な注目に値する。子規や漱石が個人の眼によってモノを見たとすれば、川端や古賀はそれを大衆社会の集団的欲望に向けて解き放った。むろん、一口にコラージュと言っても、日本の芸術のコンセプトは、ヨーロッパのシュールレアリスティックなコラージュ絵画の推進者マックス・エルンストの一九四〇年代の傑作——文明の破局を図像化したような《雨後のヨーロッパ》や自身の旧来の手法そのものをカタログ的に要約した《ヴォックス・アンジェリカ》等——における絵画のラディカルな自己解体とは異なる。日本のアーティストたちのコラージュはむしろ、モノたちの童話的・祝祭的な饗宴を作り出してきた（そこには後の大竹伸朗の作品に見られるガラクタへの偏愛も含まれる）。今日においてなお、コラージュの技法は社会に溢れ返ったモノどうしの和解と共鳴の象徴として、あるいはそのようなモノたちを生み出す欲望への讃歌として使用されている。[*7]

　ともあれ、観客＝写生文家の文学である『草枕』は、未来の川端や大岡のモダニズムを部分的に予告するものであった。と同時に、文明から隔てられた山奥を舞台とする『草枕』には、過去の文芸への時間的遡行も含まれていた。漱石自身『草枕』を「美を生命とする俳句的小説」と形容し、近代以前の文化的文脈に合図を送っている。そのアナクロニズム（時間錯誤）は俳句のみならず能の導入によっても際立たせられた。「しばらくこの旅中に起る出来事と、旅中に出逢う人間を能の仕組と能役者の所作に見立てたらどうだろう」。例えば、画工の印象に焼きついた能の『高砂』の媼とそっくりの顔をした婆さんは「二十世紀とは受け取れない」ほどのんびりとした茶屋のなかで、三角関係に悩んだ末に辞世の歌を詠んで身投げした昔話の女性のことを語る。「余はこんな山里へ来て、こんな婆さんから、こんな古雅な言葉で、こんな古雅な話をきこうとは思いがけなかった」。婆さんはまさに無自覚の能役者として、一時代前の情念を再現するのだ。

　そもそも、漱石が文明開化以降の同時代の日本に根深い空虚さを感じていたことは、一九〇八年に連載された『夢十夜』の「ついに明治の木にはとうてい仁王は埋っていないものだと悟った。それで運慶

*6　むろん、欲望のダイナミズムが社会の全体性を回復するという神話は、別の盲点を生み出す。例えば、ドゥルーズ&ガタリの「欲望機械」の概念が階級の問題を抹消するというガヤトリ・スピヴァックの批判（『他のアジア』等）は、川端にも当てはまるだろう。

*7　その最も分かりやすい事例は、キャラクターたちがひしめきあう少年向けの漫画雑誌の表紙に認められる。

が今日まで生きている理由もほぼ解った」（第六夜）という印象深い文章からうかがい知ることができる。『夢十夜』の漱石は、他者には決して伝えられない実存的秘密が自己の中核にあること、しかもその秘密は空虚な近代を超えて「百年」という霊的な時間――「百年、私の墓の傍に坐って待っていて下さい。きっと逢いに来ますから」（第一夜）――に繋がることを仄めかしていた。リアルタイムの現実を狂わせるこのアナクロニズムは、すでにその二年前の『草枕』で示されていたものである。

繰り返せば、『草枕』は強い感情移入を抑制することによって「観客とモノのモダニズム」を実現した。そのためには、リアルタイムの荒々しい世界ではなく、古い能のように感情を凍結させた世界が必要であった。もとより、この種のモダニズムとアナクロニズムの連携は決して例外的ではない。ヨーロッパでもモダニズムの文学者こそ時節から外れていた――サイードに言わせれば、古代の神話を現代に呼び起こしたジョイスやエリオットはまさに「時代の埒外」にあった*8――のだから。

それとともに、歴史的な視点から言えば、アナクロニズムが日本文学の中枢に組み込まれていたことに注目するべきだろう。例えば、折口信夫は『源氏物語』を例にして次のように述べていた。

> 物語というものは、其時代より更に古い処へ人生を返して考えるものなんです。日本の物語、古い小説というものは、其時代を表現するのではなしに、其時代より更に古い時代へ一こま返して、或は二こまなり三こまなり返して、表現するというのが、日本の物語の根本の態度なんです。〔…〕もう一返考え直すのですから、優れた物語になりますと、非常に深い、値打ちのある反省が生れて来る訳です。*9

むろん、天皇の家系を性的に混乱させるという意味では、光源氏の放埒は危険極まりない。しかし、折口によれば、作者の紫式部は百年近く前の宇多・醍醐帝の時代を作品の舞台にすることによって、この危険人物の活動し得る環境を作り出している。しかも、光源氏は決して手放しで礼賛されたわけでもない。彼の体験には性的な自由だけではなく、それにまつわる情けない失敗や苦渋も含まれていた。作品世界を「古い時代へ一こま返し」ながら、高貴な主人公への批評も怠らない『源氏物語』は、確かに折口の言う「反省の文学」の名に相応しい。

あるいは『伊勢物語』にも、やはり古い人倫の環境の復興が認められる。作家の円地文子が指摘するように「一体「伊勢物語」に描かれているのは、王朝も初期の時代で、奈良朝時代の野性が貴族の行動の中にも可成り残っているのが興味深い」。[*10] 業平の性的なでたらめさは、王朝文化の洗練のなかで次第に消滅していくものである。しかし「昔男ありけり」という決まり文句から発動する物語のアナクロニズムは、彼の時代遅れの「野性」に豊かなリアリティを授けた。「無用者」の業平は、実用性の尺度か

＊8　エドワード・サイード『サイード音楽評論2』（二木麻里訳、みすず書房、二〇一二年）二七四頁。私はここで、ノスタルジーとアナクロニズムの差異を強調しておきたい。前者が失われた過去を「共同幻想」として呼び覚ますものだとすれば、後者は時間意識や先後の感覚そのものを攪乱する機能を帯びている。

＊9　「源氏物語における男女両主人公」『折口信夫全集』（第一五巻）三三一頁。

＊10　円地文子『なまみこ物語』（新潮文庫、一九七二年）二七頁。中国の物語文学も、古い人倫の復興というアナクロニズムと無縁ではない。中国文学者の陳平原が『千古文人侠客夢』（百花文藝出版社、二〇〇九年）で指摘するように、武侠小説に頻出する「恩仇に報いる」という行動様式は、古代中国の倫理（『詩経』、『孟子』、『礼記』）を再現するものである（一二七頁）。

ら言えば何ら存在価値をもたない。しかし、その時代錯誤性と無用性ゆえに、業平のイメージはかえって日本文学の神話素としてその後も時空を超えて反復されてきた。

作品の時代設定や舞台設定に関するルースさ――折口の言う「時間錯誤」や「地理錯誤」――は、ときに光源氏や業平のように神がかった存在を生成する。日本文学においてはしばしば錯誤が超越を生みだしたのであり、そのアナクロニズムの機能は今日でも村上春樹や押井守のようなサブカルチャー作家に受け継がれている。漱石もまた『草枕』や『夢十夜』のアナクロニズムによって、超越的・父権的な神のいない日本において「時代の埒外」から世界を観察する工夫を示していた。私たちはこの「錯誤の生産性」に対して、十分な注意を払わなければならない。

3　情念処理と観客

このように、『草枕』はモダンな純粋視覚を志向しながら、そのアナクロニズムによって日本文学のオーソドックスな系譜に連なってもいる。そこではナショナリズムや恋愛のような新しい感情様式が遠ざけられる一方、能のような古雅な芸能が再生された。『草枕』という時代錯誤的な観客の文学は、感情のヴォリュームの抑制を抜きにしてはあり得なかった。

『草枕』の「非人情」が熱烈な感情を念入りに除去したことについては、中長期的な歴史も加味しておくべきだろう。ここで注目に値するのは、近世の東アジアの言説空間において「情」が最も重要なコンセプトの一つであったことである。例えば、近世日本の松尾芭蕉、伊藤仁斎、伊藤東涯、近松門左衛門、契沖らはいずれも四角四面の儒教的モラルよりも、万人の所有する俗っぽい「人情」に関心を寄せていた。[*11]あるいは、近世中国でも湯顕祖の戯曲から扇情的な小説『金瓶梅』や『如意君伝』『痴婆子伝』、さらに『野叟曝言』や『醒世因縁伝』のような特異な小説に到るまで、「情」の概念はときにホモエロティシズムやポルノグラフィを横切りながら、あるいはときにもっと性的な「欲」の概念との軋みを発生させながら、文化を先導する役割を果たした。[*12]

明治期に入っても、坪内逍遥の文学上のマニフェスト『小説神髄』（一八八五年）は「小説の旨とする所は専ら人情世態にあり」と宣言し、徳富蘆花の『不如帰』や尾崎紅葉の『金色夜叉』等のセンティメンタルな小説がベストセラーとなった。さらに、島崎藤村や平田禿木らが一八九三年に創刊した雑誌『文学界』についても、正宗白鳥は後に「多情多恨の青年芸術家の心境」に満ちていたと回想している。[*13]もっとも、藤村自身はたんなる主情的な作家では終わらず、やがて近代を目の当たりにした一九世紀日本の神経学的特殊性の分析に乗り出していく。彼によれば、一八世紀の頼山陽とは違って、渡辺崋山、高野長英、吉田松陰ら「武士的新人」には「どうしても十九世紀でなければ見られないような激しい動揺と、神経質と、新時代の色彩を帯びたものがある」。[*14]藤村は明治維新の原点に神経症的な激しさを認め、大作『夜明け前』をその狂気じみた情念の解明に捧げた。

漱石も古今東西の文学の仕組みを解析しようとした理論書『文学論』（一九〇七年）のなかで「情緒的

＊11　中村幸彦「文学は「人情を説ふ」の説」『近世文藝思潮攷』（岩波書店、一九七五年）所収。
＊12　Martin W. Huang, *Desire and Fictional Narrative in Late Imperial China*, Harvard University Press, 2001.
＊13　正宗白鳥『作家論』（岩波文庫、二〇〇二年）一四頁。

要素」を文学の主な成分として認めた。「情緒は文学の骨子なり」（『文学論』第二編第三章）。『草枕』にも同時代の情動の文学に対する批評がさりげなく書き込まれている。そこでは、王維や陶淵明の古い漢詩が、人事から解脱し「別乾坤を建立」するものだと評価される一方で「この乾坤の功徳は『不如帰』や『金色夜叉』の功徳ではない」とわざわざ記されていた。蘆花や紅葉のセンティメンタリズム／センセーショナリズムは「世間」の利害から決して逃れられない。してみれば、『草枕』という非人情の観客の文学は、忠君愛国や恋愛といった「情」のインフレーションに対する漱石なりの処方箋であったと考えることができるだろう。

著名なナショナリズム研究者リア・グリーンフェルドは、シェイクスピアの時代のイギリスをフロントランナーとして、一八世紀以降はフランス、ドイツ、さらにはロシアにおいても、ナショナリズムの価値が民衆に浸透し、共同体のメンバーシップが確定していくのに比例して、「狂気」の概念も順次拡張していったことを論証している。*[15] ナショナリズムの時代に生きた漱石や藤村もまた、まさに『それから』や『夜明け前』で狂気を文学のモチーフとする傍らで、評論では近代の新しい感情様式を歴史的・文化的に検証しようとしていた（むろん、彼らに先立って一八世紀の『葉隠』が武士道の忠孝を「死狂」と言い表したことも忘れてはならない）。だが、こうした感情史のパースペクティヴは、泣くことや笑うことの歴史的変遷を「涕泣史談」や「笑の本願」で考察した柳田國男のような民俗学者を例外として、後々の日本の言論から事実上忘却されていく。裏返せば、『草枕』にはその後の日本文学において喪失された問題が刻印されていると言ってよい。

さらに、ここで重要なのは、『草枕』の「非人情」が一種の小説論をも生成したことである。例えば、画工は訪問先の温泉の「若奥様」である那美に向かって「画工だから、小説なんか初からしまいまで読む必要はないんです。けれども、どこを読んでも面白いのです。〔…〕小説も非人情で読むから、筋なんかどうでもいいんです。こうして、御籤を引くように、ぱっと開けて、開いた所を、漫然と読んでるのが面白いんです」と告げるが、これは小説の「筋」をバラバラにしてしまう、いわば気散じの状態での読書術を推奨するものである。非人情の観客＝写生文家は、偶然性に身を任せながら世界や書物から美を抽出する。面白いことに、この発言は、どこからどう読んでもよい小説として書かれた『草枕』そのものへの自己言及になっていた。

観客の文学としての『草枕』は、忠君愛国や恋愛という強い感情移入から遠ざかるだけではなく、小説の書き方そのものも自覚的に変えてしまう。むろん、西洋の思想的コードからすると、『草枕』の小説論はかなり変則的なものである。ロラン・バルトが指摘するように、西洋の文学理論（詩学）は概して登場人物の「性格」を軽視する一方で、「行為」の観念を分析上の単位としてきた。

アリストテレスの「詩学」においては、登場人物という観念は二次的で、完全に行為の観念に従属

＊14　「前世紀を探求する心」『藤村文明論集』（岩波文庫、一九八八年）二〇六～七頁。情念の価値が高まっていたのは、日本の言説空間だけではない。例えば、蘆花の『不如帰』を含む海外小説の翻訳を通じて、二〇世紀初頭の人気作家となった中国の林紓は、文学的情緒を公共性と結びつけた。李欧梵が指摘するように、彼は「情こそが道徳である」と見なした。Leo Ou-fan Li, *The Romantic Generation of Modern Chinese Writers*, Harvard University Press, 1973, p.74. この「情」の上昇については、拙稿「漱石と情の時代」『文学』（二〇一二年五・六月号）も参照。

＊15　Liah Greenfeld, *Mind, Modernity, Madness: The Impact of Culture on Human Experience*, Harvard University Press, 2013, p.4.

していた。《性格（エートス）》がなくても物語（ミュートス）はありうるが、物語がなければ性格はありえないだろう、とアリストテレスは言っている。〔…〕〔ソ連のプロップやトマシェフスキーらによる〕構造分析は、その出現以来、たとえ分類するためであっても、登場人物を本質として扱うことに最大の嫌悪を示してきた。[16]

登場人物たちの行為の連鎖こそが文学分析の対象であり、性格（キャラクター）は副次的なものにすぎないという考え方は、アリストテレスから二〇世紀の説話論（物語の構造分析）に到るまで、西洋の詩学を長く支配してきた。逆に、漱石は『吾輩は猫である』や『坊っちゃん』において登場人物のキャラクターこそを際立たせている。例えば、「迷亭」「苦沙弥先生」「野だいこ」「山嵐」といった漫画的な名前はそのまま個々の性格を示しており、彼らの行為はキャラクターの性質に従属していた（このキャラクターの問題は第二章で詳論する）。

　それに対して、『草枕』は西洋的な「行為の詩学」でもなければ西洋の排除した「性格の詩学」でもない、第三の可能性としての「観客の詩学」を指し示している。夢遊病的に「ただ恍惚と動いている」だけの反行為者＝反冒険者としての画工を中心としながら、[17]『草枕』は行為の連鎖ならぬ観察の連鎖によって小説を成立させ、ナショナリズムの時代における「情念処理」を実践してみせた。この「筋」のない実験的なモダニズム小説は、アリストテレス的な詩学の修正を強く要求するものだろう。

4 観客としての男性、演技者としての女性

改めてまとめれば、『草枕』の非人情の写生文は①純客観的＝観客的な眼を作るとともに、②アナクロニスティックな芸術様式を再来させることによって、近代の激しい情念を凍結しようとする。とはいえ、急いで付け加えれば、『草枕』はたんに「観客の文学」として平穏に収束していく小説ではなかった。というのも、その非人情の眼は、那美という奇矯な演劇的女性によってたえず脅かされていたからである。結論から言えば、漱石の文学において、絵画的想像力が負の意味を帯びることは少ない。それに対して、演劇的想像力は多くの場合、名状しがたい不気味さを伴っている。漱石のモダニズムにはすでにその出発点において、複数の想像力の軋みが書き込まれていた。

『草枕』がアリストテレス的な詩学とは別の仕組みで成り立っていたのは確かだとしても、行為＝演技がそこから消失したわけでもない。例えば、夫と別れた那美は風呂場に裸で現れ、「ホホホホと鋭く笑う」声とともに画工を翻弄するというように、奇矯な挙動に出る。画工はその芝居がかった行為をひどく「不気味なもの」と見なす。「あの女を役者にしたら、立派な女形が出来る。普通の役者は、舞台へ出ると、よそ行きの芸をする。あの女は家のなかで、常住芝居をしている」「あの女の所作を芝居と

＊16 ロラン・バルト『物語の構造分析』（花輪光訳、みすず書房、一九七九年）三〇～一頁。
＊17 蓮實重彥『夏目漱石論』（講談社文芸文庫、二〇一二年）が指摘したように、漱石の文学は総じて「反冒険者的風土」に覆われている（五四頁）。本章ではその風土を「観客的」と形容した。

見なければ、薄気味がわるくて一日も居たたまれん。義理とか人情とか云う、尋常の道具立を背景として、普通の小説家のような観察点からあの女を研究したら、刺激が強過ぎて、すぐいやになる」。ここには、観客としての男性を脅かす演技者としての女性が明記されている。画工はこの予測不可能な「立体的」な人間を、絵画的な平面に押し込めようとする。

画中の人間はどう動いても平面以外に出られるものではない。平面以外に飛び出して、立体的に働くと思えばこそ、こっちと衝突したり、利害の交渉が起ったりして面倒になる。面倒になればなるほど美的に見ている訳に行かなくなる。これから逢う人間には超然と遠き上から見物する気で、人情の電気がむやみに双方で起らないようにする。

画工が演劇的人間の「平面化」を望む一方で、当の那美のほうも、自分が身投げして水に浮かんでいるところを絵にしてほしいと画工に依頼する。それ以前に、画家の脳裏にはイギリスのラファエル前派の画家ジョン・エヴァレット・ミレーの描いた《オフィーリア》――『ハムレット』のヒロインの溺死を題材とした作品――の記憶がたびたび明滅しており、それが身投げした那美のイメージと暗示的に重ねあわされた。その後、画工は風呂に浸かりながら《オフィーリア》を「風流な土左衛門」に見立てる。「余が平生から苦にしていた、ミレーのオフェリヤも、こう観察するとだいぶ美しくなる」。

そもそも、このミレーの《オフィーリア》をはじめ、ラファエル前派の絵画は演劇の遺産と深く結びついていた。シェイクスピアの『ハムレット』や『リア王』、『十二夜』や『テンペスト』は彼らの格好の画題となり、ラファエル前派の鬼っ子と言うべきオーブリー・ビアズリーは『サロメ』や『女の平和』などの戯曲の挿絵によって評価された。ラファエル前派に霊感を与えた一四世紀イタリアのジョットの絵画からして、宗教的法悦を舞台装置化した「形而上学的な演劇」の様相を呈していたことも、ここで付け加えておくべきだろう。[*18] さらに、ラファエル前派のウィリアム・ホルマン・ハントやロセッティが「純潔を失った女性」(fallen woman)をまさにドラマティックに描いたことは、漱石との関連においてきわめて示唆的である。[*19] なぜなら、『草枕』の那美にせよ、後述する『虞美人草』の藤尾にせよ、漱石は謎めいた演劇的女性を誘惑と凋落の相において見ていたのだから。

こうしたラファエル前派の演劇性を、近代日本の洋画と比べるのは有益だろう。例えば、黒田清輝――漱石の『三四郎』の画家・原口のモデルと言われる――の一八九〇年代の代表作《読書》や《朝妝》では、その「被写体」の女性は観者をまったく意識せず、自分の世界に無防備に「没入」しているが、それこそがかえってわざとらしい演劇的なポーズのようにも映る。美術評論家の中原佑介が鋭く指摘したように、黒田の描く女性たちは「〔写真器の前で〕緊張して一瞬間息をとめているようであり、絵のための、あまりにも絵のためのポーズ」をとっているかのようであり、黒田自身はと言えば「照明装置を動かしまわって光をあてること」に熱心であるように感じられる。[*20] 彼女たちはいかにもモデルらしいモデルとして柔らかな照明を当てられるのだ。

*18　ユベール・ダミッシュ『雲の理論』（松岡新一郎訳、法政大学出版局、二〇〇八年）一三二頁。
*19　Linda Nochlin, *Women, Art, and Power and Other Essays*, Thames and Hudson, 1989, chap.3.

それに対して、イギリスのラファエル前派の初期のハード・エッジな色彩感覚は、フランスのラファエル・コランや印象派を経由した黒田の柔らかな外光＝照明とは異質である。ラファエル前派はときに戸外の風景をきわめて鮮明でリアリスティックなやり方で描く一方で（モデルを呼ぶ費用を節約するためにダゲレオタイプ＝銀板写真も使われた）、過去の空想の神話的世界をもまさにその科学的な態度によって描くという、奇妙な試みに取り組んでいた。そこでは、光が一面に行き渡るシャープで鮮やかな画面が作り出される。写真のように精細な、見方によってはどぎつい色彩のなかに、水死体として浮かぶ演劇的女性としてのオフィーリア――、『草枕』の画工はそれを苦にしながらも、画中の女性を「風流な土左衛門」と見なすことによって、その過度な刺激を和らげていた。

もとより、一九世紀中盤に活躍したラファエル前派は、一八八〇年代以降のイギリスではすでに創造的役割を終えており、その精細なリアリズムにしても、ターナーの風景画が二〇世紀の抽象表現を先取りしていたのと比べると、美術史の最先端を開拓するものであったとは言い難い。しかし、こと日本に関して言えば、『草枕』のようなモダニズム小説からビアズリーの耽美的な線に影響を受けた少女漫画やイラストに到るまで、ラファエル前派の遺産は決して無視できるものではない。もっぱらフランス絵画に師事した日本近代美術史の主流とは異質の視覚文化が、ラファエル前派からは派生していた。*[21]

シェイクスピア／ミレーのオフィーリアと重ねあわされた那美は、まさに絵画と演劇のあいだに位置している。彼女のように不透明かつ不気味な女性が平面の外に飛び出し、利害の「衝突」を発生させることは、『草枕』という観客の文学にとって重大な脅威となる。演劇的女性は決して従順な素材ではなく、男性の観客の計算を超えるイレギュラーな存在であった。だからこそ、『草枕』の画工は、駅で夫を見送った那美の顔に浮かんだ「憐れ」を絵画に変える一瞬のチャンスを逃さない。「「それだ！　それだ！　それが出れば画になりますよ」と余は那美さんの肩を叩きながら小声に云った。余が胸中の画面はこの咄嗟の際に成就したのである」。図式的に言えば、奇矯な三次元の演劇的女性を美しい二次元の絵画的女性に変換したところで、『草枕』は閉じられる。

　世界を絵画的なオブジェとして見ようとする写生文家＝観客にとって、演劇的女性はまさに不可解な「他者」であった。しかも、奇妙なことに、漱石はこの他者から逃れられなかった。『草枕』の那美をプロトタイプとする不透明な演劇的女性は、その後の漱石文学で何度も反復される。彼の文学を仔細に読めば、そこには絵画的想像力と演劇的想像力のあいだの密かな抗争を認めることができる。論点を先回りして、私はここで次のように問いを立てておきたい――漱石を読むとき、私たちは戯曲作品としては成就しなかった演劇的想像力を、いわば「演劇の亡霊」をそれと知らずに受け取っているのではないか？

＊20　『中原佑介美術批評選集』（第二巻、現代企画室、二〇一五年）六二頁。ちなみに、美術評論家のマイケル・フリードは画中の人物の描き方に関して、観者をまったく意識しない「没入」と観者を強く意識する「演劇性」を美術史的に比較しながら、クールベやマネの絵画における反演劇的な「没入」にモダニズムの核心を認めた。しかし、演劇的に没入する黒田の絵画の女たちは、この二分法を麻痺させているのではないか？

＊21　印象派的な外光からの逸脱ということでは、漱石に加えて三島由紀夫を挙げなければならない。一九五二年にギリシアのアクロポリスを訪問した三島は、そこに降り注ぐ太陽の「夥しい光」に酩酊する。「私はこういう光りと風を心から愛する。私が巴里をきらい、印象派を好まないのは、その温和な適度の日光に拠る」（『アポロの杯』）。この反印象派的な光への偏愛は、『仮面の告白』では「きらきら」とした男たちの顔や奇術師のイメージを呼び起こすことになるだろう。なお、高階秀爾が指摘するように、フランス絵画の継承者に見える黒田清輝にしても、実際にはオランダをたびたび訪問してレンブラントを模写し、反印象派的な（あえて言えば「脂派」的な）バロック絵画に傾倒していた。『日本絵画の近代』（青土社、一九九六年）一八一頁。

節を改めて、この問題を究明していこう。

B　演劇的想像力

1　三つの演劇言語

漱石をヴァーチャル（潜在的）な劇作家として読むこと——、これは一見すると突飛な発想に思えるかもしれないが、実は漱石論の古い定石である。例えば、漱石の弟子で演劇評論家の小宮豊隆は『虞美人草』についてこう述べていた。

『虞美人草』にはひどくドラマティカルなものがあり、殊に藤尾の性格は華やかで、詩的で、相当近代的な色彩を帯びているせいか、漱石の生前から、これを演劇化したいと希望する者が、相当あった。しかし漱石は、それを決して許可しなかった。しかるにその後ずっと『虞美人草』は、演劇人の味覚をそそり続けていると見えて、幾度も映画化されたり演劇化されたりしている。[*22]

さらに、批評家の正宗白鳥は、漱石が「芝居嫌い」であったにもかかわらず、『門』の参禅のシーンも含めて「脚色に抜け目のない」作家、すなわち「構成の才は充分に有っている人なので、戯曲を書こうと思えば書けた人」だと見なす（傍点原文）。[*23] 実際、雑司が谷の墓参りやKの自殺をはじめとする忘れ難い「シーン」を多数創出した『こころ』は、漱石の演出家としての才能が最大限に発揮された作品だと言えるだろう。あるいは、大岡昇平も一九世紀イギリスのメレディスの演劇的小説『エゴイスト』と漱石の『虞美人草』の類似性を強調しつつ、こう鋭く指摘する。「漱石の創造力は概して劇的であったと思います。それは彼の影響を受けた十九世紀後半のイギリス小説がそうだったからであり、明治三十年代の日本の小説がそうだったからでもあるのです」。[*24]

漱石自身は役者に従属するのが嫌で、戯曲をやる気にならないと語っていたが（「漱石一夕話」）、それは彼が豊かな演劇的天分を持ちあわせていたことと矛盾しない。例えば、ある意味で子規以上にユニークで自由奔放な漱石の俳句は、水川隆夫によれば「講談的、人情噺的、浄瑠璃的世界」と隣接しており、『吾輩は猫である』の饒舌体は落語体験と深く結びついていた。[*25] だからこそ「日本における文学といえば先小説戯曲であると思います」（「教育と文芸」）とまで述べていた漱石が、まとまった戯曲を一篇も残していないのは実に奇妙である。彼の文学は「演劇的」ではあったが、戯曲という枠に収まるものではなかった。

では、漱石の演劇的想像力とはどういうものであったのか？　私はここで、漱石文学の演劇的言語を

＊22　小宮豊隆「解説」『漱石全集』（第五巻、岩波書店、一九五六年）三二六頁。
＊23　正宗前掲書、一二二頁。
＊24　大岡前掲書、一九三頁。
＊25　水川隆夫『漱石と落語』（平凡社ライブラリー、二〇〇〇年）六六、一五七頁。

三つのタイプに分けておきたい。一つは会話（コミュニケーション）の持続によって特徴づけられる「喜劇的言語」であり、もう一つは日常的な関係性に決定的な切断をもたらす「悲劇的言語」である。さらに、この対立項に「バロック的言語」とでも呼ぶべきものを付け加える。

（α）喜劇的言語

漱石における喜劇的言語は、円環や持続のモチーフと結びついている。このタイプの言語を純化した作品として、一九〇六年刊行の『鶉籠』に収められた短編小説『二百十日』が挙げられる。地の文が極端に少ない『二百十日』は、阿蘇山に登る圭さんと碌さんの会話劇のような様相を呈している。この二人の男性は温泉に浸かった後、現代日本が悪人――文明の皮を厚く被った「二十世紀の桀紂」――で充満していると道中で嘆きながら、この悪どい連中を「阿蘇山の噴火口から真逆様に地獄の下へ」落としてしまおうと威勢の良いことを言いあう（口真似が得意な碌さんは、ほとんど圭さんの鏡像のようにも見える）。もっとも、彼らの会話は総じて漫才的な調子のなかに溶け込んでおり、この文明批判もシリアスな印象を与えない。小宮豊隆宛の書簡でも、漱石は『二百十日』の主眼があくまで「滑稽」にあることを強調していた。

しかし、その滑稽な世界にもやがて亀裂が走る。登山中に火山灰を含んだ雨のせいで「下水」に落ちたように汚れきった二人は、ついに方向感覚を喪失する。やがて威勢よく進む圭さんは突如草むらの穴に転落し、二人の会話は中断されてしまう。彼は碌さんの「足の下」から呼びかけて救出してもらおうとするが（ここでの圭さんは舞台から落ちた役者のように見えなくもない）、そこに阿蘇の二百十日の嵐が襲来する。「ひゅうひゅうと絶間なく吹き卸ろす風は、吹くたびに、黒い夜を遠い国から持ってくる」「会話はまた切れる。二百十日の風と雨と煙りは満目の草を埋め尽くして、一丁先は靡く姿さえ、判然と見えぬようになった」。

こうして一度は危機に陥ったものの、圭さんはじきに無事に救出され、再び元通りの日常に回帰する。「半日山のなかを馳けあるいて、ようやく下りて見たら元の所だなんて、全体何てえ間抜だろう」。身の安全を取り戻した二人はホモソーシャルな関係に復帰し、圭さんは再び悪徳の「文明の怪獣」を打ち殺そうと言い始める。二人は勇ましくも楽しげなコミュニケーションに熱中することによって、かえってそれまでの社交＝社会の連続性を保持している。彼らは主張において革新的だが、その存在様式において保守的なのだ。『二百十日』の末尾の一文は作品の円環的構造を示唆している。「二人の頭の上では二百十一日の阿蘇が轟々と百年の不平を限りなき碧空に吐き出している」。

漱石の作品のなかでは目立たないが、『二百十日』は彼の描く娯楽としての会話がいかに弾力性と持続性に富んでいたかを示す点で、興味深い実例となっている。小説家として出発したばかりの漱石は、安定的な社交性＝社会性を作中で確立するのに、他愛のない無責任なおしゃべりを最大限に活用した。そもそも、妻の鏡子の回想によれば、漱石自身「冗談をいったり軽口を言ったりすると際限のないところ」があり、それは『吾輩は猫である』の迷亭のおしゃべりの原型になったとも言われる。[*26] 漱石は肩の凝らない会話を延々と楽しみ、かつそれを再現する作家的技量を備えていた。

*26　夏目鏡子『漱石の思い出』（角川文庫、一九六六年）一五六頁。

文学理論家フランコ・モレッティがペーター・ションディを援用しつつ言うように、会話は「主体と客体のあいだに寛大で優柔不断な中間地帯を創り」出すもの、[*27]すなわち一種の緩衝領域を形作るパフォーマンスである。会話の本質はだらだらと際限なく続けられるところにあり、その麻酔的な状況において自己と他者の境界はあいまいになり、敵対性は弱められるだろう。会話による気晴らしは過激な行動やアクシデントを封殺することによって、人間どうしを緩やかに「社会化」する。裏返せば、誰かと楽しくおしゃべりしているあいだ、ひとは主体的な決断の瞬間に移行することができない。

終わりなき会話が社会の緩やかなリクリエーション（再創造／気晴らし）を促すという見地に立てば、漱石文学についての了解もより豊かになるだろう。漱石の喜劇的言語は、まさにコミュニケーションの「緩衝領域」を際立たせた。圭さんと碌さんのコミカルで移り気な会話はたとえ革命を標榜するとしても、現実には行動を殺し、日常を安定させるものである。私たちはここで、ハイデッガーの『存在と時間』が「好奇心」及び「あいまいさ」とともに、人間の「世間話」（Gerede）を現存在の実存論的規定性（頽落）と見なしていたことを思い出そう。好奇心に導かれて物見遊山をしながら、おしゃべりに興じる『二百十日』の二人組は、まさにハイデッガー的な意味での「日常性」の構造に取り込まれていた。

漱石を筆頭にして、近代の日本文学が日常的なおしゃべりを積極的に導入したことは、文体の変革に関しても重要なきっかけになった。例えば、二葉亭四迷は江戸文芸の会話文を自らの言文一致文の参考にしたことを明らかにしている。

僅に参考にしたものは、式亭三馬の作中にある所謂深川言葉という奴だ。「べらぼうめ、南瓜畑に落こちた凧ぢやあるめえし、乙うひつからんだことを云ひなさんな」とか、「井戸の釣瓶ぢやあるめえし、上げたり下げたりして貰ふめえぜえ」とか、「紙幟の鍾馗といふもめツけへした中揚底で折がわりい」とか、乃至は「腹は北山しぐれ」の、「何で有馬の人形筆」のといった類で、いかにも下品であるが、併しポエチカルだ。俗語の精神は茲に存するのだと信じたので、これだけは多少便りにしたが、外には何にもない。（「余が言文一致の由来」）

一九世紀前半に活躍した式亭三馬の滑稽本は、江戸人の娯楽的なコミュニケーション環境と連続していた。例えば、三馬の代表作『浮世風呂』の序文は、舞台上の落語と客席での談笑が創作の直接のきっかけになったことを述べている。「一夕歌川豊国のやどりにて三笑亭可楽が落語を聞く。例の能弁よく人情に通じておかしみたぐふべき物なし。惜かな、其趣向僅に十分が一を述たり。傍に書肆ありて吾とおなじく感笑して居たりしが、忽ち例の欲心発り、此銭湯の話にもとづき柳巷花街の事を省きて俗事のおかしみを増補せよと乞ふ」。浮世絵師・歌川豊国のもとで、三笑亭可楽の落語をたまたま本屋とともに聞き、その銭湯の話の増補を依頼されたことが『浮世風呂』の発端となった。

興味深いことに、『浮世風呂』四編に跋文を記した三馬の友人の戯作者・振鷺亭は、三馬を「性素より拙弁、生平の茶譚殊に鈍し。故に人呼で面白くなき人とし、且話のなき人とす」と評している。つまり、三馬本人は訥弁で決して話し上手ではなかったようだが、他人の会話を写すことにかけては抜群

＊27　フランコ・モレッティ『ドラキュラ・ホームズ・ジョイス』（植松みどり他訳、新評論、一九九二年）三二九頁。

の才能を発揮した。その能力は作品内に一種の「民主化」をもたらした。現に、『浮世風呂』の風呂場のなかでは、老人も子供も、さらに東北人も九州人も、等しく娯楽的なコミュニケーションのなかに溶け込んでいる。[28] 風呂というアミューズメント施設で裸になってしまえば「釈迦も孔子も於三も権助も」何ら変わるところはない……(「浮世風呂大意」)。そして、三馬の作り出したこの包摂的な言語空間にこそ、二葉亭は「下品」かつ「ポエチカル」な言文一致文の原形を認めていた。

確固とした社会=社交の場があらかじめ与えられているならば、後はその分厚いコミュニケーション空間をいかにうまくテクストに吸収できるかが作家の腕の見せどころとなる。三馬は恐らく、言葉(文学)と現実(社会)のあいだに深刻な乖離を感じることはなかっただろう。風呂場や落語のコミュニケーションは、そっくりそのまま作品を育む豊かな土壌になり得た。むろん、こうした文学がどこでも可能なわけではない。例えば、魯迅の弟で日本通として知られる周作人は『浮世風呂』と『浮世床』を中国語訳したが、その彼から見ても、三馬の滑稽本に対応するジャンルは中国には見当たらなかった。[29]

江戸の会話文化は、小説の素材とするのに相応しくしっかりと社会に根を下ろしており、二葉亭や漱石の文学の言語的支持体となった。逆に、コミカルな会話を再現する能力をもたなかった「石見人」の森鷗外は、漱石のような長編小説を書き残さなかった。坪内逍遥との「没理想論争」において、鷗外が小説を「吟詩」ならぬ「読詩」として、つまり口ではなく眼に働きかける詩として位置づけたのは興味深い(石川淳が注目するように、鷗外は恐らく「詩の変体のつもり」で小説を書いていた)[30]。江戸時代の事件や人物に関する文献を、『渋江抽斎』等の古雅な史伝に仕立てたとき、鷗外は移ろいやすい発話(パロール)の生活圏から自己の小説を隔離し、眼で読むテクストとして自律させた。漱石と鷗外とでは、小説の属する言語的なコンテクストが大きく異なっていたと言ってよい。

(β) 悲劇的言語

もっとも、漱石が会話を利用する術に長けていたのは確かだとしても、彼の小説自体は決して「喜劇」の枠には収まりきらなかった。滑稽さを基調とした『二百十日』においてさえ、二人の愉快なおしゃべりの狭間で、社会＝社交の連続性に破局をもたらす火山が不気味に蠢動していた。私たちは、漱石における喜劇性と悲劇性のあいだの緊張関係に注意を払わなければならない。

こうした視点は『それから』のような「小説らしい小説」を読むのにも必須である。そこでは、書生の門野や婆さんのようなコミック・レリーフが他愛ない会話に興じる傍らで、いわば「悲劇的」な主人公である代助――友人の妻との不倫に足を踏み入れ、最後には狂気に呑み込まれていく――の厳しい生存環境が際立たせられた。漱石の作家的手腕は、代助の悲劇性にも門野の喜劇性にもそれぞれれっきとした文学的リアリティを授けている。「滑稽の裏には真面目がくっ付いている。大笑の奥には熱涙が潜

＊28 Robert W. Leutner, *Shikitei Sanba and the Comic Tradition in Edo Fiction*, Harvard University Asia Center, 1985, pp.64, 108. 三馬が後世に及ぼした作用を正確に測定するのは難しいが、少なくともその声帯模写的なリアリズムの精度は軽視できない。小森陽一『構造としての語り』（新曜社、一九八八年）によれば、人物の「どもり」まで克明に再現された三馬の文体は、「言葉の内容よりは、むしろその形態、音声的外皮」に重心があり、それによって人間の階層や年齢、特性を示すことすらできた（一〇一頁）。

＊29 周作人「浮世風呂」『秉燭談』（北新書局、一九四〇年）所収。

＊30 石川淳『森鷗外』（岩波文庫、一九七八年）八五頁。

んでいる」（「趣味の遺伝」）という二重性は『それから』にもよく当てはまるだろう。

マルクス主義者のジェルジ・ルカーチは、西洋のドラマが一般的に「つねに、すべてを葛藤のまわりに凝縮する」ことに注目している。「シェイクスピアのような劇作家の豊饒さは、葛藤そのものの構想が多様で豊富であることにもとづいている」。[*31] なかでも、悲劇における「葛藤」は、日常的な社会＝社交のレヴェルに深い亀裂を走らせる。アリストテレス『詩学』の用語で言えば、社会の連続性から突然切り離され、自分の真の姿を突きつけられるというアナグノーリシス（発見）とペリペティア（逆転）こそが、悲劇の生命線となるだろう。悲劇は日常的なコミュニケーションを切断し、世界の真相に対してひとびとの眼を開かせる。それゆえ、モレッティが言うように、会話劇の強い地域で悲劇的言語が円満に育たなかったのは偶然ではない。[*32]

江戸時代以来の喜劇的なコミュニケーションの世界を愛好する一方で、漱石は近代社会の根底にある峻烈な悲劇性＝敵対性を無視することができなかった。『それから』や『行人』、『こころ』では、男女の三角関係に由来するトラブルのために、『二百十日』で見られたホモソーシャルな「男どうしの絆」は和解不可能なまでにひび割れる。特に『こころ』における悲劇（Kの自殺）は、日常的な会話を断絶させ、先生を「静か過ぎて淋しい」という印象を与える人間に変えてしまった。先生の周辺で「沈黙」が支配する場面や「静かな」空間が何度も反復されるのは、きわめて象徴的である。例えば、以下の引用部は、火山が轟々と鳴り響くなかを二人の男がおしゃべりに興じる『二百十日』の騒々しさとは好対照をなしている。

二人が帰るとき歩きながらの沈黙が一丁も二丁もつづいた。その後で突然先生が口を利き出した。
生垣の向うで金魚売りらしい声がした。その外には何の聞こえるものもなかった。大通りから二丁も深く折れ込んだ小路は存外静かであった。家の中はいつもの通りひっそりしていた。私は次の間に奥さんのいる事を知っていた。黙って針仕事が何かしている奥さんの耳に私の話し声が聞こえるという事も知っていた。

喜劇が饒舌であるのに対して、悲劇は沈黙と断絶をもたらす（その悲劇的世界では人名も自己主張することをやめて、「先生」「お嬢さん」「K」という貧しい記号に変えられる）。人間を失語に追いやるショッキングな悲劇性＝敵対性は、漱石文学特有の暗さを形作っている。悲劇から生じた沈黙は、いかなるコミュニケーションによっても埋めあわせることはできない。だからこそ、『こころ』はちょうどシェイクスピアの悲劇がそうであるように、後に解釈のインフレーションを引き起こしてきた。『こころ』の謎（なぜ先生は自殺したのか、「明治の精神」とは何か、奥さんは「私」を誘惑しているのか等々）を巡って、うんざりするほどたくさんの研究が書かれてきたのは周知の通りである。悲劇というブラックホールは無数の言語的解釈を許容し、しかもいかなる解釈によっても充足されない。

＊31　「物語か記述か」『ルカーチ著作集』（第九巻、佐々木基一他訳、白水社、一九六九年）一九九頁。
＊32　モレッティ前掲書、三二九頁。

(γ) バロック的言語

以上のように、漱石は会話の生活圏から多くの喜劇的な養分を吸い出す一方で、コミュニケーションを引き裂く峻烈な悲劇性＝敵対性にも囚われていた。だが、漱石の演劇的想像力はこの両者に留まらず、さらに第三の極も指し示す。それはシェイクスピア劇を含む「バロック劇」に類するものである。

ふつうバロックと言えば、装飾性や不調和、歪みを特徴とする一七世紀ヨーロッパの美術・建築・文学上の流行のことを指すが、ここではヴァルター・ベンヤミンのバロック演劇論を参照しよう。一六世紀から一七世紀にかけてのバロックの悲哀劇(Trauerspiel：悲哀 Trauer ＋遊戯 Spiel)を高く評価したベンヤミンは、スペインのカルデロンやイギリスのシェイクスピアにその最良の達成を認めた。「恩寵の状態を断念した」彼らの作品は、どこにも救済がないという諦念のうちに、戯れに戯れを重ねていく。[*33] 例えば、『ハムレット』では劇中劇を通じて死せる王を現世に再現するが、こうした演出家的な「遊戯」をどれだけ繰り返しても主人公のメランコリー(鬱)は決して解消されない(エリオットが言ったように、ハムレットの悩みには「客観的相関物」がないので、その病を根治することはできない)。魂が戯れによって一種の操り人形となり、救済なき悲哀がしつこく反復される――、それがベンヤミンの捉えたバロック劇の奇妙な世界であった。

バロック劇の登場人物たちは終わりなきメランコリーと戯れに包み込まれ、ときにはハムレットの父王のような不気味な亡霊にまで取り憑かれる。ここにバロック劇と古代の悲劇を区別する指標がある。「悲哀劇の結末では、一時期が画されることはないのである。これに対し、古代悲劇の英雄の死では、歴史的、個人的な意味で一時期がきわめてくっきりと画されている」。[*34] 古代の悲劇は、一回きりの死を特権化した。しかし、バロック劇の死は『ハムレット』をはじめとして常に中途半端である。そこでは、死は一人の個人を超えており、場合によっては殉教者が何人も出てきて、ひたすらメリーゴーランドのように死を繰り返すということすら起こる。それに伴って、バロック劇ではしばしば「死体の保護」が重要な鍵となるだろう。人間は死によって無に帰する代わりに、ときに絢爛豪華に飾られたエンブレム的で荘厳な死体と化す。[*35] 死や自己犠牲を特権化する（＝悲劇）のではなく、死をたんなる物理現象として無意味化する（＝唯物論）のでもない、第三の道がバロック劇には示されている。

こうした死の分割＝複数化については、シェイクスピアの『リア王』を見てもよい。周知のように、老いたリア王は三人の娘たちに遺産を分け与えるが、その相続に続く権力闘争に巻き込まれ、やがてエル・グレコの絵画さながら猛烈な嵐に翻弄されながら、底なしの狂気に沈んでいく。バフチンが鋭く指摘したように、遺産の生前分与とはまさに「死以前の死」であり、リア王はいわば生きながらにして自分の死後の運命を覗き見していた。[*36] バロック劇は一度きりの悲劇的切断＝死をもたらすのではない。一

＊33　ヴァルター・ベンヤミン『ドイツ悲哀劇の根源』（岡部仁訳、講談社文芸文庫、二〇〇一年）一〇八頁以下。
＊34　同右、二〇九頁。
＊35　ヴィルヘルム・エムリッヒ『アレゴリーとしての文学――バロック期のドイツ』（道籏泰三訳、平凡社、一九九三年）三四六～七頁。現代文学に眼を転じれば、ガルシア＝マルケスの『族長の秋』（一九七五年）がバロック劇的な装置を備えていることが注目される。そこでは、独裁者のグロテスクな死体がエンブレムとして執拗に反復され、政変の悪夢が何度も繰り返される。すなわち、生ではなく死が複数化されるのだ。これは、世界各地でクーデターやテロリズムが悪夢のように反復され、しかも何の救済にも到らない今日のバロック劇的状況を予告するものである。

つの身体に一つの自我〔魂〕が収まり、それが内面的な葛藤を経ながら一つの死に段階的に近づいていくという近代のモデルとは違って、バロック劇では絢爛豪華な装飾的世界のなかで、興隆と没落のめまぐるしいドラマを繰り返しながら、死そのものが複数化されていく。

この文字通り死んでも死に切れないというバロック劇的な仕掛けは、漱石の初期作品にも認めることができる。例えば、『漾虚集』所収の「倫敦塔」（一九〇五年）では、漱石がイギリス留学中に見物した倫敦塔を通じて、過去の王室を見舞った「悲惨の歴史」が浮上する。「倫敦塔の歴史は英国の歴史を煎じ詰めたものである。過去という怪しき物を蔽える戸帳が自ずと裂けて龕中の幽光を二十世紀の上に反射するものは倫敦塔である」。薔薇戦争のときに多くの人間を幽閉したこの血塔は、今や歴史の証人として「冷然と二十世紀を軽蔑するように立って」おり、語り手はそこに封印された歴史（＝過去という怪しき物）に誘惑される。翌年の『草枕』と同じく、「倫敦塔」にもリアルタイムの時間性の関節を外すアナクロニズムが刻印されていた。

しかし、この塔は『草枕』のような美しい絵画としては表象されない。実際、重々しい妖気にあてられて、正気を失っていく「観客」は、血塗られたイギリスの歴史を一種のパノラマ的な演劇的幻覚として体験した。「やがて烟の如き幕が開いて空想の舞台がありありと見える」。塔のおぞましい歴史が廻り舞台のように次々と提示され（「忽然舞台が廻る。見ると塔門の前に一人の女が黒い喪服を着て悄然として立っている」）、やがてシェイクスピアの『リチャード二世』を思わせる一幕もそこに投影される。さらに、少年を連れた謎の女が登場して、ジョン・ダッドレーの刻んだ紋章の古い題辞を朗誦した後、主人公はこの女そっくりの貴人ジェーン・グレイが夫に忠誠を誓って首を刎ねられる場面を幻視する……（ちなみに、漱石はこの場面の着想をポール・ドラローシュのシアトリカルな歴史画から得ている)。こうして、この塔では一つの空間に複数の魂がバロック劇的に重ねあわされ、作品全体としても一種の「メタシアター」(劇中劇)の様相を呈するだろう。漱石自身、この小説を「戯曲的」なものだと見なしていた。「塔の歴史に関して時々戯曲的に面白そうな事柄を撰んで綴り込んで見たが、甘く行かんので所々不自然の痕迹が見えるのはやむをえない」(傍点引用者)。

神秘的な『夢十夜』や『永日小品』、『漾虚集』の著者であり、「父母未生以前」という仏教的な時間性にも強い関心を示した漱石は、潜在的なスピリチュアリストであったと考えられる。ニューエイジの思想的源流となった哲学者ウィリアム・ジェイムズに対する興味も含めて、漱石には個人の生死を超えた宇宙的次元への憧れがあった(アナクロニズムへの傾斜もそれと無関係ではない)。だが、その一方で『門』が典型的に示すように、漱石の主人公は宗教の門の前までは行けても、宗教そのものと一体化することはできなかった。漱石のテクストには、宗教やスピリチュアリズムとの非関係的関係が見られる。

漱石の霊的な志向は、狭義の宗教よりはむしろバロック劇的なアナクロニズムと結びついた。複数の魂を込められた、倫敦塔という幽霊的な「劇場」は「二十世紀」のリアルタイムの時間性からの遁走を秘めている。むろん、主人公のスピリチュアルな体験は、最後に「二十世紀の倫敦人」である宿屋の主人によってあっさりと科学的に種明かしされるのだとしても、彼はもはや『草枕』ふうのクールな非人

*36 ミハイル・バフチン『フランソワ・ラブレーの作品と中世・ルネサンスの民衆文化』(杉里直人訳、水声社、二〇〇七年)六三〇頁。

情の観客＝観者ではいられず、怪しいバロック的な劇場にすっかり魅了されているのだ。

2 『虞美人草』のインスタレーション

さて、バロック的な演劇性ということで言えば、一九〇七年に連載された漱石の朝日新聞入社後の第一作『虞美人草』に触れないわけにはいかない。『虞美人草』の重要性は、『二百十日』以来のホモソーシャルな男性たちの敵対者として、藤尾という不気味な女性の演技者を配したことにある。

正宗白鳥に「近代化した馬琴」と揶揄された『虞美人草』は、確かに近世文学のコードを引きずった旧式の小説に見える。とはいえ、この作品は漱石文学の仕組みを解明するための手がかりに満ちている。その冒頭部分において、宗近君（藤尾の恋人）と甲野さん（藤尾の兄）という男性二人組は観光客として京都の街を歩き回りながら、比叡山に登り、天龍寺の夢窓疎石の庭について感想を語り、保津川で舟遊びをする。特に『二百十日』さながら二人で比叡山を登るうちに、宗近君が「この辺の女はみんな奇麗だな。感心だ。何だか画のようだ」と甲野さんに語りかけるくだりは、『草枕』の絵画的想像力を引き継ぐとともに、男性の観客どうしのホモソーシャルな社会性＝社交性をも明示していた。

それに対して、藤尾の登場はまさにこの男たちの平穏な社会性＝社交性を脅かす。のっけから恋人のいる男性・小野さんを誘惑する彼女は、『プルターク英雄伝』のアントニーの章を朗読し、小野さんがシェイクスピアの『アントニーとクレオパトラ』に言及すると、自ら「紫色のクレオパトラ」を模倣するという具合に、自身の魂を複数化しながら、異様に芝居がかった振る舞いを示す。小野さんは彼女の所作にすっかり惑わされて、遥か彼方の時間に引きずり込まれる。「ぷんとしたクレオパトラの臭は、次第に鼻の奥から逃げて行く。二千年の昔から不意に呼び出された影の、恋々と遠のく後を追うて、小野さんの心は杳窕の境に誘われて、二千年のかなたに引き寄せらるる」。さらに、小野さんが「私は安珍のように逃げやしません」と言うと、藤尾は「ホホホ私は清姫のように追っ懸けますよ」とすかさず返答する。演劇的幻覚を介してさまざまな過去のヒロインの人格が侵入してくること――、ここに「倫敦塔」と同じバロック劇的な仕掛けを見出すのはさほど難しくない。

だが、藤尾の誘惑は失敗に終わる。小野さんはもとの婚約者と結ばれ、藤尾は「クレオパトラの怒」で充満し、その仮面はひび割れる。「藤尾の表情は三たび変った。破裂した血管の血は真白に吸収されて、侮蔑の色のみが深刻に残った。仮面の形は急に崩れる」。驚くべきことに、藤尾はこの怒りのせいで唐突に憤死してしまう。そして、彼女の臨終の席には、虞美人草を描いた酒井抱一の落款入りの銀屛風が置かれた。漱石は一つの身体に一つの魂が込められるという近代文学のコードを故意に取り外しながら、我の強い藤尾にクレオパトラから清姫、さらには虞美人に到る古今東西の蠱惑的な美女の「仮面」を重ね書きしていく。

このように、観客的な男たちの共同体に対して、藤尾は複数の魂を備えた女性の演技者として振る舞う。しかも、彼女の演劇性は『虞美人草』の内部でウイルスのように拡散した。例えば、宗近家を訪れる藤尾の母親からは「『マクベス』の妖婆」にも比すべき禍々しい光が発せられる。

謎の女は宗近家へ乗り込んで来る。謎の女のいる所には波が山となり炭団が水晶と光る。〔…〕謎の女が生れてから、世界が急にごたくさになった。謎の女は近づく人を鍋の中へ入れて、方寸の杉箸に交ぜ繰り返す。芋を以て自らおるものでなければ、謎の女に近づいてはならぬ。謎の女は金剛石のようなものである。いやに光る。そしてその光りの出所が分らぬ。右から見ると左に光る。左から見ると右に光る。雑多な光を雑多な面から反射して得意である。

この「謎の女」は鉱物的で豪奢な「光」を撒き散らす。かたや、彼女を待ち受ける宗近の父は謡曲の『鉢の木』を呑気に口ずさむばかりだ……。むろん、彼女はたんに結婚問題について宗近の父と談判しに来ただけである。しかし、そのありふれた現実は、大袈裟な演出のせいで恐ろしく異様な出来事のように見えてくる。面白いことに、作者自身も彼女の瘴気にあてられていた。「辛うじて謎の女の謎をここまで叙し来った時、筆は、一歩も前へ進む事が厭だという。〔…〕謎の女を書きなしたる筆は、日のあたる別世界に入ってこの湿気を払わねばならぬ」。

こうした過剰な表現は、まさに「本家」のシェイクスピアと通底している。テリー・イーグルトンの解釈によれば、シェイクスピアの描くアントニーとクレオパトラは「その関係をとおして、彼らの生きるちっぽけな空間を、全世界に匹敵する場に変え」るという「暴力的な自己蕩尽」を行なっている。[*37] このカップルは、自己を捧げ物にしてブルジョワ的な実用主義・功利主義を焼き尽くしてしまうだろう……。シェイクスピアのこのバロック的な異常さを正しく理解していた漱石は、彼を「写実の泰斗」とする通念に強く反対していた。「〔シェイクスピア劇の〕喜怒哀楽の中に盛られる表現には寄り付けないほどの不自然でかつ突飛なものがある。今日の日本人はむろん、今日の英国人もむろん、当時エリザベス朝の人間といえども、けっしてこんな思想を意志疎通の道具として用いはしなかったろうと考えられる」（「坪内博士と『ハムレット』」）。

ちっぽけな世界を死の濫費によって華々しく燃焼させる『アントニーとクレオパトラ』の「不自然でかつ突飛」な演出は、『虞美人草』にも受け継がれる。藤尾は男を誘惑し、その失敗によって憤死するが、死後も豪華絢爛な死体としてしつこく世界に留まり続ける。彼女を飾る抱一の銀屛風は、まさにシェイクスピア的な「濫費」のエンブレムである。

逆に立てたのは二枚折の銀屛である。一面に冴え返る月の色の方六尺のなかに、会釈もなく緑青を使って、柔婉なる茎を乱るるばかりに描た。不規則にぎざぎざを畳む鋸葉を描いた。茎を弾けば、ひらひらと落つるばかりに軽く描た。吉野紙を縮まして幾重の襞を、絞りに畳み込んだように描いた。色は赤に描いた。紫に描いた。凡てが銀の中から生える。銀の中に咲く。落つるも銀の中と思わせるほどに描いた。――花は虞美人草である。落款は抱一である。

藤尾の情念の激しさは、漱石の全小説のなかでも際立っている。とはいえ、その情念は決して生々しいものではなく、ときにクレオパトラの仮面をかぶせられ、ときにロココ的に洗練された抱一の銀色の冷たい光によって表装されるだろう。燃えさかる情念の凍てついた彫像としての藤尾――、この特異な

＊37　テリー・イーグルトン『シェイクスピア』（大橋洋一訳、平凡社ライブラリー、二〇一三年）二一四頁。

演劇的女性は漱石のバロック的想像力の「発明品」であった。

　桃山美術から琳派に到るまでに、近世日本の芸術は「かざり」（辻惟雄）を自らのアイデンティティとした。そのデザインの美学は良くも悪くもインテリアに偏していた（詮ない空想だが、もし狩野派がウィリアム・モリスやバウハウスのようにデザインだけではなく建築も本格的に手がけていたとしたら、日本の芸術史はずいぶん変わったのではないか？）。若い頃には建築家志望であった漱石は、『虞美人草』では抱一のみならず菊池容斎や尾形光琳にも言及することによって、この近世のインテリアの美学を引き継いでいた。[*38] その美学を徹底的に推し進めた果てに、藤尾は月光を表象した銀屏風のもとで豪奢な死体となって室内に横たわる――、この場面はきわめて手の込んだ「インスタレーション」にも見立てられるだろう。もとより、ジャン・ジュネの小説でも描かれたように、あらゆる「葬儀」は演劇的なものである。『虞美人草』はまさにその葬儀の演劇性を最大限に拡張しながら、バロック劇的な「死体」を出現させた。

　さらに、「演出家」としての漱石は屋外にも禍々しい光の劇場を設置する。上野で催された一九〇七年の勧業博覧会のイルミネーションの場面は、この作品の鉱物的な色彩を際立たせていた。「文明を刺激の袋の底に篩い寄せると博覧会になる。博覧会を鈍き夜の砂に漉せば燦たるイルミネーションになる」。藤尾とその母親の魔術が黄金や水晶、ダイヤモンドの光を撒き散らしたように、上野の「劇場」も刺激的な光に照らし出される。京都の比叡山の絵画的風景で始まった『虞美人草』は、東京上野の文明のスペクタクルを経て、室内のバロック的インスタレーションによって締めくくられるのだ。

　先ほど『草枕』について見たように、漱石の絵画的想像力はフランス絵画由来の柔らかい外光には収まりきらなかった。ラファエル前派を参照した彼の色彩感覚は、禍々しい鉱物的な光に満ちた『虞美人草』においていっそう過激で人工的なものとなった。シェイクスピアの『マクベス』や『テンペスト』、『リア王』と、あるいはエル・グレコの絵画と同じく、漱石の『虞美人草』では風や光は人間を歪ませ、いかなる調和も与えない（小野さんも藤尾に誘惑されたときに「暴風雨の恋、暦にも録っていない大暴雨の恋」という詩的な言葉を発する――これは後に『行人』の嫂との対面の場面で吹き荒れる「狂う風」を遠く予告している）。文字通り死んでも死に切れない藤尾は、まさにそのバロック劇的な歪みや不調和を象徴していた。

3　観客の文学から内面の文学へ

『草枕』から『虞美人草』に到って、観客の位相は大きく変化する。繰り返せば、『草枕』は演劇性を抑圧し、モダンな「純粋視覚」を設計した。人物を二次元の平面に封印することによって、漱石は「観客」のポジションを確定する。それに対して、『虞美人草』は漱石の全作品のなかでも指折りの演劇性を誇示している。シアトリカルな那美が最後に「画」になったのとは違って、藤尾はその唐突な死に到っても「絵画的平面」には収まらず、絢爛豪華なインスタレーションを生み出した。男たちがこの禍々しい演技者の観客となったとき、彼らのホモソーシャルな繋がりにも決定的な亀裂が生じるだろう。[*39] 男性の観客のコミュニケーションは社会性＝社交性を保持し、女性の演技者は社会性＝社交性を破壊する

*38　具体的には以下の記述を見よ。「床に懸けた容斎の、小松に交る稚児髷の、太刀持こそ、昔しから長閑である」「半ば碧りを透明に含む光琳波が、早蕨に似たる曲線を描いて巌角をゆるりと越す」。

――、それが『虞美人草』の基本構造であった。

そもそも、漱石にとって、演劇とその観客は決して歓迎すべきものではなかった。例えば、『虞美人草』と同年に書かれた『野分』のコンサートの場面では、主人公の高柳が周囲の熱狂的な観客を「窮屈な谷底」に閉じ込められた「異種類の動物」だと軽蔑的に見なす。同じように、『虞美人草』のヒロインについても漱石は不快を隠さない。連載に苦心していた彼は「『虞美人草』はいやになった。早く女を殺して仕舞いたい」と書簡であけすけに述べていたが、ここには彼のミソジニー（女性嫌悪）が露出している。実際、『虞美人草』は男たちが一致団結して女を罰するところで締めくくられた。にもかかわらず、那美や藤尾のような「不快」な演劇的女性は、『三四郎』の美禰子や『行人』の嫂に到るまで、その後も漱石文学において半ば強迫的に反復される。

『虞美人草』以降の漱石が、過度に演劇的な作品をもう書かなくなったのは確かである。小宮豊隆が言うように「漱石は爾後の長篇小説に、決して『虞美人草』のような、絢爛な文章を用いなかった。また決して『虞美人草』のような、演劇的に大がかりな結構や場面を用いなかった」[*40]。だが、那美や藤尾のように不気味な女性たちはそれこそバロック劇の亡霊のように、その後も漱石文学に再来し、男どうしの社交＝社会を脅かし続ける。藤尾の系譜に属するシアトリカルな女性たちは、男たちにとって巨大な謎であり、男と女の宥和を妨げ続けた。

その際、『草枕』ふうの絵画的想像力と『虞美人草』ふうの演劇的想像力が一種の緊張関係にあったことは強調しておいていいだろう。なかでも、『虞美人草』に続いて一九〇九年に刊行された長編小説『三四郎』には、この緊張関係がはっきりと刻印されている。藤尾にシェイクスピア劇が重ねあわされたのに対して、『三四郎』の謎めいたヒロイン美禰子は「イプセンの女」のように乱暴だと三四郎に評された（ここにはバロック劇から自然主義演劇への想像力の移動を認めることができる）。「ストレイシープ」（迷える子羊）という思わせぶりな謎かけによって三四郎を混乱させ、誘惑する彼女の姿には、明らかに那美や藤尾以来の演劇的女性のイメージが投影されていた。

ただし、藤尾と違うのは、美禰子が最終的に絵画的世界に封じ込められたことである。興味深いことに、『三四郎』は美禰子の結婚が決まり、彼女の肖像画が「森の女」という画題で展覧会に飾られ、そこを三四郎たちが観客として訪れる場面で締めくくられる。『虞美人草』で露出した演劇的女性は、『三四郎』においては「写生」の対象としての絵画的女性に再び回収された。と同時に、『三四郎』の絵画的想像力はもはや『草枕』の東洋的な静謐さにも収まりきらない。クールベの絵画から学生の暇つぶしのポンチ絵に到るまで、そこには雑多な絵画的記憶が詰め込まれていた。そもそも『三四郎』そのものが、小宮豊隆や寺田寅彦など、漱石の周りにいた若者たちをいわば「ポンチ絵」のように描いた作品であったことも、ここで付け加えておくべきだろう。

＊39　この点は、水村美苗「「男と男」と「男と女」――藤尾の死」『批評空間』（第六号、一九九二年）も独自の角度から論じている。なお、詳論する余裕はないが「女と女」の関係も実は重要である。『虞美人草』の藤尾と糸子の会話は一種の「戦争」に見立てられていた。「藤尾と糸子は六畳の座敷で五指と針の先との戦争をしている。すべての会話は戦争である。女の会話はもっとも戦争である」。日露戦争を「人種と人種の戦争」と捉える宗近君と甲野さんが、あくまで戦争の観客に留まるのに対して、藤尾と糸子は戦争のプレイヤーとして描かれた。しかも、この小さな戦争としての女の会話は、晩年の『明暗』にも再来することになる。漱石に「戦争文学」があったとすれば、それは『虞美人草』や『明暗』にこそ認められるべきだろう。

＊40　小宮豊隆『夏目漱石』（中巻、岩波文庫、一九八七年）二九七～八頁。

大胆に図式化してしまえば、『三四郎』は演劇的想像力が絵画的想像力に調伏される小説として書かれている。江藤淳以来、漱石の美術世界については興味深い研究が生み出されてきたが、[*41]それだけではこの二つの想像力の抗争を見落とすことになるだろう。とりわけ、演劇的想像力の帰趨については十分な注意を払わねばならない。なぜなら、『三四郎』以降、漱石が「小説らしい小説」にいっそう近づくにつれて、演技者と観客から成る演劇的想像力そのものが表面上縮退させられていくからである。象徴的なことに、『それから』(一九一〇年)の冒頭部分では、主人公・代助の身体的ナルシシズムが強調される。

代助はそのふっくらとした頬を、両手で両三度撫でながら、鏡の前にわが顔を映していた。まるで女が御白粉を付ける時の手付と一般であった。実際彼は必要があれば、御白粉すら付けかねぬほどに、肉体に誇を置く人である。

ここには、自分の演技を自分で見つめるというナルシシストの姿が描かれている。鏡の世界に夢中になる代助は、演技者と観客の区別を消してしまう。『草枕』の写生文家=観客のように外界のモノを心静かに写生することは、もはや彼には不可能であった。これは事実上「観客の抹消」を意味している。『それから』は従来の漱石の小説のなかでも際立って内向的な印象を与えるが、それは主人公が観客の余裕を失い、鏡=内面の世界の狂気に閉じ込められていくことと切り離せない。むろん、先述したように『それから』でも門野や婆さんのようなコミック・レリーフが「喜劇性」を引き受ける一方で、男女の三角関係から来る「悲劇性」が描かれてはいた。しかし、主人公である代助自身は第三者的な「観客」であることをやめて、ナルシスティックな「内面」に没入していく。

裏返して言えば、『それから』の冒頭は、近代の「内面の文学」が何を排除して作られたのかをよく示している。『草枕』の非人情の観客を退場させ、『虞美人草』におけるバロック劇的な魂の複数性も抑圧したとき、漱石の内面的な「小説」が確立される。その一方で、那美と藤尾の系統に属する謎めいた女性だけは、この「小説らしい小説」の勝利に抵抗するように、『三四郎』から『行人』『こころ』に到るまで、漱石文学に取り憑き続けた。柄谷が言ったように、確かに漱石にはジャンルの多様性がある。重要なのは、そのジャンル（想像力）のあいだに軋みや抗争があったことである。漱石のモダニズムは「観客の文学」を作り、それをすぐさまバロック的に変異させた。この「演劇化」の記憶は、漱石の小説にまさに厄介な遺産として留められている。

4　思想家と観客

現に、『それから』以降も観客という存在様式が完全に消滅したわけではなかった。いわゆる「修善寺の大患」の後の復帰作『彼岸過迄』（一九一二年）には『吾輩は猫である』や『草枕』以来の男性の「観客」が、軽薄な若者・敬太郎として再来する。しかも、敬太郎には漱石が忌み嫌っていたはずの探偵役

＊41　近年の研究書としては、古田亮『特講 漱石の美術世界』（岩波書店、二〇一四年）が挙げられる。

が与えられた。『草枕』の「非人情」の画工とは対照的に、彼は「興奮」しやすい好奇心旺盛な観客として東京を探索しながら、自らを劇中の人物に仕立てあげていく。「歌舞伎を当世に崩して往来へ流した匂のする町内を恍惚と歩きたかった」「彼は自分の眼の届く広場を、一面の舞台と見做して、その上に自分と同じ態度の男が三人いる事を発見した」。

世界を劇場と見なす敬太郎のロマン主義的な「演劇化」の試みは、友人の須永の語り口にも適用される。「須永の話をだんだん聞いているうちに、敬太郎はこういう実地小説のはびこる中に年来住み慣れて来た須永もまた人の見ないような芝居をこっそりやって、口を拭ってすましているのかも知れないという気が強くなって来た」（傍点引用者）。その須永自身、自らのややこしい男女関係を「劇」に喩えていた。「この無意味な行動のうちに、意味ある劇の大切な一幕が、ある男とある女の間に暗に演ぜられつつあるのでは無かろうかと疑ぐった。そうしてその一幕の中で、自分の務めなければならない役割がもしあるとすれば、穏かな顔をした運命に、軽く翻弄される役割よりほかにあるまいと考えた」。

さらに、敬太郎の観客としての好奇心は「満洲地方の景況」を面白そうに語る森本からの手紙によって、当時の植民地にも及ぶ。漱石はすでに『門』のなかで、伊藤博文の暗殺事件に触れながら、満洲やハルピンは「色んな人が落ち合ってる」せいで「物騒な所」だと登場人物に語らせていたが、『彼岸過迄』の無学な森本は、まさにその「物騒」な大連で「電気公園の娯楽がかり」になり、以前下宿で隣りあわせていた敬太郎にその体験を手紙で知らせてくる。敬太郎は「帝大卒の学歴エリート」であるにもかかわらず、ろくな職にありつけないまま[*42]、森本の面影を「夢現のように」想像していた。

敬太郎は「何事も演じ得ない門外漢」であり「絶えず受話器を耳にして「世間」を聴く一種の探訪」

にすぎない。彼の学問的な知は無力化されており、公共空間に打って出るだけの演技者としての力量を削ぎ落とされている。だが、この象徴秩序の廃墟にあって、敬太郎はお気楽な観客として社会のイメージ――植民地から恋愛まで――を形作っていく。直接的な影響関係はないとしても、『彼岸過迄』の二年前に刊行された柳田國男の『遠野物語』（一九一〇年）が、佐々木喜善からの「聞き書き」に基づくエピソード集であったことは、興味深い符合である。漱石も柳田もともに明治末期に、知（学問）や文学のなかに「他人の物語を聞く」という観客の技術を取り入れようとしていた。

日本近代文学を知識社会学的に分析しようとするとき、『彼岸過迄』は格好のサンプルとなるだろう。その意義は二年後の『こころ』と比べると分かりやすい。例えば、『こころ』の語り手である「私」は先生を「思想家」と形容する。大岡昇平によれば、「思想家」とは徳富蘇峰のような近代のジャーナリストの誕生とともに生まれた在野の知識人を指しており、大学に属さない『こころ』の先生もこの系譜に属する（ちなみに、大学教師である『行人』の一郎は「学者」「見識家」と呼ばれている）。ただし、百科全書的知識人としての徳富がジャーナリズムで活躍したのに対して、先生には思想家としての場がない。『こころ』の私は「「先生」がなにも書かず、著作やジャーナリズムで、働いていないにもかかわらず、「思想家」とよんでいるのです」[*43]。ジャーナリスティックな言論から疎外された失語症的な思想家＝先生は、朝日新聞を活動の場とした在野の「思想家」漱石自身の暗い分身でもある。

＊42　小森陽一『漱石論』（岩波書店、二〇〇〇年）一〇三頁。
＊43　大岡前掲書、四〇六頁。

それに対して、探偵の真似事をするインテリ崩れの敬太郎は、先生のような「思想家」ではない。そもそも、漱石はこの主人公について、さまざまなヘマをやらかしたせいで「身体よりも頭の方がだんだん云う事を聞かなくなって来た」という説明から始めていた。知の権威が解体された以上、『彼岸過迄』の世界では知は社会的上昇においても男女関係においてもたんに無力である。しかし、敬太郎は『それから』の狂気にも『こころ』の悲劇にも陥ることなく、ひとびとの演技空間を結びつける観客として振る舞い、擬似的な社会を生成してみせる。知の不能性を観客という存在様式によって補完すること――、そこに演劇的想像力を再び動員した『彼岸過迄』の趣向があった。

繰り返せば、漱石のテクストを解読するにはアリストテレス的な詩学とは別のモデル、すなわち行為ではなく観察を中心とする詩学が要求される。『草枕』の非人情の観客＝観者、バロック的女性ときらびやかなインスタレーションに魅了される『虞美人草』の観客、そして他者の聞き手に徹する『彼岸過迄』の夢見心地のロマンティックな観客――、どういうタイプの観客を設定したかによって、漱石の作品の方向性は大きく変動する。このことを踏まえて、私は漱石を潜在的な劇作家として再読することを推奨したい。観客を必須のプログラムとする「漱石的演劇」には、日本文学のモダニズムの特異な歴史が書き込まれている。

＊

私はここまで、漱石が大学教師をやめて専業作家になる前後の、一九〇六年から〇七年にかけての作品群――『草枕』、『漾虚集』、『虞美人草』――に「観客の文学」とその臨界点を認めてきた。改めて言えば、漱石のモダニズムは『草枕』の「非人情」の純粋視覚によっていったん確立される。だが、漱石はその美の観者の「眼」のなかに、非人情を揺るがし、ホモソーシャルな社交＝社会をも脅かす「不快」な演劇的女性を挿入せざるを得なかった。この変異を経た後の『それから』は、『虞美人草』のシアトリカルな世界を捨てて「小説らしい小説」へと、つまり内面の文学へと舵を切る。しかし、『彼岸過迄』になると再び演劇的なものが回帰するだろう。一九一〇年代以降、谷崎潤一郎のように演出力に優れた作家が活躍し始めるが（第三章参照）、一九一二年の『彼岸過迄』はまさにその新世代の台頭を予告するように、軽薄なインテリを観客として再導入していた。

もとより、絵画的想像力と演劇的想像力、自然の風景とバロック的なインスタレーション、リアリズムとスピリチュアリズム、喜劇（会話）と悲劇（失語）、『坊っちゃん』のようなキャラクター小説と『道草』のような私小説、思想家と観客等々の分裂的な諸要素を併せもった漱石文学は、いわば日本の近現代文学そのもののレジュメという様相を呈している。そのなかでも、男性の観客がどう変化したか、そして女性の演技者がどう継承されたかという観点は、漱石のテクストを読み解く不可欠の鍵となるに違いない。

とはいえ、急いで付け加えれば、漱石のモダニズムはあくまで日本文学の近代化の一つの道を示すものにすぎない。恐らく従来の研究者が考えてきた以上に、演劇の遺産は日本文学の広い領域に作用している。とりわけ、近世の豊かな演劇文化をどう処理するかは、近代の小説にとってきわめて重大な問題となった。結論から言えば、演劇について考えることは、日本を含めた東アジア文学の「近代」の出発点そのものの再考へと接続されなければならない。章を仕切り直し、演劇的想像力の分析を通じて、東アジアのモダニズムを考察する試みを続けていこう。

第二章　東洋的前衛——二つの近代の衝突

一たい私は日本人だかどうだか自分で疑わしいのです。私は考えるのに私たち――私の一家族はきっと、日本へお客に来ているのです。そうしてあまり永居をして嫌われているのです。また私たちも習慣の違ったところで迷惑をしているのです。私たちは多分、支那人――そこが盛んであった唐の時分か何かの支那人なのでしょう。（佐藤春夫「F・O・U」）

近代文学は小説を中心に編成されており、詩や演劇は比較的マイナーな領域に押し込められている。漱石にしても、自らの文学的才能を小説で発揮したからこそ後に「国民作家」として処遇された。だが、その凋落の歴史にもかかわらず、演劇は小説を脅かす不可解な亡霊としてたびたび回帰する。漱石の主観においても、日本近代文学という一種の共同主観においても、演劇は不気味な異物であった。

この問題は日本に限らない。小説と演劇のあいだの摩擦はすでにヨーロッパの近代小説の幼年期に生じていた。特に、一八世紀屈指のベストセラーとなった書簡体小説『新エロイーズ』の著者ルソーが、都市の演劇を嫌悪したのは象徴的である。彼の考えでは、都市（ジュネーヴ）に必要なのは、集客の見込めない常設の劇場ではなく、太陽のもとで市民たちをフェイス・トゥ・フェイスで出会わせ、幸福感に浸らせる小規模で明るい祝祭であった。「広場のまんなかに、花で飾った一本の杭を立てなさい、そこに民衆を集めなさい、そうすれば楽しいことが見られるのです。もっとすばらしいことをしなさい。観衆を見せることにするのです。かれら自身を登場人物にするのです」[*1]。文化的表象行為（演技や媒介）に人間の堕落を認めたルソーは、杭一本の仕掛けによって、市民たちがそのまま登場人物として出現できる祝祭を「共和国」に相応しいイヴェントと見なすとともに、一対一の親密な関係を作り出す無媒介的な媒介としての「書簡」を読者に覗き見させる小説によって人気を博していた。

ただ、ここで注意すべきは、小説と演劇の摩擦が文学を変異させるきっかけにもなったことである。例えば、文学研究者デイヴィッド・カーニックによれば、ヨーロッパの一部の小説家は、個人の「内面」に没頭していくことに強い拒絶反応を示していた。「内面アレルギーは、内面の小説の伝統において奇妙にも中心的であった」という逆説的見解を掲げながら、カーニックはサッカレー、ジョージ・エリオット、ヘンリー・ジェイムズ、ジョイスの作品に、内面を超える演劇性を認める。彼らは総じて劇作家としては失敗したが、その小説にしばしば「ヴァーチャルな劇場」を書き込んだ。[*2] ルソーが内面の文学の発端になったとすれば、そこからの脱出口はまさに彼の拒んだ演劇的想像力によって開かれた。

なかでも、細密な心理描写を表看板とした小説家ジェイムズが、その裏では「劇作こそ私の計画中最大の夢である」と述べていたのは興味深い。彼の劇作の成果は芳しくなかったが――「あらゆる努力を傾けたにもかかわらず、彼の劇はたんに舞台上のみならずそれ自体が失敗作であった」（マシーセン）[*3]――、その意欲は新たな作品への助走となった。特に、ジェイムズが十の会話劇を連ねた『厄介な年頃』という悪名高い戯曲的小説を経て、二〇世紀初頭の『使者たち』『鳩の翼』『黄金の盃』という円熟期の三つの長編作品に到達したことは、ジェイムズと同じ一九一六年に亡くなった漱石が、やはり評判の悪い

＊1　ルソー『演劇について』（今野一雄訳、岩波文庫、一九七九年）二二五頁。
＊2　David Kurnick, *Empty Houses: Theatrical Failure and the Novel*, Princeton University Press, 2012, pp.5, 20.
＊3　F・O・マシーセン『ヘンリー・ジェイムズ』（青木次生訳、研究社、一九七二年）一〇頁。

『虞美人草』でバロック劇的な女性像を描いた後で、『三四郎』や『それから』以降の「小説らしい小説」に踏み出したことを髣髴とさせる。

あるいはジョージ・スタイナーは、ドストエフスキーの小説の饒舌な対話や突拍子もない展開に、高度な演劇性を認めていた。「彼〔ドストエフスキー〕は常に演劇的テーマにたいする本能的直観を持っていた。行動の一致を生かすために、真実らしく見せかけるのを犠牲にした。いかにも芝居がかったありそうもない事件を平気で書き、偶然の一致とか、あけすけな手段に訴えて平然と、いや毅然としてさえいた」。[*4] ドストエフスキーに「劇作家」としての優れた天分を認めながら、スタイナーはソフォクレス以来のヨーロッパ悲劇の重厚な伝統のなかに、『カラマーゾフの兄弟』や『白痴』を位置づける。確かにカラマーゾフ家の父親フョードルを見ても、彼は役者のように感情の浮沈を大袈裟に表現し（彼のお気に入りはシラーの青年期の戯曲『群盗』であった）、コニャックをあおりながら息子たちをテーブルに座らせ議論するようけしかけるのであり、この作品内演出家の強烈な演劇化作用は瞠目すべきものがある。

カーニックやスタイナーが示すように、一九世紀後半から二〇世紀初頭にかけて、実験的な小説家たちは作中に「ヴァーチャルな劇場」を創造し、内面の文学から逃走しようとした。孤独な心理＝内面の描写が優越しがちな近代小説のなかで、演劇的想像力はときに『カラマーゾフの兄弟』や『厄介な年頃』のような百鬼夜行の劇場を生み出した。漱石のモダニズムの実験も、このヨーロッパ小説の「演劇化」の現象と図らずも共鳴するものと見なせるかもしれない（ちなみに、晩年の『明暗』にはまさにドストエフスキーとジェイムズの影響が垣間見える）。何にせよ、演劇の追放と帰還は近代文学の隠れた拍動であった。[*5]

この見地から言えば、日本の場合、とりわけ近世の劇場文化の「追放と帰還」が重要である。今から論じるように、明治の近代化＝西洋化が始まる前に、小説はすでに「演劇化」の洗礼を受けていた。すなわち、文明開化直前の日本文学は「演劇的小説」の大家と言うべき曲亭馬琴が覇権を握っており、明治の作家たちはこの近世最大の作家を否定することに躍起になっていた（漱石のシアトリカルな『虞美人草』が正宗白鳥に「近代化した馬琴」と揶揄されたのは実に象徴的である）。ここで注目に値するのは、馬琴がたんに近世日本のベストセラー作家であっただけではなく、近世中国の文学的遺産も積極的に吸収した文芸批評家でもあったことである。あえてヘーゲル主義的な言い方をすれば、馬琴は近世東アジア文学の「精神」の運動を凝縮した文学史的存在に他ならない。したがって、馬琴がいかに否定されたかという問いは、日本近代文学の自己意識（＝自分とは何であって何でないのか）の成立に深く関わっている。

私は以下、馬琴とその「前史」の再検討を介して、東洋的近世（明清時代／江戸時代）の演劇的想像力を了解するための手札を揃えていきたい。[*6] 本章では近世の演劇的想像力がいかなるものであったか、それが近代においていかに抑圧されたか、そしてその「近世的なもの」の代替物として何が要請された

＊4　ジョージ・スタイナー『トルストイかドストエフスキーか』（中川敏訳、白水社、一九六八年）一七二頁。

＊5　なお、劇作家になりそびれた作家としてはボードレールも注目に値する。ロラン・バルト『エッセ・クリティック』（篠田浩一郎他訳、晶文社、一九七二年）によれば、ボードレールの演劇性は「［戯曲の］草案では痕迹の状態でしか存在しないのに、一方その他のボードレールの作品では滔々と流れているのである」（六〇頁）。

＊6　「東洋的近世」とは歴史家の宮崎市定の用語である。彼は内藤湖南の歴史観を引き継いで、宋を近世の出発点とした。他方、近年のアメリカの中国研究者は「後期帝国中国」（Late Imperial China）という用語によって、明清時代（およそ一四〇〇年から一九〇〇年）を指すことが多い。時代区分の問題は常に厄介だが、本書では「東洋的近世」という言葉によって、ごくラフに一六世紀以降の日本と中国をまとめて指すことにしたい。日本文学史のパースペクティヴを再考するには、それが有益だと考えるからである。

かを解説し、次章ではその「抑圧されたものの回帰」について論じる。まずは全体像を俯瞰するために、近世と近代、演劇と小説のあいだで引き裂かれた批評家・坪内逍遥の言説の検討から始めよう。

A 東洋的近世の演劇性

1 逍遥の演劇批判

近代日本の最初の体系的文学論は、演劇と小説のあいだに一種のトレードオフの関係を見出すところから始まった。「ノベル即ち真成の小説の世に行はるるは概ね演劇衰微の時にあり」と断言した逍遥の『小説神髄』(一八八五～八六年)が、それである。彼の考えでは、小説(ノベル)の隆盛は演劇の衰微と引き換えにやってくる。裏返せば、演劇が幅を利かせているうちは、小説の時代は訪れることがない。逍遥はこの二つのジャンルのあいだに敵対性やギャップを認めるとともに、演劇から小説への覇権交代を読み手に印象づけようとしていた。

もともと、逍遥の文化的素養には演劇体験が深く染み込んでいた。少年時代の彼は、「平板」で「奥床しさ」を欠いた土地柄ではあるものの「東西演芸の貯水槽」とも言うべき文化の交差点・名古屋に移り住んだ後[*7]、日本で最大の貸本屋であった大惣に通い詰め、草双紙や稗史(はいし)小説を読み漁り、馬琴にすっかり魅了された。そのインパクトは絶大であり、当時は「馬琴のあの機械的な、あほだらめいた七五調のマンナリズムやあの牽強付会な併しながら如何にも豊富な、講釈沢山の、物体ぶった脚色やに惑溺し切っていた」ことが後に回想される。[*8] その一方で、若き逍遥は母や姉の影響で芝居に熱中し、栄の若宮八幡社の小屋にも頻繁に見物に訪れていた。謹厳な父ではなく、風雅な母によって演劇への道が開かれたことは、近世文化の伝達経路の女性的性格を考えるのにもきわめて示唆的である（第三章参照）。折しも、明治初期には末広座等の新しい劇場もオープンし、名古屋の演劇界は活況を呈していた。逍遥も一二、三歳の頃には、自ら芝居の小道具や脚本を作り、寺子屋の友達を自宅に集めて文字通りの「自作自演」に励んだ。[*9]

してみると、演劇よりも小説を上位に置いた『小説神髄』は、この少年期の豊かな演劇体験を否定する書物でもあった。その背景には、江戸時代の民衆が麻薬的な劇場文化のジャンキーになってしまったという逍遥なりの認識がある。彼の一九一八年の論説によれば、文化・文政年間を通じて、歌舞伎はさまざまな文化領域をスペクタクル的なものに書き換えてしまった。

浮世絵が――其美人画までも含めて――殆ど八九分がた劇化されてしまうようになったのも此際か

＊7　「私の寺子屋時代」「歌舞伎の追憶」『逍遥選集』（第一二巻、春陽堂、一九二七年）四、七七頁。逍遥は「名古屋の文芸」の特色を「無技巧的技巧」の「自然主義」と要約しながら、名古屋ゆかりの横井也有の俳文や中村七賀助の歌舞伎のもつ「淡々とした」リアリズムを評価した（一四三頁）。露骨に技巧的な馬琴を批判した『小説神髄』の前史には、名古屋の自然主義があったと言えるかもしれない。
＊8　「曲亭馬琴」同右、二九七頁。
＊9　逍遥の名古屋時代については、大村弘毅『坪内逍遥』（吉川弘文館、一九五八年）が簡潔に紹介している。

らである。草双紙は勿論の事、稗史類の趣向や挿絵までが殆ど悉く劇化されてしまうようになったのも此際からである。

歌舞伎其者の本来が、既に一種変態的のものであったのに、それが生霊になって、さらぬだに変則的に生長し来っていた挿文的絵画小説なるものに憑(よ)って進化したのであるから、其爛熟期の特質は、全く古今空絶のものである。[10]

歌舞伎という「変態的」な様式が「絵画小説」に「生霊」のように取り憑いたという逍遥のヴィジョンは、近世演劇の奇形性を強調するものである。「歌舞伎趣味」は馬琴の『八犬伝』や『椿説弓張月』をはじめとする小説や絵画にまで憑依し、ジャンルの垣根をあっさり破壊してしまった。逍遥によれば、この生霊の憑依は世界的に見ても異例である。「古今内外に亙(わた)って、わが国ほど劇の絵に富んでいる国はなく、また曾てなかった」[11]。

一九世紀の鶴屋南北から河竹黙阿弥に到るまでに、日本の演劇の勢威はクライマックスに達したと言えるだろう。この時期には小説と歌舞伎の相互交流がますます進み、南北によって草双紙合巻（イラスト入りの小説）が舞台化される一方、草双紙のイラストは歌舞伎役者の似顔絵に席巻された。興味深いことに、式亭三馬は一八〇六年の『浮世風呂』で、草双紙のファンがイラストを描いた豊国や国貞といった「画工（えかき）」の名前まで覚えているという旨のセリフを挿入している。[12]今日の「メディアミックス」をも予告する小説の演劇化／演劇の小説化は、近世文化の性質を深く規定するものであった。

それにしても、逍遥はなぜこの「演劇化」の傾向を批判したのか？ それは演劇が人間の情動を異常化するメディアとして捉えられたからである。この力に限っては、演劇（＝目撃の文学）は小説（＝想像の文学）を遥かに凌駕する。「小説の演劇に優ること已にかくの如しといへども、人心を感ぜしむる力に至りては演劇の力に及ぶべうもあらず。蓋し想像と目撃とはその感触の度元来おなじからざればなり」。逍遥はかつての演劇少年らしく、観客の五感にじかに訴えかける芝居が、いかに強烈な情動を呼び覚ますかを雄弁に語った。

況てや妙手の俳優にして、伝奇の大家の手になる。一挙一動一笑一顰宛然その物の真に逼りて、看る者をしてしらずしらずその劇たるを忘失なし、あるひは笑ひあるひは泣き、ほとほと狂人のごとくならしむ（我が梨園に幸四郎、半四郎らの妙手ありて、鶴屋南北の傑作あり。もて都人士を動かせしは人のよく知る所なり）。

優れた作品や俳優と対面するとき、観客はそれが演劇であることを忘れ、感情をかきたてられ、ほと

＊10 「芝居絵と豊国及び其門下」『逍遥選集』（第七巻）一〇六、一二二頁。
＊11 「世界に類例のないわが芝居絵」『逍遥選集』（第七巻）二七一頁。
＊12 郡司正勝『鶴屋南北』（中公新書、一九九四年）一三二頁以下。なお、『小説神髄』は今日の「ライトノベル」のような草双紙も批判しており、草双紙が「細密なる挿絵をもてその形容を描きいだして、記文の足らざるをば補」ってきたことに、作家の怠惰を見出している。

んど狂人のようになる。この熱狂は、松本幸四郎や岩井半四郎、あるいは鶴屋南北のようなスペクタクル作家によって推進された。しかし、『小説神髄』の進歩主義的な立場からすれば、この種の狂気は退行にすぎない。そもそも、小説と比べると演劇の訴える「範囲」は格段に狭いものであった。なぜなら、逍遥によれば、演劇は観者の「視聴の官」にしか届かないのに対して、小説は「読者の心」に訴えかけ、近代に相応しい広さや細やかさを得ることができるからだ。逍遥にとって、小説はまさにヴァーチャルな現前性を作り出すメディアであった。

近世の劇場文化が情動を異常化したという『小説神髄』の見解は、その後も定型的な文学史観となった。例えば、谷崎潤一郎は敗戦後の一九四八年のエッセイ「所謂痴呆の藝術について」で、嗜虐的で血腥い義太夫について、日本文学の端正さを台無しにした愚かな芸術であり、「軍閥の野蛮性」や「あの当時の国民全体の馬鹿さ加減」にも通じると酷評した。「われわれの国の文学史を繙いて見れば直ぐ分るように、義太夫文学以外には、われわれの国にかくの如く愚昧で残忍な文学は殆ど一つもないのである。平安朝以後の物語類は勿論として、早い話が義太夫の先祖ともいうべき謡曲を見ても、そこには全くそれと正反対のもの、――素朴で、幽玄で、艶麗で、冥想的な世界があるのみで、義太夫のような愚かさや厭らしさは何処にも見られないのである」。谷崎の考えでは、「痴呆の芸術」としての義太夫は日本文学の突然変異であった。

では、演劇の転移と拡散が日本文学の異常化＝痴呆化を招いたとして、文学者はそれにどう対処すべきなのか？　『小説神髄』時点での逍遥は、演劇のウイルス的な「越境」を食い止めることを選んだ。現に、『小説神髄』は文芸諸ジャンルの仕事内容と相互の境界をきっちり画定した、一種の分類学的書物の様相を呈している。逍遥は文学の「分別」（ぶんべつ／ふんべつ）を示すことによって、ジャンルの枠を超えて野放図に拡散していた「生霊」のような演劇を、それに相応しい場所に置き直そうとした。分類と整理というカルトグラフィック（地図制作的）な知を導入し、演劇の異常さを制御することが、理論家・逍遥の企てとなるだろう。近代日本の小説論の原点には、この正常化の欲望が刻印されている。

逍遥は麻薬的かつ悪霊的な演劇に「場所確定」（Ortung）を施し、小説の自己意識を確立する。この分類学的な知が可能になったのは、逆説的なことに、当の演劇ジャンルそのものがすでに十分成熟していたからでもあるだろう。逍遥が河竹黙阿弥について、空想・趣向・脚色を重んじた馬琴、浮世絵師の歌川国貞と並置しながら「江戸演劇の大問屋」（「『河竹黙阿弥伝』序」）と形容したことは、特筆に値する。自ら看板やビラの下絵を描き、耳に馴染みやすい音楽的なセリフを生み出し、残酷で嗜虐的な演出を手がけた黙阿弥は、数世紀にわたる日本演劇を綜合した「羅馬帝国」のような作家であった。江戸の文芸が馬琴と黙阿弥によっていったん統一された後、逍遥はその演劇の帝国を否定するジャンルとして「小説」を位置づけたのだ。

2　李漁の演劇性と批評性

もっとも、話はこれで終わらない。逍遥自身は『小説神髄』で演劇批判を展開した後、かえって日本でも指折りの劇作家・演劇理論家に変貌していく。仮に『小説神髄』の図式が正しいならば、わざわざ演劇に取り組む必要はないはずだが、逍遥は明治二〇年を境にしてむしろ小説を離れて「演劇改良」を開始し、シェイクスピア劇の完訳や近松門左衛門の研究から『桐一葉』等の劇作に到るまで、演劇人として多彩な仕事を手掛けるようになった。この奇妙な転向は、演劇という悪霊的なジャンルが、批評家の理性に眩暈や混乱を引き起こすものであったことを示唆している。

逍遥の実践については後で触れるとして、私がここで是非とも強調したいのは、少年時代の彼を虜にした近世演劇の「遺産」に中国文学の記憶が含まれていたことである。例えば、『小説神髄』は「人情」を描くことが「小説の主脳」だという有名なテーゼを掲げる一方で、馬琴の稗史小説に見られる「勧善懲悪」を批判した。しかし、逍遥は「勧善懲悪」がもともと近世中国の文学概念であったことも忘れていない。彼の批判の刃は、近世の中国人と日本人の「共作」に対して向けられていた。

蓋しこのあひだの戯作者流はひたすら李笠の語を師として意を勧懲に発するをば小説、稗史の主脳とこころえ、道徳といふ鋳型を造りて力めて脚色をその内にて工夫なさまく欲するからに、強ち古人の糟粕をば嘗めむとするにはあらざめれど、もとその範囲広からねば、覚えず同轍同趣向の稗史をものするものなるべし。（傍点引用者）

逍遥の考えでは、江戸の戯作者たちは中国の李漁（李笠翁）に由来する「勧善懲悪」論にすっかり洗脳され「同轍同趣向」の道徳主義的稗史に凝り固まっている。それゆえ、小説の改良のためには、まずこの集団的洗脳を解かねばならない。芝居や稗史はひとびとの情動を狂わせただけではなく、頭脳を書き換える力も所有していたからこそ、『小説神髄』にとっての最大の難敵となった。結論から言えば、馬琴の背後に中国の李漁の文学論を透かし見た『小説神髄』には、ヨーロッパ近代の「知」と東洋的近世の「知」の衝突が潜んでいる。

しかし、残念なことに、『小説神髄』の歴史的文脈は今日の日本人にはすでに馴染みが薄くなっている。この失われた文脈を復元するために、迂遠な議論になることを厭わず、私は李漁の言説を詳しく紹介しておきたい。というのも、近世中国を代表する劇作家にして批評家であった李漁のテクストは、後の馬琴の文学について、ひいては東アジア文学のモダニティについて考えるのに格好の手がかりとなるからである（ただし、私は中国演劇の専門家ではないので、以下の記述は本章の論旨に沿った概説にすぎないことをお断りしておく）。

一六一〇年に浙江で生まれて八〇年に亡くなった明末清初の文人・李漁は、一七世紀中国きっての多才な作家・批評家であった。彼の著作には、十を超える戯曲——その代表作は『笠翁十種曲』としてまとめられた——に加えて、小説集『無声戯』や『十二楼』があり、著名なポルノ小説『肉蒲団』の著者も彼だと伝えられる。さらに、李漁の女婿であった沈心友が編者をつとめ、彼自身も序文を寄せた絵画の手引書『芥子園画伝』（かいしえんがでん）は、日本の美術史にも大きな影響を与えたことで知られる（ちなみに「芥子園」とは、南京にあった李漁の別宅の名前である）。

これらの文学や芸術に関係する仕事の傍らで、演劇、建築、造園、家具、美食、ファッション、化粧、養生術などの多様なトピックに即して生活の美学化を試みた批評的なエッセイ集『閑情偶寄』（かんじょうぐうき）が一六七一年に刊行される。その序文で文人・余懐（『板橋雑記』の著者）が示唆するように、『閑情偶寄』は「文章は経国の大業、不朽の盛事」（曹丕「典論」）という中国古来の政治的な文章規範から逸脱した、まさに脱政治的な美学書であった。その多岐にわたる話題のなかでも、望ましい作劇法を説いた演劇論は、それまでにはほとんど類例のないほどの体系性を備えていた。

そもそも、中国では詩が文化の中心であった一方で、演劇も古くから宮中の芸能として――もっと遡れば神を祀る祭祀として――存在しており、特に唐代以降には急速な進歩を見せたが（例えば、唐の玄宗の作った「梨園」という俳優養成所は今の日本語にも受け継がれている）、正統的な文学には数えられてこなかった。この点で、中国の演劇は『水滸伝』や『紅楼夢』のような白話小説と並ぶ一種の「サブカルチャー」である。しかし、モンゴル統治下の元王朝では、かつてであれば詩人になったような才能が異端的な劇作に流れ、やがて北曲の代表である元の王実甫（おうじっぽ）『西廂記（せいそうき）』や南曲の代表である明の高明『琵琶記』等の戯曲の傑作が生み出された。[*13] 李漁の『閑情偶寄』は現場の劇作家の立場から、これらの記念碑的な戯曲＝サブカルチャーの技法を解剖してみせた。

と同時に、李漁にとって演劇はただの分析対象ではなく、実践的な「生存の技法」でもあった。王朝交代期にあたる彼の人生は流浪と貧困に支配されたが、演劇的想像力はその厳しい環境を生き抜くためのサヴァイヴァル・キットとなった。『閑情偶寄』には大略次のように記される――私は憂患と落魄のうちにあり、幼い頃から大人になるまで、心楽しむことがなかった。だが、戯曲を作っているときだけは、自分を慰められたし、天地の間で最も幸福な人間だと見栄を張ることもできた。思うに任せない現実のなかに、戯曲は「幻境」を創作することができる。そこでは、官になりたいと思えば、瞬く間に富と名誉を手に入れられる。官から退こうと思えば、すぐに山林に入ることができる。才子になろうとすれば、杜甫や李白に転生することもできる……（語求肖似。以下『閑情偶寄』の項目名を参考のために記す）。

こうして、李漁は劇作を一種の自己療養として、すなわち別の人格を擬態するための貧者の想像力として位置づける。受け身の消費者に甘んじることなく、かといっていたずらに陰鬱になるのでもなく、コミカルな調子で自己の新たな「発明」に乗り出すこと――、彼の演劇性はそのための賭金となった。さらに、彼は戯曲の方法論を自らの小説にも持ち込んだ。彼の代表的な小説が『無声戯』(「声のないドラマ」の意)と題されたことは、この二つのジャンルの結婚を示す証拠である。

以下、『閑情偶寄』の演劇論を随時踏まえつつ、李漁の思想を具体的に説明していこう。

(α) メタ演劇

李漁のテクストには彼自身の演技者的な人格が露出している。アメリカの中国文学者パトリック・ハナンが述べるように「李漁は自らのすべての著作のなかに可視的(visible)かつ可聴的(audible)に存在しているが、その程度は並外れている。〔…〕『閑情偶寄』(英訳:*Casual Expressions of Idle Feeling*)の演劇の章――それは前近代における最もシステマティックな演劇論を構成している――でさえ、主に李漁のアイディアと実践についてのものである」。[*14] 李漁は学問的権威に訴えることなく、あくまで自己の嗜好と実践に

*13 なお、中国の戯曲は日本も含めた海外に早くから紹介されてきた。例えば、『宋元戯曲考』の著者として名高い王国維は、大阪朝日新聞記者で漢学者の西村天囚が一九一三年に日本語訳した『琵琶記』に寄せた中国語序文に「戯曲は我が国の文学で最も遅いものであったが、その他国への流伝は非常に早かった」として、ヴォルテールに翻案された元曲『趙氏孤児』、香港総督を務めたイギリスの漢学者ジョン・フランシス・デイヴィス訳の元曲『散家財天賜老生児』を挙げている。

よって議論を組み立てた。こうした作者本人の遍在性こそが、彼のテクストを特徴づける。

例えば、十二の楼閣を舞台とした李漁の代表的な小説集『十二楼』（一六五八年）の一篇「夏宜楼」はその冒頭から、作家本人が蓮の花についての薀蓄を垂れ流し、脱線を重ねた挙句、自らの饒舌さを詫びる自己言及的なコメントを付す。そうかと思えば、別の一篇「払雲楼」では美女と醜女を登場人物とする芝居作りに熱中する青年たちをコミカルに描きながら、やはり作家本人がたびたび顔をのぞかせ、彼らの振る舞いについてあれこれ講評を加える。演劇を作ろうとする演出家的な若者に対して、上位の作者がコメントを挿入することによって、この小説はライオネル・エイベルの言う「メタ演劇」――登場人物が自覚的な演出家＝劇作家となり、作品世界をドラマタイズしていく演劇――の外見を示し始めるだろう。*15

さらに、自己のイメージを作中にばら撒いていく演劇化作用は、テクスト内の批評を増殖させることにもなった。『十二楼』や『肉蒲団』のような小説においてさえ、李漁が作中に挿入した私＝作者はおしゃべりで理屈っぽいエッセイストとして論評やディベートを繰り広げる。「李漁は伝統的な語り手のペルソナをほとんど彼自身のイメージに作り変えてしまった。そのため、彼の個人的な意見とコメントは物語にむりやり割り込み、それを支配することさえあった」「彼は自分の人生においてと同じく著作においても、自らを好んでドラマタイズした」。*16 物語と批評を交配させたその饒舌な文体によって、彼は他人の言わないようなオリジナルな見解をこれみよがしに示そうとした。

こうして、李漁の作品はたんに読者を慰安するエンターテインメントに留まらず、作者に限りなく近いナレーターを介して、批評（知）や道徳の領域をも巻き込んでいく。逍遥の敵視した「勧善懲悪」論も、あくまで演劇理論の延長線上で語られたものであった。『閑情偶寄』によれば「伝奇〔演劇〕は古人にとって木鐸であった」（戒諷刺）。文字を知らない民衆にも分かるように、善行と悪行の帰結を示すこと――、李漁はこの「社会の木鐸」の機能を伝奇＝演劇に託した。

ただし、李漁はあくまで実践的な著述家であり、決して四角四面の道徳を押しつけたわけではない。例えば、『十二楼』所収の「生我楼」では、戦乱のときに夫以外の男に陵辱された女性について、温かい同情心が語られる。『閑情偶寄』の序でも「勧善懲悪」という徳目をおおっぴらには掲げず、最初は読者を引き込むために「風雅」を語ることが推奨された。さらに『肉蒲団』に到っては、読者への教訓という建前のもと、エロティックな描写がこれでもかと連ねられていくだろう（ちなみに、このわざとらしい教訓的話法は近世中国のポルノ小説のパターンでもある）。この点で、李漁の文学は、悪女には容赦なくむごたらしい懲罰を下した馬琴の『八犬伝』の道徳主義とは一線を画していた。

（β）非歴史的な文体

李漁のテクストは作者自身の登場する「メタ演劇」の仕掛けによって、作品内批評を増殖させていく。ここで注目すべきは、その芝居がかった知的なおしゃべりが、それを聞く読者＝観客の存在を前提

＊14　Patrick Hanan, *The Invention of Li Yu*, Harvard University Press, 1988, p.31. 本節の記述はこの優れた李漁論に加えて、杜書瀛『論李漁的戯劇美学』（中国社会科学出版社、一九八二年）を参照した（なお『閑情偶寄』は未邦訳）。

＊15　ライオネル・エイベル『メタシアター』（高橋康也他訳、朝日出版社、一九八〇年）一〇一頁。

＊16　Hanan, op.cit., pp.33, 35.

としていたことである。『閑情偶寄』によれば、戯曲のテクストは「読書人も、読書しない人間も、婦人・子供も等しく読める」ことが重要であり、したがって彼らの耳や舌に馴染んだ言葉を使うべきである（忌填塞）。李漁は古典的品格を備えた深いテクストではなく、むしろ庶民の「街談巷議」のような浅いテクストに価値を認めた。「浅処で才を示し得る者が、文章の名手というものである」（同）。

現場の劇作家である李漁は引用（典故）の多い文章を否定したが、それは過去を尊重する中国文学の原理そのものへの挑戦になっている。彼の考えでは、戯曲の文章（曲文）は従来のオーソドックスな詩文――常に古典的先例を参照する間テクスト的な文学――とは異質である。「曲文の詞采は詩文の詞采とは異なるだけでなく、明らかに相反するものである」（貴顕浅）。戯曲の台頭は、優れた文章とはどういうものかに関する中国人の長年の判断基準を引っくり返してしまった。面白いことに、その「非歴史性」は李漁のエッセイにも及ぶ。例えば、彼の紀行文は中国各地の珍しい食べ物についての記述が目立つ一方で、街の歴史にまつわる文人的記憶が欠けており「ほとんど歴史をもたないかのような中国」を描き出していた。[*17]

さらに、受け手の「耳」や「舌」への配慮は、口語的なコミュニケーションの評価に繋がる。『閑情偶寄』に続く理論書『窺詞管見』で、李漁は「話のような」文学を推奨した。彼の大胆な説によれば、過去のあらゆる良い文章は談話に近い文学である。したがって、作家は誰かと面談しているときのように書くべきであり、しかもその相手は教養ある文人ではなく、妻や子供、召使などを想定せねばならない（第十二則）。プロフェッショナルな審美眼を備えた知識人ではなく、むしろ身近にいる無知な読者のパロール（話し言葉）を想像すること――、それが彼の文章論の核心であった。

李漁が演劇批評にこの種の「現場主義」と「音声中心主義」を持ち込んだことは、特筆に値する。例えば、彼は自分と同年に生まれた文芸批評家・金聖嘆の『西廂記』評を絶賛しつつも、それはあくまで文人の評価であり、俳優サイドのものではないことを指摘している（填詞余論）。さらに、俳優の台詞についても彼はひとかどの見解を持っており、自らが劇作家として「賓白」（台詞）を自然な表現に高めたことを誇らしげに語っていた（詞別繁減）。それまでも明の最大の劇作家・湯顕祖は台詞を重んじていたが、李漁の考えでは、その作品は現実の役者の発声に十分配慮したものではなかった。『閑情偶寄』は演劇の現場と理論を結びつけようとした美学書として、文学史上で異彩を放っている。

（γ）キャラクターの現前性

ところで、口語的なコミュニケーションの優位性は、観客（受け手）に対する作品の「現前性」を強調することに繋がる。李漁によれば、演劇は「魂魄を捕まえる」ことに秀でたメディアであった（大収煞）。終演してから数日経っても、舞台の声が耳のあたりに、その情景が眼のあたりにあるかのように錯覚させること――、こうした強烈な「現前性」が伝奇（演劇）というメディアを特徴づける。演劇があらゆる障害を突き抜け、受け手の五感をダイレクトに震わせるというこの見解は、後の逍遥の『小説神髄』をも予告するものだろう。

興味深いことに、戯曲だけではなく白話小説、特に『水滸伝』の批評家たちも、作品と受け手のあい

＊17　Ibid., p.34.

だの距離の無化に注目していた。例えば、一六一〇年に刊行された容与堂本『水滸伝』には文人・葉昼の「評点」（注釈的コメント）が付されているが、好漢の武松がプレイボーイの西門慶や淫婦・潘金蓮と渡りあう第二四回の総評では、その個性豊かなキャラクターたちの姿が眼前にあるようであり、その声が耳元で鳴っているようで、言語文字のあることに気づかないと賞賛されている。言語（テクスト）の膜を突き抜けて、受け手の五感に直接配信される神がかったキャラクター描写――、このほとんど「テレパシー」を思わせる直接性＝現前性の夢が、オーソドックスな儒教というよりアナーキーな老荘思想に連なるものであったことも付け加えておこう。[*18]

その後、『水滸伝』を斬新なやり方で批評した金聖嘆も、キャラクター（性格）に、特にその個性化に強い関心を抱いていた。彼の批評は『水滸伝』を文字通りの「キャラクター小説」として読み解いた。「金聖嘆は「性格」という語を虚構の登場人物を語るのに使った最初の人物である」（ロールストン）。[*19] 金聖嘆によれば、『水滸伝』の作者は百八人の好漢を記述するにあたって、一人ひとりにそれぞれ固有の性情、気質、形状、声口を与えた。百八人の性格はすべて独立したパターンに描き分けられる。作中の膨大なキャラクターを巧みに個性化し、その性格と発言をズレなく一致させる『水滸伝』の妙技に対して、金聖嘆は賞賛を惜しまなかった。「キャラクター小説」としての『水滸伝』はまさに東アジアのモダンな前衛文学として批評されたと言えるだろう。

葉昼や金聖嘆の批評が『水滸伝』のキャラクターやその現前性に注目したことは、演劇と不可分である。そもそも、中国の白話小説に演劇の痕跡を認めるのは難しくない。『水滸伝』、『三国志演義』、『西遊記』のようなメジャーな小説は、それぞれ「水滸戯」、「三国戯」、「西遊戯」という民衆向けの芝居と連続しており、その文体はしばしば演劇のシミュレーションの様相を呈した。なかでも、『水滸伝』は講談師の口調を「細部まで漏らさず言語化」した「未曾有の表現能力を持つ文で綴られた」小説であり、その文学史上のインパクトの大きさはまさに別格であった。[*20] 古来、中国のテクストの魅力は『春秋左氏伝』や『史記』のように演出の面白さによって支えられてきたが、[*21]『水滸伝』の文体はそのシアトリカルな伝統を再び活気づけた。そして、この記念碑的な作品はたんに中国小説の表現能力を前進させたのみならず、金聖嘆のような異端の批評家のゆりかごにもなるだろう……。

受け手への「現前性」を重んじる近世中国の文芸批評に触れるとき、私はジャック・デリダの有名なルソー論を思い起こさずにはいられない。先述したように、演劇を嫌って、あらゆる媒介＝演技を省略したフェイス・トゥ・フェイスの透明な関係を夢見たルソーは「欲望」と「快楽」がズレなく一致する至福の「祭り」を理想とした。デリダの考えでは、ルソーのこの思想は「誕生の運動」を、すなわちダ

＊18　例えば、葉朗『中国小説美学』（北京大学出版社、一九八二年）は、葉昼の批評を「意を得て言を忘る」（ビクが魚を捕らえてしまえば用済みになるように、言語も所詮は道具であり、意味を捉えてしまえば忘れて構わない）という『荘子』の（反）言語思想に接続している。なお、容与堂本は葉昼ではなく李卓吾（李贄）の名前を冠しているが、これは当時の有名な批評家であった李の名前を借用したものだと推察されている。

＊19　David L. Rolston, *Traditional Chinese Fiction and Fiction Commentary: Reading and Writing Between the Lines*, Stanford University Press, 1997, p.192.

＊20　小松謙『「現実」の浮上――「せりふ」と「描写」の中国文学史』（汲古書院、二〇〇七年）二二七頁。徐大軍『中国古代小説与戯曲関係史』（人民文学出版社、二〇一〇年）四一三頁以下。

＊21　倉石武四郎『中国文学講話』（岩波新書、一九六八年）三五頁。

イナミックな「現前の現前化」を反復している。[22] ちょうど『水滸伝』のキャラクターが言語＝媒介を突き抜けて読み手に現前すると見なされたように、ルソー的な祝祭のヴィジョンも社会の誕生の瞬間をたえず現前させようとする。

デリダ以来、ポストモダンの哲学者はこの種の「現前性の形而上学」を一貫して批判してきた。実際、ズレ（デリダの言う「差延」）を打ち消すルソーの祝祭モデルに、ファシズムが潜在しているのは否定できない。しかし、ルソーが理論上の危険なトリックを駆使したのは確かだとしても、彼の多産性そのものも疑う余地はない。彼は現前性の形而上学という危険な夢に取り憑かれた思想家であったからこそ、その後の哲学や小説、政治に、負債も含めた「大いなる遺産」を残すことになった。例えば、フランス革命においてロベスピエールの企てた「最高存在の祭典」は、まさにルソーの祝祭のヴィジョンを現実化したものである。[23] デリダの脱構築がインパクトをもったのは、それだけルソーの思想が強力であったことを意味している。

したがって、私たちはたんに「現前性の形而上学」を教科書的に退けるのではなく、むしろこの形而上学の効力や形態を吟味するべきだろう。李漁や金聖嘆、葉昼ら一七世紀中国の文芸批評家たちは、一八世紀フランスの演劇嫌いであるルソーとは対照的に、演劇的な小説／キャラクターにこそ「現前の現前化」のダイナミズムを認めた。彼らが新興のサブカルチャーから新しい批評や美学を作り出したことは、ルソーとはちょうど逆のやり方で「前衛」に近づくことであった。

（δ）モダニズムの美学と詩学

繰り返せば、先例の学習を重んじる中国の文化環境において、劇作家としての李漁は例外的に「新しさ」を評価した思想家であった。彼は陳腐な言い回しを嫌う一方で、自らの表現の独創性をしきりに喧伝した。「わたくしは半生のあいだ文筆に従事してきて、他人の一字も盗んだことはない」（凡例七則）。「新というものは、天下の事物の美称である。文章は他の分野と比べて、特にそれが当てはまる」「新は奇の別名である」（脱窠臼）。先例に囚われず、新奇な趣向を凝らしてひとびとの好奇心を繋ぎ止めることが、李漁の文学上の課題となった。

この態度はフィクションへの高い評価に繋がっていく。それまでの中国文学は、たとえどれだけ虚構的な作品であっても「事実への尊重」を表面上は失わなかった。だが、李漁はその慣習から抜け出ている。「伝奇は事実ではなく、大半は寓言である」（審虚実）。伝奇は虚構（寓言）の仕掛けを通じて、ひとびとに慰安と教訓を与える。李漁は無味乾燥な事実よりも、創意工夫に満ちた新奇なフィクションを好ましいものと見なした。しかも、そのフィクションの範囲は文学に留まるものではない。『閑情偶寄』にはファッション（化粧や服飾）や建築、造園術における生活の芸術化が記されている。例えば、李漁は書斎の窓から自らの設計した園林を終日眺めていたが、ある日思い立って、窓の上下左右に紙を貼りつけて

＊22　ジャック・デリダ『根源の彼方に　グラマトロジーについて』（下巻、足立和浩訳、現代思潮社、一九七六年）二三〇頁。

＊23　ただし、ジャン・スタロビンスキー『自由の創出』（小西嘉幸訳、白水社、一九八二年）によれば、この祭典の「演出家」であった画家のダヴィッドは、革命的な偶像破壊＝祝祭の後に理性の偶像としての「知恵の女神」を出現させた。それは「演劇」の再生に他ならない（一一四頁）。ルソーの反演劇的祝祭はあくまで一瞬の夢に留まった。

その庭のヴィジョンを一幅の風景画に見立て、それを「無心画」と称し家族と楽しむこともあった（ちなみに「借景」という概念が、李漁より二〇歳ほど年長の造園家・計成によって理論化されたことも付け加えておく）。

フィクション／ファッションの価値を多面的に認めた李漁の言説は、ヨーロッパの著述家と比較しても「モダニズム」の原型と呼ばれるに恥じないだろう。例えば、一八世紀のカントは『判断力批判』で「テーマ」のない絵画の例として、まさに造園術や室内装飾を挙げていた（第五一節）。さらに、一九世紀のパリを舞台としたボードレールの美術評論は、化粧は人間を完璧な彫像に近づけると見なしながら、自然の従属から解き放たれた「モード」を肯定し、群衆との結婚を芸術家に促した。彼の「モデルニテ」の理念は、一時的で移ろいやすいモードから、古の巨匠にはない「綜合的で幼児的な野蛮さ」を抽出しようとするものであった[*24]。李漁も同じく、伝統の重荷を振り切るファッショナブルな趣向を愛好していた。ボードレールに先立って、すでに一七世紀の中国が李漁というコミカルで好奇心旺盛なモダニストを擁していたのだとすれば、それは驚くべきことではないだろうか？

ここで注目に値するのは、李漁がたんなる新しもの好きではなく、分析の欲望もふんだんに持ちあわせていたことである。彼には消費者の美学とともに、創作者の詩学があった。先述したように、『閑情偶寄』は戯曲の望ましい「構成」として七つの方法論を導入した。そこでは、伝奇には「主脳」（作品を貫く一つの軸）が必要であり、一人の登場人物には一つの事件を割り当てるべきだと主張される一方、世評の高い『琵琶記』についてはその構成の散漫さが鋭く批判された。戯曲作品は計算や技法によって作られるという『閑情偶寄』のシステマティックな議論は、たんに前近代的なものとして一蹴されるべきものではない。

よく知られるように、ボードレールやマラルメのようなヨーロッパのモダニストの源流には、詩の仕組みを精緻に分析した一九世紀アメリカのエドガー・アラン・ポーがいた。ポーの一八四六年の名高い評論「構成の原理」は、自らの詩『大鴉』が偶然の神秘によってではなく、その〝Nevermore〟という言葉の反復をめぐる厳密な計算によって作られたことを解説したものである。それに対して、一七世紀中国において分析の欲望を育てたのが演劇であったことは、比較詩学の観点から言ってもきわめて興味深い。ポーが貧困のなかで詩それ自体の形式を高度に意識化したように、李漁も貧しい生活のなかで、演劇それ自体のメカニズムを解き明かそうとしていた。

ただし、ポーやボードレール、マラルメと違って、李漁は純粋に人工的な世界に対しては一定の距離を保っていた。伝奇＝演劇というフィクションは、彼にとってむしろ自然な「人情物理」に寄り添うものであった。「人情物理を語るものは千古を伝わるが、荒唐怪異に関わるものはすぐに廃れてしまう。四書五経や左国史漢、さらに唐宋の諸大家のなかに、人情を語らなかったものが一つでもあるだろうか？」（戒荒唐）。「私が思うに、伝奇は雅（冷）か俗（熱）かということとは関係がなく、ただ人情にあわないことを恐れる」（剤冷熱）。劇作家は荒唐無稽なファンタジーに心を奪われてはならず、あくまで人間の自然な情を細やかに再現せねばならない――、人間存在のリアリティに肉薄するためにこそフィクション（寓言）を活用するという捻れた論理が、ここには認められる。レヴィ＝ストロースのうまい表

＊24 「現代生活の画家」『ボードレール批評2』（阿部良雄訳、ちくま学芸文庫、一九九九年）一七三頁。

現を転用するならば、『閑情偶寄』は「自然を演技する」ための指南書であった。[*25]

3　異端の批評

要約すれば、李漁は①メタ演劇的な作品内批評家＝ナレーターを物語に侵入させ、②談話のように「浅い」非歴史的文体を評価し、③観客に対する演劇の「現前性」に注目しながら、④フィクションやファッションへの評価によってモダニズム的な実践に近づいた作家であった。こうした多面性は、彼が伝奇（演劇）のジャンル的特性を最大限に引き出し、それを他ジャンルにも及ぼしたことに由来する。二〇世紀の著名な俗文学研究者の孫楷第（そんかいだい）は、李漁が戯曲と小説の区別をつけなかったことに功罪を認めたが、[*26]むしろこのジャンルの越境にこそ李漁の文学的な賭けがあったと言わねばならない。演劇特有の要求にあわせて、「書くこと」の戦術や価値そのものを根こそぎ作り変えること――、それはまさに近世中国における前衛のプロジェクトと呼ぶに相応しい。

しかも、李漁のモダンな美学は決して孤絶したものではなかった。消費文化の爛熟を迎えた明代後期の社会は、新しい価値基準が生じていた。特に「奇」という美学概念が「オリジナリティ」や「新しさ」を示す用語として尊ばれたのは、この時代の特色である。書の董其昌（とうきしょう）や傅山（ふざん）、絵画の石濤（せきとう）、文学の李卓吾（李贄）や袁宏道、戯曲の湯顕祖といった一六～七世紀の錚々たる作家たちは、こぞって「奇」に高い価値を認めていた。[*27]それは当時の中国のアート市場とも無関連ではない。近世中国の美術及び美術批評は「オリジナリティの神話」（ロザリンド・クラウス）としての「奇」の概念を通じて、流通と評価のシステムを編成していたと考えられる。[*28]

その一方、白話小説のテクストも新しいタイプの「文芸批評家」を創出する場になった。李漁は作者自身を「ナレーター」として自作に乱入させたが、当時のもう一つの批評のスタイルとして、白話小説には作者とは別の「コメンテーター」(評点家)がつくケースがあった。彼らは有名な作品にじかに「評点」を書き込むことによって、そのテクストの読みどころを示した。代表的な小説にはそれぞれ代表的な評点家がついており、『三国志演義』の毛声山、毛宗崗父子、『水滸伝』の葉昼や金聖嘆、『金瓶梅』の張竹坡、『紅楼夢』の脂硯斎はよく知られる。なかでも、金聖嘆は『水滸伝』の本文テクストの後半部を除去(腰斬!)した七〇回本(貫華堂本)を刊行し、しかもその自ら加筆した箇所に絶賛のコメントを付すという大胆不敵な「自作自演」までやってのけた。テクストの本文に密着して、詳細な批評を施していく彼の戦略について、現代の研究者は半ば強引に二〇世紀の英米の「ニュークリティシズム」になぞ

＊25　クロード・レヴィ＝ストロース『野生の思考』(大橋保夫訳、みすず書房、一九七六年)一四一頁。

＊26　孫楷第「李笠翁与十二楼」『滄州後集』(中華書局、一九八五年)一八八頁。

＊27　白謙慎『傅山的世界』(生活・読書・新知三聯書店、二〇〇六年)。桃山時代の画家・狩野永徳が一七世紀の『本朝画史』で「恠恠奇奇」と評されたのも、東洋的近世の「奇」の美学の変種と言うべきかもしれない。

＊28　Katharine P. Burnett, *Dimensions of Originality: Essays on Seventeenth Century Chinese Art Theory and Criticism*, The Chinese University of Hong Kong, 2013, p.xxiii.　特に董其昌は市場の操作に長けた芸術家であり、ブランド・イメージを高めるために、自身の書蹟を「法帖」として刊行しスタンダード化する一方、増殖する贋作を宣伝代わりに利用していた。増田知之「董其昌の法帖刊行事業に見る権威確立への構想」『史林』(九一巻五号、二〇〇八年)参照。なお、明末清初の芸術家に「現代性」(modernity)の萌芽を認めるのは、最近の研究の流行である。

らえている。[29]

中国の文芸批評は『閑情偶寄』のような単独の著作だけではなく、小説や戯曲への「コメント」の形式も採用しながら、固有のブランドをもった批評家を育ててきた。そればかりか、彼ら批評家／コメンテーターは何が良い文学かという基準も新たに作り出した。先述したように、李漁は文体の評価基準を大きく変更し、金聖嘆も『水滸伝』や『西廂記』というサブカルチャー文学をそれぞれ「第五才子書」「第六才子書」と名づけて、『史記』や『楚辞』などの古典と平然と同列視した。この一七世紀の価値転倒は、東アジアの知的環境における大きな転換点であったと言わねばならない。その豊かさは、同時期の日本文学の不毛さと比べると際立っている。[30]

総じて言えば、この近世の文化的変動は儒教のオーソドキシーの外部で生じた異端的な運動である。興味深いことに、彼ら異端的な「才子」たちがしばしば思想的な拠点としたのは仏教であった。とりわけ、「評点」の形式は禅と関わりが深く、白話小説や戯曲の批評にも禅の用語は入り込んだ。例えば、金聖嘆の『水滸伝』評の辛辣でアイロニカルな調子は禅に近く、『西廂記』評には趙州和尚の名高い「無」の公案がたびたび用いられた。[31] さらに、金聖嘆以前では異端の思想家・李卓吾がやはり仏教を篤く信じており、その主著『焚書』には随所に禅の影響が見られる。禅の発想法やスタイルは近世中国の「前衛」を活気づけるものであった。

日本でも、禅と批評のあいだには重要な結びつきがあった。林屋辰三郎が言うように、テクスト外の体験を重んじる禅の「教外別伝」や「不立文字」の影響のもとで、特に応仁の乱以降は、口伝や雑談といった「個人に焦点をしぼった聞書の形」の批評が現れる。[32] 師のアトランダムな談話の断片を弟子が記録するというくつろいだスタイルによって、この「聞書としての批評」は雑多な話題を取り込むことができた。例えば、能楽師の金春禅鳳の座談を書き記した『禅鳳雑談』（一五一三年頃成立）には、能楽に留まらず、茶の湯、花、音楽、和歌や連歌等についての多彩な意見が収録されている。格式張らないリラックスした座談のトーンは、一人の優れた能楽師の広い視野そのものを再現するものであった。ちょうど同じ一六世紀のフランスではモンテーニュが「エッセイ」の形式によって、人間という不可解な生物についての鋭利で断片的な言説を作り出していたが、この「エッセイ」の対応物を東アジアからあえて挙げるならば、禅由来の「語録」や「聞書」になるのではないか？

ただし、中国の禅と比べると、日本の禅がずっと美学的であったことも付け加えておかねばならない。例えば、中国文学者の入矢義高は「端的にいえば、中国の禅は美の世界とは全く無縁であった」と断言しながら、日本の禅が芸術（庭園、墨蹟、絵画、茶）に傾いていったことを「禅の頽廃」ではないかと厳

＊29　呉子林『経典再生産——金聖嘆小説評点的文化透視』（北京大学出版社、二〇〇九年）一五四頁。

＊30　例えば、江藤淳は『近代以前』（文藝春秋、一九八五年）の冒頭で、一六〇〇年の関ヶ原の戦い以後、日本文学史が三〇年間（見方によっては六〇年間）「文字通りの空白に帰してしまっている」ことに注意を促している。日本と中国はまったく異質の一七世紀を歩んだと言うべきだろう。

＊31　張伯偉「評点溯源」章培恒他編『中国文学評点研究論集』（上海古籍出版社、二〇〇二年）四七頁。なお、一七世紀は知識人たちの精神的危機を背景として、禅のリヴァイヴァルが起こった時代である。詳しくは以下を参照。Jiang Wu, *Enlightenment in Dispute: The Reinvention of Chan Buddhism in Seventeenth Century China*, Oxford University Press, 2008.

＊32　林屋辰三郎「古代中世の芸術思想」『古代中世芸術論（日本思想大系23）』（岩波書店、一九七三年）七四三頁。近代以降も柳田國男の『遠野物語』から村上春樹の小説に到るまで、いわば「二人称的」な聞書のスタイルは残存している。

しく問い質している。[33] ややもすれば軽視されがちだが、こうした禅の和様化は本来きわめて重大な変異と言うべきだろう。現に、この美学化＝和様化のせいもあって、禅と批評の繋がりは今日の日本では見えにくくなっているのだから。禅と言えば静謐でミニマルな美の世界だという先入観は、少なくとも東アジアの文芸批評を考えるにあたっては邪魔である。

4 戯曲の言語感覚

以上のように、戯曲や白話小説という新興のサブカルチャーは、ときに禅のざっくばらんな語り口も導入しながら、儒教の原則から逸れた文芸批評を――さらに李漁や金聖嘆といった異色の文芸批評家を――育ててきた。しかも、戯曲を震源とする美学＝批評の変化は、一八世紀の清代の作品にも及ぶ。演劇とその批評の裾野の広さを実感してもらうために、曹雪芹の手になる白話小説の傑作『紅楼夢』についても簡単に触れておくのがよいだろう。

中国の小説には大まかに言って、『三国志演義』や『水滸伝』のように中国全土を大勢の英雄・好漢が駆け巡る外向的・男性的な作品と、『金瓶梅』や『紅楼夢』のように閉じた家庭のなかでエロスの戯れを際限なく持続させる内向的・女性的な作品がある。なかでも、後者の到達点である『紅楼夢』は、中性的で情緒豊かな男性・賈宝玉（かほうぎょく）とその周囲の女性たちとの戯れを延々と描き続けたが、興味深いことに「演劇批評」もそこに挿入された。

賈宝玉とヒロインの林黛玉（りんたいぎょく）はともに白話小説や戯曲の愛好者であり、特に林黛玉は酒令（酒席のゲーム）

で『西廂記』や湯顕祖の『牡丹亭還魂記』の一節を、大人には気づかれないままこっそり引用する（第四〇回）。それに対して、もう一人のヒロインである薛宝釵（せつほうさ）はその姉妹兄弟とともに、まともな読書人にとっては不健全な文学である『西廂記』、『琵琶記』、『元人百種』等を子供時代に読み耽っていたせいで、大人に打擲され、その読書傾向を矯正される。彼女は林黛玉に対して「こういう雑書を読んで、性情を移してしまい、救いようがなくなることを恐れるのです」と述べて、戯曲に感情移入することを戒めていた（第四二回）。曹雪芹は林黛玉と薛宝釵のキャラクターの違いを、情緒豊かなサブカルチャー的不健全図書である戯曲との関係の違いとして、巧みに浮き彫りにしていた。

もっとも、薛宝釵にしても彼女なりの鋭い感受性を持ちあわせており、林黛玉を相手としたこの長談義に続いて、絵画についての長大な自説を述べ立てる。もともと、中国の散文には「叙事の文」（歴史書）と並んで「議論の文」（思想書）の長い伝統があるが、『紅楼夢』の一つの面白さは、女性たちの口から芸術批評の「議論」を活発に語らせたことにあるだろう。薛宝釵の家庭環境が示すように、男性士大夫たちの主流文化に属さない戯曲は悪徳の文学と見なされたが、そこには若者たちの思考を刺激するだけの瑞々しくモダンな表現が含まれていた。

さらに、主人公の賈宝玉もこの種の「演劇批評」と無縁ではない。隣の寧国邸で芝居が催されたとき、彼は『西遊記』や『封神演義』等を題材としたその演目が、鬼神や魔物、さらに銅鑼や太鼓の音に満ちた騒々しいものであったことに辟易する（第一九回）。粋人の賈宝玉にとって、これらの演目はあまりに

＊33　入矢義高『増補　求道と悦楽』（岩波現代文庫、二〇一二年）一〇二頁。

センスが悪すぎた。逆に、彼が夢のなかで「太虚幻境」というユートピアに遊んだときには、仙女・警幻の提案で新作の『紅楼夢』十二曲の上演を見物し、自分たちの行く末を暗示する歌の悲しげな調子に魂を奪われる（第五回）。この演劇には『紅楼夢』の作品世界の運命を示す暗号が集積されており、賈宝玉は「観客」としてそれに無意識的に感応していた。

『紅楼夢』の若者たちは戯曲の良し悪しを見分ける鋭い感覚の所有者であり、その自由なアマチュア的批評が作品全体の美意識を輪郭づける。ここで重要なのは、戯曲の文体がプロの批評家にとっても主要な論題であったことである。例えば、金聖嘆が『西廂記』について天地の生み出した「妙文」（「読第六才子書『西廂記』法」）と絶賛し、その半世紀後の文人・劉廷璣（りゅうていき）が『琵琶記』を杜甫の詩になぞらえながら、その曲調や詞が自然で「天衣無縫」（『在園雑誌』）だと評したのをはじめ、戯曲の流麗かつ自在な文体は多くの崇拝者を生み出してきた。『紅楼夢』ではまさにこの戯曲のモダンな言語感覚を解する若い「批評家」たちが巧みに造形されている。

むろん、演劇が言語のエラボレーション（精錬）に寄与するというのは、決して中国だけの現象ではない。言語表現を飛躍させた劇作家と言えば、誰よりもまずシェイクスピアが想起されるだろう。彼がたくさんの英語の慣用句を新たに創出したことは「英語という言語に欠けているものを認めるのにこの作家がいかに鋭い感覚をもっていたか」を示すものであった。*34 彼の魔術的な言語は、怒りや嫉妬のような目に見えない感情にも色彩を与え、天空の月や星には人間的な肌を授けた。シェイクスピアの天才性を介して、英語という言語は、それまで誰にも気づかれなかった鉱脈を発見することができた。同じように、『紅楼夢』のデカダンスも、戯曲に磨き上げられた鋭い言語感覚抜きにはあり得なかっただろう。

B　馬琴以降の演劇性

以上のように、一七世紀以降の中国の演劇はしばしばジャンルの枠を越えて、小説や批評の発想法や文体をもまさに「劇的」に書き換えていく。李漁はこの流れの中心にいた好奇心旺盛な批評家であった。そして、近世中国の演劇的かつ批評的な重力は、やがて馬琴をはじめとする近世日本の作家にも及ぶ。中国の古いタイプの読書人から見れば野蛮な悪徳そのものであった中国の演劇的モダニズムは、日本で意外な遺産相続者を得ることになった。では、その相続の状況はいかなるものであったのか？　私たちはここで再び日本文学に立ち返るとしよう。

1　日本文学の「中国化」

李漁の主要なテクストはすでに一八世紀前半には日本に渡来しており（当時の資料によれば、一七一七年に『笠翁一家言』が一部、一七一九年に『閑情偶寄』が四部、日本に輸入されていた[*35]）、一九世紀にかけて、彼の戯

＊34　ヘンリ・ブラッドリ『英語発達小史』（寺澤芳雄訳、岩波文庫、一九八二年）二四三頁。
＊35　張伯偉『清代詩話東伝略論稿』（中華書局、二〇〇七年）一九五頁。

曲集『十種曲』は有力な日本人作家たちの種本となった。例えば、馬琴の『曲亭伝奇花釵児』のプロットは『十種曲』に収められた戯曲「玉搔頭」を踏襲したものである。さらに、馬琴はその論争的なエッセイ「本朝水滸伝を読む並に批評」において、先輩の戯作者・石川雅望（六樹園飯盛）の『飛騨匠物語』がやはり『十種曲』から趣向を借りたことを指摘していた。[*36]

この広義の「翻訳」は、日本文学の言語表現の洗練を損なうものでもあっただろう。例えば、明治期を代表する翻訳家の森田思軒は、馬琴が「漢語は気の毒なる程読めざりし人」であり、中国の白話小説の用語法を自作に借用するときも当て読みや牽強付会だらけであったと酷評している。[*37] だが、馬琴という無骨な翻訳機械がむりやりにでも中国語の表現を日本語に持ち込もうとしたことは、決して馬鹿にできない。馬琴の読者は誰でもその難字とルビの濫用に驚かされるだろうが、その異様な外見は、中国の白話小説のモダニティを日本文学と交差させようとする彼の文化的輸血の力業を立証するものでもある。

もっとも、これらは日本文学の「中国化」の一角にすぎない。ここで強調すべきなのは、中国文学のプログラムがたんにプロットや趣向、語彙だけではなく、日本の文芸批評にも侵入したことである。私は今から「批評家」馬琴のテクストから、いくつかの重要なポイントを挙げておこう。

（α）文芸批評の中国化

馬琴の『八犬伝』第九輯帙附言に掲げられた、いわゆる「稗史七法則」（主客、伏線、襯染、照応、反対、省筆、隠微）は、江戸時代後期の物語論として突出したものである。そして、彼自身そこで「唐山元明の才子らが作れる稗史にはおのづから法則あり」云々と前置きしているように、この理論は中国の金聖嘆の『水滸伝』評や李漁の『閑情偶寄』から想を得ていた（特に「伏線」や「襯染」は金聖嘆の批評との関わりが深い）。[*38]『閑情偶寄』の演劇論が七つの構成の原理を掲げたのと同じく、馬琴も伏線をどう張るか、作品の内部でどういう照応や対立を作ればよいか等々の七つの「法則」を示し、それは同時代の評論家グループにも大きな反響を巻き起こした。物語（稗史）にもれっきとした「法則」があるという信念＝遺産が中国から馬琴へと譲渡されたことは、日本の批評史の一大転機である。

序章でも述べたように、日本の古典的文芸批評は歌を中核とした一方で（大伴家持から藤原定家に到る文芸批評家の最大の仕事は、歌のアンソロジーを作成することにあった）、その散文精神の貧弱さにおいて際立っていた。例えば、鴨長明の歌論書『無名抄』は「ただ詞にあらはれぬ余情、姿に見えぬ景気」を歌の本質と見なした。長明の考える「余情」とは、片言をしゃべる可愛らしい「幼なき子」を見るときの感情に近く、言葉でいちいち無粋に説明するものではない。後の室町時代の『正徹物語』や元禄期の松尾芭蕉の俳論を集めた『去来抄』も、『無名抄』と同じく「言い残すこと」を詩的表現の秘訣として語った。[*39]むろん、こういう精神風土からは十分に分析的な態度は出てこない。中国文学が詩を中心化しつつも、

＊36　石川雅望と『十種曲』の関係については、麻生磯次『江戸文学と中国文学』（三省堂出版、一九五五年）参照。
＊37　森田思軒「坪内逍遥宛の書簡」加藤周一＋丸山眞男『翻訳の思想』（岩波書店、一九九一年）二八八頁。
＊38　浜田啓介「馬琴の所謂稗史七法則について」『馬琴　日本文学研究資料叢書』（有精堂、一九七四年）一三七頁以下。さらに、中村幸彦「滝沢馬琴の文学観」『近世文藝思潮攷』所収は、馬琴がいかに中国の批評の影響を受けたかを網羅的に調査した貴重な研究である。
＊39　安田章生『日本の芸術論』（創元社、一九五七年）二七頁。

『文心雕龍(ぶんしんちょうりゅう)』のような体系的文章論をすでに五世紀に所有していたことを思えば、日本における散文批評は不可解なほど遅れていた。

したがって、言語外の「余情」などお構いなしに、物語の「法則」を解き明かそうとする馬琴の無粋さは、日本の詩学の伝統に真っ向から反逆したものである。馬琴自身「抑(そもそも)唐山の稗史には必ず後人の批評あり。皇国の草紙物かたりには、今も昔も評せしものなし。そをよろこびて味ふものの、いといと稀なるゆえ也けり」(『半間窓談』)と述べて、[*40] 中国とは異なり、日本の物語は「後人の批評」が乏しいことを指摘していた。演劇や小説から派生した近世中国の分析的な「知」に触れたことによって、馬琴の批評は主情的な詩学から逸脱していく。日本の文芸批評は明治期の「西洋化」の前に、まず近世の「中国化」の作用を蒙っていた。

(β)知性化とマニエリスム

馬琴がたんなる売れっ子の物語作家の域を超えて「小説批評家の元祖」でもあったこと、[*41] さらに彼の小説批評のプログラムが近世中国から得られたことは、幾度でも強調しておかねばならない。そもそも、『八犬伝』という物語のなかに「稗史七法則」をはじめとする饒舌な批評がねじ込まれたこと自体、先述した李漁のハイブリッドな文体と共鳴するものである。馬琴は李漁と同じく自らの肉声を作品に闖入させ、おしゃべりで物知りな自己を介してテクストの知性化を強引に実行した。例えば、源為朝を主人公とした『椿説弓張月』の執筆にあたっても、馬琴は地理学的・歴史学的なデータを貪欲に吸収した。「今弓張月の一書は、小説と云ふと雖も、然も故実を引用し、悉く正史に遵ひ……」(拾遺)云々という発言からは、彼の強い学問的な志向がうかがえる。特に、為朝の流れ着いた琉球の風俗や地理を事細かに記した箇所（第三二回）は、古代の『風土記』さながら物産のデータベースのような様相を呈していた。馬琴は為朝や俊寛、木曾義高といった歴史上の不幸な人物を物語化することによって救済しようとしたが、その背後には必ず細かいデータの積み重ねがあった。面白いことに、彼はしばしば真偽の定かではない情報にも意義を認めた。例えば、『俊寛僧都島物語』巻八には作者の自評として、一見して荒唐無稽な口碑（言い伝え）であっても、その人物について何らかの真理を語っている場合があると述べられる。怪しげな伝承も吸収することによって、馬琴は公式の歴史書には収まらない真実を示そうとしていた。

むろん、多種多様なデータを強引に挿入する「知性化」の企てはしばしば物語を脱線させ、作品をいたずらに肥大化させるが、古式ゆかしい美や調和を犠牲にしてでも、情報的なリアリティを作り出すことが馬琴の企図であった。作家には「大学問」が必要だと考えていた彼は、勉強家であった師の山東京伝を例外として、建部綾足や石川雅望、為永春水ら同業者の無知を見下していた（「駢鞭」『曲亭遺稿』所収）。中国文学とのコンタクトを経た彼にとって、世界の実相をつかもうとする学問＝知の力を抜きにして、歴史の闇に埋もれた人物を救済するのは不可能であった。

ここで人類の文化を巨視的に観察してみれば、知を伝達するメディアとしての仕事が、哲学や科学に

＊40　浜田前掲論文、一四二頁より再引用。
＊41　森潤三郎「曲亭馬琴翁と和漢小説の批評」前掲『馬琴』三六頁。

限らず文学にも分有されていたことが了解されるだろう。例えば、メディア論の先駆者エリック・ハヴロックは、ホメロスに代表される古代ギリシアの口誦的な叙事詩が、先祖代々のパイデイア（教養）を伝えるための教育メディアであったという仮説を立てている。「詩は一つの芸術形式でもなければ、私的想像力の産物でもなく、「最良のギリシア国家」による協同の努力によって維持されるある種のエンサイクロペディアだったのである」。[*42] これと似たことは馬琴にも当てはまる。彼は自身の物語を、琉球の地理歴史から最先端の文学理論までを網羅する巨大な教育的エンサイクロペディアに仕立てあげた（この点で馬琴の文学と並び立つのは、不必要なまでに多くの情報が詰め込まれた巨漢の歴史書『太平記』である）。開国前夜の日本において、馬琴のリズミカルな文章はホメロスの詩と同じく口誦のコミュニケーションとも連続しながら、新しい「教養」を伝える役目を担った。

興味深いことに、こうした文学の学問化＝知性化は旧来の宗教性を再構成することも意味していた。現に、馬琴における「敗者の救済」という宗教的モチーフは、かつての世阿弥や芭蕉の慰霊の文学とは異質である。後に明治期のロマン主義者・北村透谷が鋭く指摘したように、一七世紀の芭蕉が「宗教家」として仏教に取り組んだとすれば、一九世紀の馬琴は「哲学者」として仏教を知性的に処理した（「処女の純潔を論ず」）。馬琴において、宗教はもはや生地のままでは扱われない。例えば、『八犬伝』では動物と人間の交わるアニミズムが描かれる一方、悪女（玉梓）の怨霊が里見家に取り憑くが、この動物や悪霊たちの世界もやがて人間界の政治理念である「仁」によって相対化される。[*43] 芭蕉が無駄を削ぎ落としたミニマリズムに向かったとすれば、馬琴は昼も夜も含めた世界の一切合財を取り込むマキシマリズムによって、自らの文学的百科全書に宗教を畳み込んでいた。

もとより、それがかなり変則的な戦略であることも間違いない。馬琴における昼と夜、神と動物の共存、そしてその奇想に満ちた和漢混淆文は、ヨーロッパの精神史的カテゴリを借りれば「不調和なるものの崇拝」や「情動と計算の混合」を特色とする「マニエリスム」に相当すると考えられる。その場合、漱石の『虞美人草』は馬琴のマニエリスムをバロック的に変換した作品と見なされるだろう。「バロックにおいてはマニエリスム的原身振りが主意主義的な説得の身振りとなる」というホッケの言葉通りに[*44]、光輝燦然たるヒロイン藤尾はまさに男たちを説得=誘惑する「雄弁」なジェスチュアを伴っていた。逍遥が「機械的」なマンネリズムと形容した馬琴のマニエラ（手法）は、『虞美人草』の不気味な魅力をもつバロック的な「演技者」によって人工の生気を吹き込まれることになる。

（γ）ジャンル操作のゲーム

物語と文芸批評、宗教的救済と学問的知、情動と計算を大胆に交配させる馬琴の戦術は、文学のジャンル意識も研ぎ澄ましていく。彼が『頼豪阿闍梨恠鼠伝（らいごうあじゃりかいそでん）』の各巻末で、自らの文章のジャンルを解説しているのは興味深い。

この段殊に演義の体に似ず。もつはら伝奇の趣きにならへり。しかれども動静云為、おのづから許

＊42　エリック・A・ハヴロック『プラトン序説』（村岡晋一訳、新書館、一九九七年）一五一頁。
＊43　前田愛「『八犬伝』の世界」『幕末・維新期の文学』（法政大学出版局、一九七二年）一〇三頁。
＊44　グスタフ・ルネ・ホッケ『文学におけるマニエリスム』（種村季弘訳、平凡社ライブラリー、二〇一二年）八、一〇、二五二頁。

多の脚色あつて、当時を見るがごとくしかり。（巻二）
この段のみ、演戯雑戯の體を脱落して、閲者に倦ざらしむ。（巻四）
この巻殊に忠臣節婦義士孝子のうへを述べて、人情を尽くせり。但ややもすれば、文辞戯曲（じゃうるりぶし）に類する事多し。ここをもてその語路野なりといへども、おのづから雅致、讀者をして倦ざらしむ。（巻七）

そして、物語全体の評は「この書すべて雑劇の赴を寫して、方に遊戯三昧の筆力を振へり」と締めくくられる。馬琴は『侏鼠伝』を書くにあたって、東アジアの演劇と物語（演義）のコードをともに強く意識していた。物語と演劇の配分を自在に変えていくこのジャンル操作のゲームからは、彼の高度な方法論的意識がうかがえるだろう。

馬琴の文学は演劇的想像力の操作抜きには考えられない。例えば、国文学者の後藤丹治がかつて指摘したように、『八犬伝』の「局面の変化」や「筋の運び方」はきわめて芝居がかったものであり、その「身代わり」の趣向や七五調の文体には明らかに浄瑠璃の影響があった。[*45] 馬琴自身、『八犬伝』が江戸では歌舞伎に、大阪では浄瑠璃になる一方、八犬士が錦絵や神社の絵額・灯籠に描かれるほどの人気ぶりであったことを誇らしげに語っていた（第九輯巻之三十六間端附言）。逍遥の議論がまさにこの種の「メディアミックス」に対して批判的であったことは、すでに述べた通りである。

馬琴を近世文学というゲームボード上の技巧的プレイヤーと見なすことは、それほど突飛な見解ではない。後に『小説神髄』が「馬琴翁は『源語』、『平語』、『太平記』、『水滸』、『西遊』等の文を折衷して彼の一大機軸をいだせしなり。所謂翁が自得の文にて、杜撰もあれば牽強もあり。さはあれ翁の牽強杜撰は翁が自在の筆もて臨機応変にものしたるものから、機によりては牽強杜撰もかへりて神妙なる所もあり」と記したとき、馬琴は日本の物語文学と中国の白話小説を我流で束ねた文学史的存在として認識されていた。むろん、こうしたシンクレティズム（折衷主義）ゆえのこじつけや杜撰さは避けられないとしても、そのごちゃごちゃした文学的記憶からは『侫鼠伝』や『八犬伝』のような鋭利なジャンル意識も生み出される。

ジャンル論的な見地から言えば、馬琴の文学が演劇と並んで「歴史書」に重要な位置を与えたのも興味深い。『八犬伝』、『朝夷巡島記（あさひなしまめぐりのき）』、『侫鼠伝』、『椿説弓張月』といった代表作がいずれも「史伝物」に属することは、馬琴にとって歴史書が最も基本的なスタイルであったことを意味している。むろん、歴史書と物語の溶接そのものは日本ではありふれている。日本では長らく、中国の歴史書の仕事を物語文学が肩代わりしてきたのだから（序章参照）。とはいえ、匿名的な芸能民を担い手とする中世の「軍記物語」とは違って、近世になると、固有名をもつ作家――馬琴や『日本外史』の頼山陽――が歴史書的な物語の分野に本格的に参入してくる。馬琴の画期性は、歴史物語を書くことに強力な「作家性」を発生させたところにあった。

中国でも近世になると、歴史と虚構の混淆が進んだ。『水滸伝』や『西遊記』、『儒林外史』、さらに後には二〇世紀の魯迅の『阿Q正伝』や金庸の『射鵰英雄伝』等の「伝」「記」「外史」といった命名からも分かるように、中国の白話小説は歴史書のスタイルによって自らを輪郭づけた。さらに、近世の評点

＊45　後藤丹治「解説」『日本古典文学大系』（第六〇巻、岩波書店、一九五八年）二一一頁以下。

家（コメンテーター）たちはしばしば白話小説を伝統的な歴史書（『史記』、『左伝』等）と比較したが、それは新興の白話小説のステータスを上昇させる権威づけの戦術でもあった。[*46] 白話小説は歴史書を介して自らの文化的地位を確立していく。馬琴の稗史は、この中国における歴史書のシミュレーションの日本版だと考えることも十分可能だろう。

このように、演劇にせよ、文芸批評にせよ、歴史物語にせよ、馬琴は彼なりのやり方で近世中国を特徴づける諸ジャンルを引き受けていた。こうしたジャンルの「翻訳」なしに、彼が一九世紀日本の突出した作家・批評家になることはなかっただろう。逆に、馬琴を批判した『小説神髄』は、演劇／批評／歴史書の折り重なった東洋的近世の雑多な文学世界を、小説中心の新たなパースペクティヴから区画整理した。それは文学の外延を、一面では馬琴よりも広げることを、他面では馬琴よりも狭めることを意味していた。

（δ）俗語化のプログラム

ところで、散文のフィクション（稗史）の「法則」を抽出しつつ、高度なジャンル意識も備えた馬琴の批評は、李漁や金聖嘆と同じく、日本文学に一種の価値転換をもたらすものでもあった。ここで重要なのは、馬琴が中国文学の影響下で俗語的な文体を高く評価したことである。

そもそも、近世中国の白話小説――特に『水滸伝』や『紅楼夢』――の文体は、後に一九一〇年代の胡適（こせき）の「文学革命」において近代的な「国語」の模範とされるほどに成熟していた。口語的な文体を肯定する理論にしても「話すように」書くことを推奨した李漁によってすでに先駆けられている。馬琴の批評も、近世中国のこの「俗語化」の流れを引き継いだ。例えば、彼は読本作家の祖である建部綾足の『本朝水滸伝』が「雅言」で書かれていたことを「かへすがへすもあやまりなり」と手厳しく批判しながら、こう続けている。

稗史野乗の人情を写すには、すべて俗語に憑らざれば、得なしがたきものなればこそ、唐土にては水滸伝西遊記を初として、宋末元明の作者ども、皆俗語もて綴りたれ。〔…〕紫式部といふとも、今の世に生れて、古言もて物がたりふみを綴れといはば、必らず筆を投棄すべし。(「本朝水滸伝を読む並批評」)

馬琴の考えでは、稗史や野乗(野史)は『水滸伝』や『西遊記』のように俗語で書かれるべきだが、日本人作家はそのことを分かっていない。時代錯誤の雅文によって書かれた綾足の『本朝水滸伝』は、その最たるものである。李漁の趣向を借りた石川雅望『飛騨匠物語』でさえ、『宇治拾遺物語』ふうの古式ゆかしい文体に引きずられた。そして、綾足の『西山物語』や村田春海の『笠志船物語』も、王朝ふうの「雅」で作品を修飾するという同じ過ちを犯している……。こうした現状を打破するために、馬琴は日本文学の「俗語化」を強く主張するが、それは過去の古典の見方も揺るがすものであった。彼は『源氏物語』も「俗語文学」として読み解いてみせる。「譬ばかの源氏物語は、男女のたはけき趣をうつ

＊46 Rolston, op.cit., p.165.

して、むねと雲の上の事をのみものせしかども、当時の俗語もてつづりたるなめり」（同上）。

もっとも、馬琴自身は純粋な俗語文体よりも雅俗折衷の文体を構築し、大きな成功を収めた。商業作家の馬琴にとって「雅俗」はビジネス上の課題でもあり、「鈴木牧之に与ふる書」では、俗と雅を七三の割合にすると本は売れるという持論を語っている。『小説神髄』でさえ、馬琴の彫心鏤骨の文体が余人の真似できない高みにあったことを賞賛していた。「翁〔馬琴〕は実に雅俗折衷体の大家なれども、彼の馬琴風の文の如きは翁独り専らにするを得る文体にして、後人の得て学び難き文体なりかし」。いかに俗語文体を正しく運用するかという馬琴の鋭利な問題意識は、同時代の作家に対する厳しい文体論的批判とともに、まさに「馬琴風」のオリジナルな文も生み出すことになる。私たちはその歴史的意義を軽視するべきではない。

一般的に言って、日本文学における自覚的な「俗語化」は、二葉亭四迷や山田美妙らの言文一致文に始まると見なされがちである。しかし、俗語化のプログラムを明治期に限定するのもおかしい。東アジア文学の歴史においては、鷗外がつとに指摘したように、俗語化の傾向はすでに唐の杜甫の詩――「峡口驚猿聞一個」や「臨岐意頗切、対酒不能喫」等の表現――にすら認められるのだから。[*47] 近世になると、この俗語化の運動は小説（読本）を突き動かし、それが近代へと繫がっていく。例えば、作家の水野葉舟は二葉亭らの言文一致文を回想しながら「私がいつも面白い事だと思っていたのは、その言文一致の文章が実際の用としては小説から始められたという事である」と述べていたが、[*48] 仮に馬琴や式亭三馬がいなければ、明治期の言文一致が他ならぬ小説から始まることもなかっただろう。

何にせよ、馬琴にとって文学の「俗語化」は東洋的近世の文化状況から下された重大なステートメント（命令文）であった。彼は率先してこの異邦の命令に服従することによって、日本文学の文体意識を更新しようとした。もとより、人類のあらゆる文化は大なり小なり「植民地化」という暴力の産物である。悪食の巨漢を思わせる馬琴の巨大なテクストは、まさに隠れた植民地文学と呼ぶに相応しい。

2　フィクションの合法化

私たちは今や、日本の文芸批評の出発点に小林秀雄を置くお決まりの図式を疑ってかからねばならない。小林はデビュー作「様々なる意匠」で、ポーからボードレール、マラルメに到る「言語上の唯物主義」の系譜に注目した。これは詩を起点とした欧米のモダニズムを評価することである。しかし、東アジアのモダニティまで議論の射程に含むならば、近世の演劇や白話小説に由来するオルタナティヴな「文芸

＊47　「言文論」『鷗外全集』（第二二巻、岩波書店、一九七三年）一四五頁。杜甫の詩は高度に伝統志向的であった一方で（すべての言葉に「来歴」があるというのが杜甫評価の一つの型であった）、当時の俗語も積極的に採用した。この懐の広さはたんに文体に留まらず、詩の対象についても言える。杜甫が中国文学の歴史そのものを血肉化したことは、社会の平均値よりも小さく貧しい存在への感度を研ぎ澄ますことと、何ら矛盾しなかった。
　なお、杜甫は北方の家柄であり、南方の貴族的な文学風土からすれば周縁的な作家であった。吉川幸次郎は『杜甫私記』（筑摩書房、一九八〇年）で「かつては文学の田舎として蔑視された地域、そここそ新しい文学を胚胎させ、成熟させる地盤であった」と述べながら、杜甫の詩に強烈な「野性」を認めている（三三頁以下）。いわばJ・S・バッハが三十年戦争で荒廃した文化的辺境のドイツにあって過去の音楽を総括したように、杜甫は北方の「田舎者」であったからこそ、中国文学の歴史を大胆に統合しつつ、それを再出発させることができた。

＊48　水野葉舟『明治文学の潮流』（紀元社、一九四四年）六頁。

批評」が浮上してくるだろう。

　東洋的近世の批評の作用を受けた馬琴のアイデンティティは、決して狭義の「作家」に収まるものではなかった。例えば、彼は『八犬伝』を締めくくる楽屋話的なあとがき（回外剰筆）でも、金聖嘆の『水滸伝』評よりも巧みに『三国志演義』を注釈した毛声山が、後に盲目となりながら戯曲『琵琶記』の優れた批評を著したことに言及し、そこに眼疾のあった自分自身の境遇を重ねている。中国の文人的な批評家を自らの「先例」とすることに、馬琴は躊躇いがなかった（ちなみに、晩年の馬琴をフィーチャーした芥川龍之介の「戯作三昧」は、批評への情熱を備えた馬琴に「不安」に満ちた小説家の像を押しつけすぎたきらいがある）。逍遥は馬琴の批評を朱子学ふうの「勧善懲悪」に押し込めたが、その図式そのものが戦略的な矮小化であったことは明らかだろう。*49


　さらに、馬琴以前にもすでに批評の革新の機運は生じていた。繰り返せば、日本の文芸批評は歌学を中心とした一方で、散文論は長らく弱体なままであった。だが、この「遅れ」のなかにあって、近世日本の評論家たちは中国文学を手がかりに小説批評を模索し始めていた。

　例えば、馬琴以前の国学者・契沖は『伊勢物語』の注釈書である『勢語臆断』（一七世紀末成立）の序で「かやうの物語のたぐひは、もろこしにも虚実をましへてかくよし五雑俎（ござっそ）といふ物にかけり。しからざれば文勢なき故なるへし。此物語も実録ならぬ事おほく見ゆるは、さる故と見てあるへし」と記している。中国文学が伝統的に虚構よりも事実を重んじてきたなかで、明の謝肇淛（しゃちょうせい）の有名なエッセイ集『五雑俎』（一六一九年）は小説や戯曲について「虚実相半ばする」のが望ましいとして、虚構に文学上の権利を与えた。契沖は『五雑俎』の示す新しい批評的基準、すなわち虚構の合法化をいち早く受け入れることによって、「実録ならぬ事」の多い『伊勢物語』の「文勢」の秘密を捉えようとした。

あるいは、一八世紀後半の上田秋成も「彼土にては演義小説といひ、ここには物がたりといふ」(『よしやあしや』)と述べて、[*50]中国の白話小説と日本の物語文学を同根のフィクション(寓言)と見なしていた。秋成自身の『雨月物語』や『春雨物語』も、まさに日中のフィクションの記憶が混在したハイブリッドな書物である。契沖と同じく、秋成も中国文学を仲介としながら、日本の物語をより普遍的な視座から観察しようとしていた。

さらに、フィクションを合法化する戦略は、葉昼や金聖嘆の示した「性格」(キャラクター)の問題も日本人に意識させた。「恐らく日本で初めて、小説を小説として読んだ極初の一人であると共に、又注目すべき文学観の持主であった」(中村幸彦)と評される一八世紀の清田儋叟(せいたたんそう)は、金聖嘆本の『水滸伝』全編に評を施すとともに、金聖嘆流の「性格批評」を採用して、人物の行動や心情についての分析にも着手した。[*51]ここからは、『水滸伝』が金聖嘆の批評とセットになって、近世日本に「性格」という新しい評価基準を授けたことがうかがえる。すでに第一章で述べたように、こうした性格批評はアリストテレス以来の西洋の詩学ではマイナーなものにすぎないが、逆に東アジアでは小説批評の最も基本的な論点の一つとなった。だとすれば、キャラクターの問題は、東西の文学のそれぞれの無意識的前提を暴く

＊49　中村前掲書、三七三頁。
＊50　同右、二九二頁より再引用。
＊51　同右、二五九頁以下。

装置だと見なさなければならない。[*52]

こうした近世批評の歴史を地味なものとして無視しなければ、日本文学史のパースペクティヴを大胆に再構成する道も開けてくるだろう。例えば、日本文学の「人工的なキャラクター」について精力的に論じた大塚英志は、「キャラクター小説」の起源として田山花袋の『蒲団』を挙げた。[*53]大塚の議論は傾聴に値するが、私たちはむしろもっと思い切って、キャラクター小説の遺産を近世に遡って考えてみるべきではないか？ 演劇を背景とした近世中国のアヴァンギャルドな批評は、契沖、秋成、儋叟、馬琴ら日本の「批評家」をフィクションの合法化や世俗化へと駆り立てていった。そして、その批評の源泉となった「キャラクター小説」の記憶は、明治以降の西洋化を経た後も日本の文学とサブカルチャーに留まり続けているのではないか――、私はひとまずそのように問いを投げかけておきたい。

3 ポスト馬琴の演劇的想像力

新しい表現形式はときに新しい意識内容を構成する。中国の演劇ないし演劇的小説（白話小説）の出現は、それに対応する文学の自己意識としての批評を形成した。今日では、小説や戯曲はハイカルチャーとして扱われている。しかし、東アジアの伝統から言えば、小説や戯曲はむしろ異端的なサブカルチャーであり、したがって日本の小説批評もまずはサブカルチャー批評として出発したと考えるべきだろう。馬琴はこの「批評史」の巨頭であった。

以上を踏まえつつ、私たちは議論をさらに展開させていこう。すなわち、近世中国に新しいタイプのサブカルチャー（演劇／白話小説）批評が現れたとして、そして馬琴のテクストが東洋的近世の知の動向と共鳴していたとして、明治以降の演劇的想像力はこの「近世的なもの」の跡地に何を設立したのだろうか？　平たく言えば「ポスト馬琴の演劇的想像力」とはいかなるものであったのだろうか？

これらの問いに答えるために、私はここで再び坪内逍遥に立ち返りたい。私たちは今や、逍遥の言説が近世と近代の狭間にあったことを了解できるだろう。彼において、中国文学はなおも批評のモデルとして扱われていた。例えば、彼は『小説神髄』の後の論説でも、文章の客観的・論理的解剖をやろうとする読者を「金聖嘆的批評家」と名指していたが[*54]、ここには依然として、近世中国の文人的なコメンテーター＝文芸批評家への意識がはっきり記されている。馬琴や李漁を批判した逍遥の言説は、かえって近世批評の残滓を留めていた。そもそも「小説の主脳は人情なり、世態風俗これに次ぐ」という『小説神髄』の宣言からして、「人情物理」を文学の本質とした李漁の『閑情偶寄』と実は大差がない。

それに、ほとんど注目されることはないものの、中国演劇は明治期の知識人の教養の一部であった。例えば、「没理想論争」で逍遥と対決した鷗外は、日露戦争従軍中に旅順で「清河橋」（養由基の物語）、「殺府」（伍子胥の物語）、「神州檑」（水滸戯の一種）を観劇する一方で、明の重要な戯曲評論家・潘之恒の「模

＊52　中国文学者のデイヴィッド・ロールストンが指摘するように、西洋人の視点からすると中国の白話小説は過度に「キャラクター中心的」に見えるだろう。しかし、中国の批評家はそのことに本質的な疑いを抱かなかった。西洋文学の影響を強く受けた二〇世紀の作家・茅盾でさえ「キャラクター本位」の考え方を手放さなかった。Rolston, op.cit, p.193.

＊53　大塚英志『サブカルチャー文学論』（朝日文庫、二〇〇七年）四五〇頁。

＊54　「読法を興さんとする趣意」『逍遥選集』（第一一巻）二六四頁。

古を以てするものは志を遠うし、写生を以てするものは情に近づく」という写生論を紹介している。[55]「写生」は今では、正岡子規の俳句革新運動から生じた日本文学固有のコンセプトと見なされがちだが、この概念はもともと中国の芸術批評の術語であった。多くの中国の書物に触れ、中国の芝居も実地で体験した鷗外にとって、「写生」は純粋に日本的なアイディアではなかっただろう。逆に言えば、ナショナリストの子規は、写生を俳句の文脈に置くことによって「日本化」したのだとも考えられる。[56]

同じく日露戦争中の一九〇四年の論説のなかで、西洋には立派なオペラがあるのに、東洋には「文明国の式楽」がないと嘆いた逍遥も「『西廂記』『桃花扇』『十二楼』などの昔は知らず」と但し書きを付けるのを忘れなかった。[57] このうち清初の孔尚任の史劇『桃花扇』は、南明の興亡を描いた近世のメタ演劇の傑作である。史実との相違も見られるものの、たびたび国家的滅亡を経験してきた南京を舞台に定めたこの戯曲は、文明の輝きと衰退を神話化した作品であった。[58]『西廂記』、『十二楼』、『桃花扇』という近世中国の戯曲については、逍遥といえども無視することはできなかった。

だからこそ、『小説神髄』から転回して演劇に再度コミットした後も、逍遥は日本文学から東洋的近世の痕跡を打ち消そうと腐心することになる。一八九〇年に大久保の自宅でシェイクスピア講義を始めた彼は、翌年に『早稲田文学』を創刊し、その第一号で『リア王』と『八犬伝』の文体に言及した。そこでは『リア王』が「馬琴の作に似て、勧懲の旨意いといちじるく見えたれども、作者みづからが評論の詞絶えて篇中に無きが故に、見るものの理想次第にて、強ち勧懲の作と見做すを要せず。別に解釈を加ふること自在なり」と論評される一方、『八犬伝』については「蟇六夫婦の性格の如き、頗る自然に消て活動したれども、吾人はこを没理想とは評せずして、勧懲の旨に成れりといふ。作者が叙事の間に明かに然いへればなり」（傍点引用者）と記される。[*59] 逍遥の考えでは、作者の「評論の詞」が書き込まれていないない『リア王』が自由な解釈に開かれているのに対して、『八犬伝』は作者の思想が挿入されているせいで「勧善懲悪」という一つの「理想」に誘導されてしまう。すでに『小説神髄』では、馬琴のくどくどした「学識誇示」という「病」が手厳しく批判されていた。小説と批評、娯楽と学問の入り混じった馬琴のメタ意識に富んだ文体を、逍遥は未熟で煩わしいものだと見なした。

こうして、東洋的近世の饒舌な文体への違和感が、逍遥をシェイクスピアの「没理想」の文体へと導いていく。彼はたんに馬琴のような「演劇的」な文学を批判するだけではなく、その代償を他に求めようとした。例えば、彼の一八九〇年の評論「小説三派」は、スコットやディケンズと並んで、『虚栄の市』のサッカレーや『ミドルマーチ』のジョージ・エリオットを「英国に於けるドラマ的小説家」と形容し、彼女らの作品群を新しい文学的動向として位置づけた（これは、本章冒頭で紹介したカーニックの議論を先取りするものでもある）。馬琴という日本の最大最強の「ドラマ的小説家」を退場させた後、逍遥がイギリス小説の演劇性に着眼したことはきわめて興味深い。

＊55 「旅順口の芝居」「劇品劇評」『鷗外全集』（第二三巻、岩波書店、一九七三年）二三七、二五七頁。
＊56 この点で、後の斎藤茂吉の写生論が子規の「日本化」への反発を含むのは興味深い。茂吉は一九二〇年のエッセイ「短歌に於ける写生の説」で、中国の画論における「写生」に触れつつ、その用法を継承した江戸時代後期の田能村竹田の『山中人饒舌』から「詩人の咏物、画家の写生は同一機軸なり」という文章等を引いている。
＊57 「新楽劇論」『逍遥選集』（第三巻）五〇七頁。
＊58 李孝悌『恋恋紅塵——中国的城市、欲望和生活』（上海人民出版社、二〇〇七年）一三頁。
＊59 「『マクベス評釈』の緒言」『逍遥選集』（別冊三巻）一六八頁。

逍遥は劇作家としても、馬琴とは別のやり方で演劇的なものを回復しようとした。歌舞伎の手法を吸収しながら、滅亡前夜の豊臣家を描いた戯曲『桐一葉』（一八九六年）はその主要な成果である。逍遥自身の序文によれば、主人公の片桐且元にはシェイクスピア的な「死ぬことも生きることも出来ぬ境遇上の悲劇」が託されていた。馬琴の「史伝物」が歴史の敗者をエンサイクロペディア的に知性化された物語によって――ホッケふうに言えば、激しい感情をマニエリスティックに凝固させた「科学的な冷ややかさ」によって[*60]――救済したのに対して、逍遥の「史劇」は逆に救済＝出口のない狂気と没落を描くために、宙吊りの存在を登場させる。

さらに、逍遥は歌舞伎に代表される近世演劇を大幅に更新するために、オペラや舞踊の表現を取り入れた「新楽劇」を提案する。そのプランを現実化した一九〇四年の『新曲浦島』は歌舞伎舞踊をベースとしながら、唄い物（謡曲、長唄、追分等）や語り物（一中、竹本、常磐津等）、洋楽や雅楽までも無節操に取り入れ、和洋折衷の奇妙な演劇的空間を作り出していた。ヴァーグナーの『タンホイザー』や『ニーベルングの指環』に触発された逍遥にとって、『万葉集』や『丹後国風土記』以来の神話的水脈に連なる浦島伝説は、確かに魅力的な素材であっただろう。『小説神髄』でいったん野辺送りにした歌舞伎の「生霊」を口寄せしながら、逍遥の「新楽劇」は他に類例のないオペラティックな演劇を試みていた。後に、唐十郎のような一九六〇年代のアングラ劇の担い手は歌舞伎に関心を寄せたが、この「前近代を媒介にして近代を超える」という文化的なナショナリズムはすでに逍遥によって先駆けられていた。

その後、大正期になると逍遥は劇場そのものを相対化しようとする。なかでも『熱海町の為のページェント』という台本は、アメリカやイギリスの事例を参考にした、素人の市民を動員するページェント（野外劇）の企画に捧げられたものである。日本人の「お祭り好き」の国民性を踏まえつつ、それがたんなる余興に堕さないように、芸術的な「真摯と厳粛」を目指すこと――、それによって逍遥はページェントを「屋外式の市民劇」にまで高めようとする。*61 このプロジェクトは、演劇的な身体性を近代の劇場の外で作り直そうとする試みであった。

逍遥の一連のプロジェクトに対して、最大級の敬意を表明していたのが折口信夫である。歌舞伎座で初演された逍遥の史劇『名残の星月夜』について論じながら、折口は「没理想を唱え、倫理主義を抱いて、日本中で一番穢れた社会と考えられて来た河原者の中へ、平気に踊り込んで行」った逍遥の苦闘に言及していた。「博士〔逍遥〕の事業は、幾度も挫折しました。可なりの金高も失われたでしょう。弟子殊に、子飼いの弟子や、養子に迄も、背き去られました」。この度重なる挫折のなかにあって、逍遥は自らの作家性を厳守しつつも、演劇が作家の理想だけでは完成しないことも承知していた。「こうした矛盾に悩んで居られる博士は、私にとっては、森大人〔鷗外〕のやりくちよりも、遥かに心の底に触れる所がある様に感じます」*62。

ただし、同情の余地は多々あるとはいえ、新楽劇やページェント劇等の企てが失敗に終わったのも明らかである。『新曲浦島』の「古今の楽曲形式のほとんどめちゃくちゃというにちかい濫用ぶり」をはじめ――養子の坪内士行によれば、逍遥は音楽的センスがなく唄い物のジャンルもろくに区別できな

*60 ホッケ前掲書、一〇二頁。
*61 「ページェントの適用範囲」『逍遥選集』（第九巻）二九二頁。
*62 「芝居に出た名残星月夜」『折口信夫全集』（第二二巻）三一一～二頁。

かった――、逍遥という「滑稽な巨人」（津野海太郎）の手法は新時代に受け入れられるものではなかった。早稲田大学では芝居がかった授業で人気を博する一方、シェイクスピア劇を大時代的な歌舞伎の言葉遣いで翻訳した彼は、後続の文学者から冷ややかに見られており、[*63] 鷗外よりも逍遥を評価した折口はあくまで少数派であった。

4 身体というアポリア

このように、逍遥における「ポスト馬琴の演劇的想像力」は苦難の道を歩んだ。ただ、ここでさらにもう一歩踏み込んで言えば、実は逍遥に限らず、日本の文学史や思想史そのものが演劇的な身体性を逸し続けた歴史であったのではないかという問いを立てることもできる。この問題もやはり中国との比較によって明確になるだろう。

そもそも、中国は「文字の国」と見なされる一方、豊かな身体性・演劇性も内包していた。それは政治思想も例外ではない。身体的パフォーマンスの痕跡を保存した言語使用は、古代から中国の思想書に刻印されてきた。例えば、『論語』によれば、孔子は口上手ではなかったが、それでも宮廷において堂々と演説した。君主との対話は思想の真価が試される「劇場都市」（大室幹雄）のパフォーマンスであり、『論語』をはじめとする諸子百家のテクストは、君主と思想家、弟子と師匠のあいだの思想伝達の「場」を巧みに再現したものである。儒教はその信条においても「礼楽」を重視し、『儒林外史』に影響を与えた一七世紀の儒者・顔元の学派のように、ときには言語的な伝達以上に礼の身体性・儀礼性を高く評価するケースもあった。さらに、禅を批判的に吸収した朱子学は、口頭のコミュニケーション（問答や講学）を著述や思索のスタイルとして積極的に採用した。*[64]

逆に、日本の政治思想はこの種の身体性、特に儒教的な「礼楽」を内面化しなかった。一七世紀後半から一八世紀に生きた荻生徂徠だけは例外的に、朱子学を批判する一方で、身体的なパフォーマンスを統治の要諦としたが（彼とその門人は音楽の愛好者でもあった）、李氏朝鮮で『朱子家礼』が広く受け入れられたのとは違って、日本では儒教の礼楽が民間に浸透することはなかった。したがって、日本で中国の礼楽を復興しようとした徂徠は、ほとんど「江戸のドン・キホーテ」のような外見を呈するだろう。*[65]

さらに、文学の身体性についても中国と日本とでは大きな隔たりがあった。特に『水滸伝』を読むと、その身体性、とりわけ口唇性の強度には驚かされる。『水滸伝』の好漢たちは実によく喋り、よく詩を吟じ、よく食べ（人肉も含めて！）、よく味わう。彼らの世界体験はもっぱら口を通じて増幅され、非力な女たちも弁舌によって男たちを弄ぶことができる。彼ら口唇的人間たちは、行儀の良い読書人からその威信を剥奪し、騒々しい声と無作法な貪食を作中に満たした。言葉とは何よりもまず口から発せられる現象

*63 津野海太郎『滑稽な巨人——坪内逍遥の夢』（平凡社、二〇〇二年）一八四、一八八頁。

*64 逆に、一七世紀以降に江南で台頭した専門的な文献学（清朝考証学）は、朱子学の方法論を批判する立場から、問答や語録のようなパロールの生活圏の痕跡を消し去り、テクストの校訂や注釈を学問の主な仕事とした。この「儒教的言説の主知主義的転換」については、ベンジャミン・エルマン『哲学から文献学へ』（馬淵昌也他訳、知泉書館、二〇一四年）九〇頁以下。身体性をどう処理するかは、近世中国の思想的争点であった。

*65 小島康敬「荻生徂徠一門の音楽嗜好とその礼楽観」小島編『「礼楽」文化』（ぺりかん社、二〇一三年）三三五頁。外来文明の外面的規範（仏教の戒律や儒教の礼楽）が日本で根づきにくいことについては、哲学者の上山春平に『仏教と儒教』（法蔵館、一九九五年）という啓発的な著作がある。

であり、世界とは何よりもまず口で味わうべきモノである――、フランソワ・ラブレー流の「グロテスク・リアリズム」（ミハイル・バフチン）とも決して無縁ではない『水滸伝』のこの口唇性の唯物論も、豊かな演劇的な身体性を抜きにはあり得なかっただろう。

それに対して、すでに序章で述べたように、中国の白話小説の影響を受けた上田秋成は、晩年のピカレスクロマン「樊噲」においてようやく『水滸伝』の身体性を複写してみせたが、それはほとんど後継者をもたなかった。近世の「ドラマ的小説家」の大家であった馬琴も、『水滸伝』を踏襲した『八犬伝』の主人公たちに「仁義八行の化物」（『小説神髄』）とでも呼ぶべき観念的な性格を与えた。むろん、八犬士が卑しい「犬」と清浄な「神」[66]、すなわち動物と神にまたがる両義的な身体性を具備したのは興味深いとしても、豊穣な物質世界にどっぷり浸かり、もはや人間と食物の区別もつかない『水滸伝』の祝祭的なグロテスク・リアリズムが『八犬伝』から脱落したことに変わりはない。谷崎潤一郎は『水滸伝』や『紅楼夢』について「虚無を楽しむ人」の作った「大がかりな空中楼閣」だと評したが（「「つゆのあとさき」を読む」）、馬琴には人間の無意味さを奥底まで掘り進め、その「虚無」と戯れるような中国的なデカダンスの余裕はなかった。そのことと『水滸伝』のような物質性・身体性の不在は恐らく密接に関わっている。[67]

徂徠から秋成、馬琴に到るまで、演劇的／カーニヴァル小説的な身体性は日本人作家にとって一種のアポリア（＝計算や複写を停止させる難題）に、すなわち不発の夢に留まった。彼らは近世中国文学の語彙や批評理念を複写することはできても、身体性だけは常に「翻訳」し損ねてきた。ポスト馬琴の演劇を模索した逍遥も、恐らくこのアポリアからは逃れられなかった。壮大な楽劇から市民的なページェントに到るまで、彼は新たな演劇的身体の創造に失敗し続けたように見える。

5　声の神話的利用

だが、問題はそれだけではない。ここで注目に値するのは、日本文学が総じて中国の演劇的／カーニヴァル小説的な身体性を逸しがちであった一方、身体なき声の領野においては独自の発展を遂げたことである。もとより、音楽は事物の支配から逃走するという点において、形而上学的な性格を有している。だからこそ、地上を逃れようとする音楽の形而上学的欲望がいかに社会的に受肉したかが、分析上の大きな争点となるだろう。ここでは問題の所在だけ、簡単に述べておきたい。

明治期の文学において、音楽の社会化の一端は「俗曲」の声に対する関心として現れた。例えば、逍遥は『新曲浦島』の翌年の論説文で「わが在来の楽曲中最も発達したるものは三絃楽曲なり。〔…〕三絃楽曲の最も巧緻を極めたるものを江戸式俗曲とす」と述べていた。[*68] その後、一九〇八年に刊行された二葉亭四迷の代表作『平凡』は、まさにこの江戸式俗曲の魅力を率直に言い表している。俗曲が大好

＊66　高田衛『完本八犬伝の世界』（ちくま学芸文庫、二〇〇五年）一八三頁。

＊67　なお、中上健次の『水の女』（一九七九年）は、デカダンスとは一見して対極的な肉体労働者の世界を、水の皮膜で包むだけで性愛の浄土に化けさせるという、実に頓智の利いた作品である。そこでは、文人的な退廃趣味が転倒されるとともに、『水滸伝』や『紅楼夢』とも違う「デカダン文学」が暗示されていた。

＊68　「国民楽の将来」『逍遥選集』（第三巻）五八七頁。

きで、それを聞くといつも「懐かしい心持」を呼び起こされる主人公にとって、お糸さんの「肉声」はそのまま「二千年来」の国民的美感に連なるものであった。

人間のお糸さんは何処へか行って了って、体に俗曲の精霊が宿っている。而してお糸さんの美音を透して直接に人間と交渉している。お糸さんは今俗曲の巫女である、薩満（シャマン）である。平生のお糸さんは知らず、此瞬間のお糸さんはお糸さん以上である、いや、人間以上で神に近い人である。

ジョイス、トーマス・マン、プルースト、ジャン・コクトー、T・S・エリオットら二〇世紀ヨーロッパのモダニズム文学者において、音楽は中核的な位置を占めていた。逆に、日本近代文学における音楽は、えてしてモダンな脱神話化ではなく、むしろ「声」の神話化に向かう。お糸さんという「神に近い」シャーマン的な歌い手は「芸術家と自覚せぬ芸術家」である。彼女の歌唱はすでに完成しており、それ以上展開することもない。音楽を時間的な発明（インヴェンション）の道具としてではなく、あるいはプルースト的な記憶と連想のシステムとしてでもなく、むしろ変更不可能な「神」の声として導入すること――、こうした声の神話的利用は二葉亭に限らず、日本近代文学全般に見られる傾向だろう。

例えば、戦後文学で言えば、三島由紀夫は『英霊の聲』において二・二六事件で死んだ若い将校たちの「怒れる神霊」から、不気味な呪詛の声――「などてすめろぎは人間（ひと）となりたまひし」――を引き出した。他方、武満徹や大江光を思わせる人物を小説に登場させた大江健三郎にとっても、身体なき声のモチーフは重要な意味を帯びていた。例えば、擬似私小説『取り替え子』（二〇〇〇年）の主人公・古義人は、伊丹十三をモデルとした義兄・吾良の声に取り憑かれる。この霊化された声が強烈なショックとともに、つまり不意をうつ落下の「響き」とともに到来したことは、冒頭部に見事に示されている。

書庫のなかの兵隊ベッドで、ヘッドフォーンに耳を澄ませている古義人に、
――……そういうことだ、おれは向こう側に移行する、といった後、**ドシン**という大きな音が響いた。しばらく無音の時があって、しかし、おれはきみとの交信を断つのじゃない、と吾良は続けていた。わざわざ田亀のシステムを準備したんだからね。それでも、きみの側の時間では、もう遅い。お休み！

大江において、声が濃密な（ホモ）エロティシズムを呼び覚ます一方、声なき音楽はときに後景化される。例えば、論争的な中編小説「性的人間」（一九六三年）では、主人公のJ（ジャパン？）たち七人の集う山荘の一室に晩年のディヌ・リパッティの弾くバッハのパルティータが流されるが、彼らはそのレコードの音楽にさほど意識を集中しない。その代わり、ジム・モリソンからの引用を乱交シーンに挟んだ村上龍の『限りなく透明に近いブルー』を予告するように、ボードレールの『旅へのいざない』を朗読しながら性的に絶頂する女の声がテープで流されるのだ。

二葉亭の主人公が「俗曲の精霊」に神の美しい声を聴いたとすれば、三島と大江の主人公の意識は霊的／性的な声のショックによって揺さぶられる（むろん、三島と大江の差異はもっと詳細に分析されるべきだが）。彼らの文学は、モダンな音楽以上に声の霊性と親和的であった。この観点から言えば、音楽的センスの

ないままに、伝統的な唄い物や語り物をでたらめなやり方で持ち込んだ逍遥の『新曲浦島』は、日本近代文学における「声の神話」をあらかじめパロディ化していたと言えるかもしれない。

繰り返せば、東洋的近世の演劇は、李漁や金聖嘆の饒舌な文芸批評から『水滸伝』ふうのカーニヴァル小説的な身体性までを射程に含む。それに対して、日本文学においては身体それ自体が難題であり、だからこそ身体の空洞を埋めるための装置が必要とされた。個々の作品が身体的次元においていかなる蛇行や屈折を示したかは、日本文学のプログラムを解読する格好の手がかりとなるだろう。ここではその解読の一例として「声の神話的利用」を挙げたにすぎない。身体性の問題については、次章で別の角度から再論することにしよう。

*

周知のように、明治以降の西洋化のなかで、日本人から漢詩文の教養は大幅に失われた。明治期の日本が森槐南や夏目漱石のような卓越した漢詩人を輩出したことも確かだとはいえ――特に槐南は「異様にきらびやかな、目くるめく詩的イメージの世界」を創出した当代随一の魔術的詩人であった*69――、総じて言えば、日本人の関心は中国から西洋に移り、中国文学の文化的卓越性は失われた。

しかし、この「凋落」を詩だけに限るのは不十分だろう。私たちは白話小説や演劇といった中国のサブカルチャーの運命についても、文学史的な思考に組み込まなければならない。これらサブカルチャーの象徴的価値も二〇世紀以降に暴落したが、そこにはいわば二重の喪失がある。なぜなら、漢詩文の教養が失われたことはたえず問題化されてきたが、白話小説や演劇、さらに李漁や金聖嘆らの文芸批評の遺産については、その喪失自体が事実上忘却されているのだから。馬琴を格下げしたことによって、東洋的近世の知は日本の文学史上のミッシングリンクになってしまった。

繰り返せば、東洋的近世の文化は単純な「プレモダン」には収まりきらない。近世最大の前衛小説であった『水滸伝』は金聖嘆という異端の思想家を生み出し、李漁のようなおしゃべりで演劇的なモダニストは文学の新しい評価基準を作った。いつ果てるとも知らない饒舌によって、和漢の文学的迷宮を作り出した馬琴のマニエリスムは、文体的にも内容的にもこの近世中国の富を利用している。したがって、その馬琴を批判した『小説神髄』を拡大鏡にかけるとき、ヨーロッパ的近代と東洋的近世という二つのモダニティの対立が浮き上がってくるだろう。私はここで、近代文学の出発点を明治から東洋的近世に前倒しして「近代」そのものを再定義すること、少なくとも西洋的近代の「前史」の文化的な分厚さを認めることを提案したい。[*70] その作業によって、文学の身体や声についても新たな文化史的パースペクティヴから論じることができるように思われる。

この「近代の再定義」のためには、演劇的想像力の多面的な広がりについてさらなる精査が求められる。ここで強調すべきは、東洋的近世の演劇的想像力が『小説神髄』でとどめを刺されたわけではなかっ

＊69　入谷仙介『近代文学としての明治漢詩』（研文出版、一九八九年）五一頁。
＊70　近代の再定義の先駆者としては、批評家の花田清輝が挙げられる。一九七〇年代のユニークな『随筆三国志』をはじめ、彼の「東洋的回帰」は東洋的近世のモダニズムの復興＝ルネッサンスとして捉え返せるのではないか？　この点は、拙著『復興文化論』も参照されたい。

たことである。近世の演劇の「生霊」は消失することなく、近代以降の小説のなかにもたびたび再来した。ちょうどいかがわしい「疑似科学」がたんなる反科学ではなく、むしろ近代＝科学によって解き放たれた言説であるように、いかがわしい近世の演劇もたんなる近代＝小説の対立項では終わらず、むしろ近代＝小説によって「再発見」されることになるだろう。次章ではこの演劇の「帰還」について詳しく論じていきたい。

第三章　恋愛の牢獄、クィアの劇場

天才の作品を見ると、われわれはいつも、われわれ自身の見捨てた思想がふくまれていることに気づく。かつては自分のものであった思想が、一種縁遠い威厳をそなえてもどってくるのだ。偉大な芸術作品がわれわれに与えてくれる教訓のなかで、このことほどに感動的なものはない。

（エマソン「自己信頼」）

江戸時代の文芸を、李漁から馬琴までを含む「東洋的近世」のパラダイムのなかで見るとき、私たちは物語の演劇化、テクストの知性化、饒舌な作品内批評家、高度なジャンル意識、そして俗語化の推進等々の新しい文学上のプログラムを見出すことができる。これらの遺産はたんに「前近代的なもの」としては片づけられない。その一方で、歌舞伎のような麻薬的な演劇も近世に隆盛をきわめ、浮世絵や草双紙等の周辺ジャンルとの相互作用も生み出した。知と情念にまたがるこの近世の演劇文化の全体に対して『小説神髄』が離縁状を叩きつけたことは、前章で論じた通りである。

しかし、若き逍遥のこの戦闘的な「悪魔祓い」にもかかわらず、近世演劇の遺産はやがて密かに日本の小説に帰還するだろう。私がここで論証したいのは、その遺産が——ときに近世中国の記憶も呼び戻しながら——とりわけセクシュアリティや愛に関わる領域で再現されたことである。序章でも述べたように、これはまさに「遺産相続」の問題に他ならない。私は以下、谷崎潤一郎の小説を中心に、その前史及び後史として北村透谷と円地文子のテクストも経由しながら、近世演劇の遺産がいかに濾過され、いかに継承されたかを考察したい。彼らの作品が演劇的想像力との折衝のなかでセクシュアリティや愛を構成したことは、小説中心的な近代文学における特筆すべき事例と見なすことができる。まずは透谷について、特に彼の主要なモチーフであった「牢獄願望」について論じていこう。

A　恋愛の牢獄

1　透谷の演劇批判

逍遥のおよそ十歳年下の透谷は、西洋的な恋愛（ロマンティック・ラブ）を明治期の日本に導入した作家として知られる。彼の考えでは、恋愛は人間存在の中核を成すものであり、思うに任せない「実世界」から退却して引きこもった「厭世家」の命綱であった。「恋愛は人世の秘鑰（ひやく）なり」「此恋愛あればこそ、理性ある人間は悉く悩死せざるなれ、此恋愛あればこそ、実世界に乗入る欲望を惹起するなれ」「恋愛は一たび我を犠牲にすると同時に我れなる「自己」を写し出す明鏡なり。男女相愛して後始めて社界の真相を知る」（「厭世詩家と女性」）。恋愛は本当の人生の扉を開く鍵（秘鑰）であり、現実世界に船出しようとする欲望の端緒であり、他者と関係する社会的な「自己」を映す鏡でもある。最高度の神秘と覚醒、自己の深化と社会化がまとめてパッケージされた恋愛――、それを新時代の文明論的なパースペクティヴのなかに収めることが透谷の狙いとなった。

ただし、恋愛の果実を日本で実らせるには、さまざまな障害を取り除かねばならなかった。その際、透谷が最大の標的としたのは「戯曲と遊廓」から派生した近世文学のエロティシズム（好色）であり、それを明治以降も引き継いだ尾崎紅葉の一派であった。透谷は恋愛を「不自然」な方向に歪めたという罪状を掲げて、近世的な「好色」を厳しく糾弾するが、そこに近松門左衛門（巣林氏）以降の文学史に対する演劇批評が伴われていたのは興味深い。

> 概して言えば不自然（アンナチュラリズム）と過激（エンサシアズム）とは、この時代の演劇に罅（か）く可からざる要素なりしとぞ。後に発達したる戯曲（巣林氏以後の）に到りても、この不自然と過激とは抜くべからざる特性となりて、「菅原伝授手習鑑」に於て、「蝶花形」に於て、其他幾多の戯曲に於て、八九歳の少童が割腹したり、孝死するなどの事、戯曲に特有なるヱンサシアズムにてはあるまじき程の過激に流れたり。（「徳川氏時代の平民的理想」）

透谷の考えでは『菅原伝授手習鑑』や『蝶花形名歌嶋台（ちょうはながためいかのしまだい）』といった江戸時代の演劇では「不自然と過激」が横行する一方で、遊廓では人間の最も下等な「獣性」と呼ぶべき「好色」が蔓延った。その一方、馬琴らの「侠客」の文学もイギリス的なジェントルマンシップからは程遠く、女性は「遊戯的玩弄物」として扱われるにすぎない。「宗教及び道徳」の欠落したこの「砂地」では「人類の霊生の美妙」である崇高な恋愛が育つはずもない……。実は、透谷自身は十代の頃に八王子の遊女屋に入り浸っていたのだが、やがて回心の時を迎え、いわゆる「悪所」への批判者に転じたのであった。

こうして、透谷は「不自然と過激」に取り憑かれた近世の劇場（歌舞伎／遊廓）を批判し、恋愛を宗教的・道徳的なものに昇格させようとする。むろん、恋愛は「人を盲目にし、人を痴愚にし、人を燥狂にし、人を迷乱」させる、実に厄介なものではあるだろう（「粋を論じて「伽羅枕」に及ぶ」）。だとしても、紅葉のように遊廓由来の「粋」の美学を復権させる道はあり得なかった。透谷の考えでは、封建社会において辛うじて恋愛を救済し得た「変体の仏」としての「粋」も、真実の恋愛にとっては結局「躓きの石」にすぎなかったからである。

それに、日本の既存の宗教に、恋愛に匹敵するだけの教育効果を求めるのも難しかった。透谷によれば、徳川幕府の管理下に置かれた近世の仏教は文学とともに「人間」の問題から離れてしまった。「徳川氏の前には文学は仏門の手に属したり。而して仏門の人間を離れたりしは、当時の文学の人間を離れたる大原因となりて居たりき」（「明治文学管見」）。例えば、一七世紀の井原西鶴は、神仏への熱烈な「信心」の代わりに数値化可能なものを信じた。*1 彼の代表作『好色一代男』はドン・ジョヴァンニの従者レポレッロのように（あるいは遥か後の村上春樹『1973年のピンボール』の数字好きの語り手のように）、バイセクシュアルの主人公・世之介と性交した女性が三七四二人、少年が七二五人にのぼることを明かす……。むろん、一七世紀以降に盤珪（ばんけい）や白隠、隠元らが禅を再編成したことも無視できないとはいえ、近世には総じて、鎌倉仏教のような新しい宗派を作る機運は失われていた。こうした宗教の世俗化を踏まえて、透谷は恋愛による文学の超越化というギャンブルを企てる。

透谷の思想史上の重要性は、その設問の鋭さにある。僅か二〇年余りの生涯のあいだに、彼が日本文

*1 西鶴における性の数量化については、松田修「『好色一代男』への道」『好色一代男』（新潮社、一九八二年）参照。

学の取り組むべき「問い」を明快に示し得たことは、まさに驚嘆に値する。江戸時代の平民化＝世俗化のなかで既存の宗教が形骸化し、「快楽」と「実用」にひとびとの興味が収束していった後で、いったいどうすれば文学を再建できるのか？　特に、近世以降の仏教の衰退という日本文明史の一大転機の後で、文学にはいかなる仕事が可能なのか？――これらのアポリアはその後も解決されたわけではない。透谷と同工異曲の問題設定は、今でも日本の思想界で繰り返されている。

2　演劇的人間の牢獄願望

もっとも、透谷を読むことは、結局のところ彼の失敗を読むことである。演劇的な「粋」の美学を克服し、恋愛を文明の背骨にしようとする透谷の野心的なプロジェクトは、その創作においては決して順調に運ばなかった。皮肉なことに、近世のエロティックな演劇文化を批判した彼は、自らの文学作品においては、空っぽの劇場＝牢獄のイメージに取り憑かれていた。

そもそも、透谷の中核には演劇のファンタズムがあり、それは周囲の人間にも鋭く感知されていた。彼が死後に演劇的人間として回顧されたことは、十分な注目に値する。例えば、透谷に私淑した島崎藤村は、一九〇八年の自伝的小説『春』のなかで、透谷をモデルとする青木駿一という青年を登場させた。酔っ払った青木は、同性の友人たち――そこには藤村自身をモデルとした岸本捨吉も含まれる――を前にしてハムレットに扮する。

英吉利の詩歌――殊にシェイクスピアの戯曲は青年の間に読まれた。よく連中の話頭にも上る。／その日も、青木は『ハムレット』の悲劇を持出した。彼浜で西洋の俳優が演じたのを見たという。その舞台面の話から始めて、ハムレットに扮した男の身振手真似までやり出した。

ハムレットの「身振手真似」に続いて、青木はその恋人であるオフィーリアの歌を再現してみせる。「花束のかわりに白い帕子を振って、清しい声で歌い出したのはあの可憐な娘の歌である」。森鷗外の訳詩集『於母影』に収録されたこのチャーミングな歌は、ここでは文学青年たちの絆を確認する符牒となっている。岸本＝藤村たちとのホモソーシャルな友情に包まれながら、ハムレットからオフィーリアへの変身を果たす青木＝透谷は、両性具有の演劇人として描き出されていた。

私たちはここで、透谷本人の創作にも広義の「劇場」が書き込まれたことに注意しておこう。例えば、一八八九年に自費出版された処女作『楚囚之詩』では、政治犯の男性が二人の若い壮士及び「まだ蕾の花なる少女」の妻とともに「広く且空しい」牢獄に閉じ込められている。彼は古代中国の「楚囚」（楚の罪人）に自らを重ねあわせながら、憂国の士として自己呈示する。「嗚呼楚囚！　世の太陽はいと遠し！　噫此は何の科ぞや？　ただ国の前途を計りてなり！　噫此は何の結果ぞや？　此世の民に尽したればなり！」。さらに、獄中の四人のあいだには仕切りがあり、お互いに「物語りする事」は許されない。この息詰まる無音の闇のなかで、彼は「一夜の契りも結ばずして」投獄された妻に思いを馳せながら、自らの心象風景を語る。結末部では恩赦を受けて、妻や仲間たちと再会するが、作品全体としては空間の閉鎖性が際立たせられていた。

よく指摘されるように、『楚囚之詩』には現実のクーデターの失敗が暗示されている。もともと、十代後半の頃には自由民権運動に関心を寄せていた透谷は、自由党左派の大井憲太郎に連なるグループに加わるものの、大井らが朝鮮での武力的な政変を企てて検挙される、いわゆる「大阪事件」（一八八五年）の直前に運動を離脱した。その四年後の『楚囚之詩』に、現実にはなりそびれた政治犯に仮装しようとする透谷の演劇的自己呈示を認めることは、十分可能だろう。そして、彼が近代の文学的始祖の一人であったことを思えば、日本近代文学の「始まり」――エドワード・サイードふうに言えば神学的な「起源 origin」ならぬ世俗的な「始まり beginning」――はクーデターとテロリズムの失敗にあったと言わねばならない。[*2] 透谷は政治的挫折という負の現実（より正確にはヒロイックな挫折そのものからの疎外）を、恋愛という新しい観念の「翻訳」によって埋めあわせた。「小説」にして「詩」でもあるという折衷的な『楚囚之詩』は、そのプロジェクトの重要な一角を占めていた。

ただし、『楚囚之詩』はいかなる理由で主人公が投獄されたのかを明確に語らない。彼の罪は観念的な次元に留められ、歴史の具体的な手触りは抹消される。外部との通路を閉ざされ、もはや日夜の区別もつかないこの他者不在の牢獄のなかで、やがて彼の憂国も愛も限りなく無に近づいていく……。だが、この孤独な「密室」は、誰にも邪魔されずに、罪人として負の特権をまとった自己を象ることのできる理想の閉鎖空間でもあるだろう。私はここに透谷の密かな牢獄願望を認めずにはいられない。

現に、『楚囚之詩』の後の「我牢獄」（一八九二年）という小説とも告白ともつかない晩年の奇妙な散文作品になると、この牢獄願望はいっそう先鋭化される。主人公は自分でも理解できない抽象的な罪＝負債のせいで投獄されている。「もし我にいかなる罪あるかを問はば、我は答ふることを得ざるなり、然れども我は牢獄の中にあり」。この孤独な囚人を生存させる力は、ただ恋愛だけであった。「我をして死す能はざらしむるもの、則ち恋愛なり」。しかし、恋愛も苦しみ以上の実りはない。獄中の彼は、自らを「デンマルクの狂公子」すなわちハムレットになぞらえながら、母が自分を産まなければよかったのにと悲劇の主人公のように煩悶する。「我牢獄」は誰一人観客のいない空っぽの劇場で演じられた観念的なドラマであり、恋愛もこの劇場＝牢獄のなかに閉じ込められていた。

むろん、牢獄イメージは透谷の占有物ではない。そもそも、近代的な「自己」の創造者であるルソーからして、強固な牢獄願望に取り憑かれた作家であった。晩年の『孤独な散歩者の夢想』のなかで、ルソーはかつてスイスのビエンヌ湖に浮かぶサン・ピエール島で、二ヶ月のあいだ、ルーペを片手に植物の採集と観察を楽しみ、丘の上から湖畔や平野を眺め、心静かに夢想に耽ったときのことを思い出しながら、バスティーユ牢獄を連想している（第五の散歩）。彼にとって、この自然豊かな小島は幸福に満ちた「永遠の牢獄」と見分けがつかなかった。「自分のいる場所を想像力によって拡大する」ことを目指す一方で（拡張現実！）、都市の劇場とサロンを批判したルソーは、最終的には誰一人として観客のいない閉鎖空間に没入していく[*3]。この点で、透谷はいわば晩年のルソーの日本版である。あえて大胆に言い切ってしまえば、近代の自我の文学は牢獄を作るというプロジェクトとして始まったのだ。

＊2　この「失敗」をさらに大掛かりに——想像的にではなく現実的に——やり直したのが三島由紀夫であるのは言うまでもない。

＊3　ルソーの牢獄願望については、小西嘉幸「庭のなかの風景」樋口謹一編『空間の世紀』（筑摩書房、一九八八年）三一八頁以下。

だとしても、この両者には大きな隔たりもある。ルソーが『新エロイーズ』という書簡体小説によって恋愛のコミュニケーションのモデルを作ったのに対して、透谷の『楚囚之詩』や「我牢獄」の恋愛は観念的であり、具体的な内容が欠けている。近世の好色や侠客の文学（女＝モノ）を批判した透谷は、対話（女＝他者）に乗り出す代わりに、想像上の牢獄（女＝観念）に自らを封じ込めた。かつての「好色」の文化には、古代の王朝文学に連なる歴史的伝統と近世の劇場（遊廓）という物理的実体があったが、日本近代の「恋愛」はむしろ実体の欠如から始まったと言わねばならない。

3　囚人の存在論とその盲点

その一方で、透谷が「恋愛する主体」を牢獄の外に脱出させようとしていたことも見逃せない。「我牢獄」に先立つ一八九一年の『蓬莱曲』という戯曲には、牢獄のモノローグの世界から他者とのダイアローグの世界への移動が書き込まれていた。ただし、その企てが成功から程遠かったことはやはり象徴的である。

日本演劇史において、『蓬莱曲』は近代的な劇詩（戯曲）のジャンルを切り拓いた先駆的作品と見なされている。透谷は「蓬莱島」という中国の古典的なユートピアを導入し、そこに日本の伝統的な旅行文学（道行文）を部分的に組み込みながら、主人公の柳田素雄を牢獄＝世間から逃走した旅人として定めた。「牢獄（ひとや）ながらの世は逃げ延びて／幾夜旅寝の草枕／夢路はるばるたどりたどれど／頼まれぬものは行末なり」という一節には、牢獄＝密室の文学から旅＝路上の文学への移行が明記されている。

では、素雄の旅はどういう結末を迎えたのか？　彼は当初、忠実な従者・勝山清兵衛と対話しながら山野をあてもなく彷徨うが、やがて悪魔に誘惑される。その誘惑に乗って清兵衛とのホモソーシャルな友情を断ち切る際に、脱獄のイメージが持ち込まれる（「おさらばよ清兵衛（わがとも）！／この囚牢（ひとや）、この籠にもおさらばよ！」）。ただ、透谷の記述は全体としてぎこちない。脱獄者としての素雄は「いつしも変はらぬわが友」である琵琶を携えて蓬萊山頂への道を進むが、やがて昔の恋人である露姫に似た仙姫の幻影に囚われた後、山頂で「大魔王」なるものと対峙し、ついに力を使い果たして死んでしまう……。琵琶を介した恋愛は半ば漫画的な「悪」に上塗りされ、不毛なままに終わる。

このように、牢獄の外へと誘惑され、ダイアローグの世界に乗り出していこうとする『蓬萊曲』の結末は、ほとんど悲喜劇的なものであった。桶谷秀昭が指摘するように、クライマックスの素雄と大魔王のやりとりにしても、所詮はモノローグのぶつけあいにすぎず、弁証法的な「劇的展開」に乏しい[*4]。新しいタイプの戯曲に挑戦した『蓬萊曲』は、かえって透谷の劇作家としての不器用さを暴露している。そもそも、彼自身が序に「わが蓬萊曲は戯曲の体を為すと雖も敢て舞台に曲げられんとの野思あるにあらず」云々と記すように、『蓬萊曲』は舞台上演の適性を欠いたレーゼ・ドラマ（読む劇）、すなわちヴァーチャルな演劇であった。日本文学の転換期に生きた透谷の演劇的想像力は、近代の劇場という枠にうまく収まりきらなかった。

ただ、透谷が「失敗した劇作家」であったのは確かだとしても、彼の作品が近代の神話的なアーキタ

＊4　桶谷秀昭『北村透谷』（ちくま学芸文庫、一九九四年）一四一頁。

イプ（原型）を構成したことも間違いない。現に、今日に到るまで日本の創作家たちは知らず知らずのうちに、透谷ふうの牢獄＝密室イメージを反復している。そのリストには戦後文学に限っても、大江健三郎の『芽むしり仔撃ち』から筒井康隆の『脱走と追跡のサンバ』、村上春樹の『世界の終りとハードボイルド・ワンダーランド』まで、あるいは純文学から離れても若松孝二&足立正生や押井守の映画、さらに近年のいわゆる「セカイ系」のライトノベルまで、実に広範な作品が含まれるだろう。『楚囚之詩』と同じく、彼らの作品もまさに囚人の存在論（＝閉鎖空間の住人として世界に接触するという存在様式）に立脚しながら、ときに『蓬莱曲』のようにその閉じた世界からの「脱出」に誘われた。しかも、彼らの想像力は往々にして牢獄＝密室を前主体的なエロスや暴力によって満たす一方で、生身の他者とのコミュニケーションを遠い「夢」のように描く傾向にあった。

むろん、私はこれらの作品の豊穣さを一概に否定するつもりはない。エロスの閉鎖空間に閉じ込められ、そこから脱出しようともがく虜囚として存在を定位すること――、それがときに快適な消費文化と情報メディアに覆われた戦後日本社会の経験とも呼応したことは明らかである。しかし、もしこの透谷以来の「囚人の存在論」が別の文学的可能性を封殺しているとしたら、どうだろうか？　その盲点を指し示すために、ここでカフカの文学を一つの光源として定めてみよう。ドイツの哲学者ギュンター・アンダースは次のように鋭く指摘していた。

> カフカは繰り返して――彼の日記でも『審判』でも『あるアカデミーへの報告』でも――牢獄の比喩を使い、たびたび窒息の比喩を用いている。――もっとも、彼の言う牢獄は負の牢獄である。と

いうのは、カフカは閉じ込められているのではなくて、閉め出されていると感じているからである。彼は脱出しようとするのではなく、――世界のなかへ――入ろうとしている。（傍点原文）[*5]

カフカの主人公は亡命者ないし難民のような外見を呈する。例えば、『城』の測量技師Kは城の周囲を巡るばかりで、内部に入ることができない。その姿は、役所の窓口に並ばされたまま、どうやっても書類を受理されない申請者を髣髴とさせる。余計な文飾のないその調書的文体によって、カフカは世界の控え室（負の牢獄！）でずっと待ちぼうけを食らっている哀れにして滑稽な存在を描き出した。

アンダースも指摘するように、ハイデッガーの哲学における「世界内存在」とは対照的に、カフカの主人公は世界への入場そのものを拒否された「世界喪失者」である。[*6] 非人間的な官僚システムに冷たく突き放され、その「法」に敵対する能力も剥奪された亡命者＝追放者――、彼においてあらゆる弁証法は凍結させられる（もし法＝システムと正面きって闘うことができれば、その叛逆＝否定が輝かしい栄光に転じることもあり得るのに！）。世界の入り口で延々とお預けを食らわされるだけの無意味な遅延の果てに、カフカの主人公は動物的な死を下される。例えば、『審判』の銀行員ヨーゼフ・Kは、ある日突然に謎めいた「訴訟」に巻き込まれ、その不条理のなかで疲労しながら、最後は屈辱にまみれた「犬」のように処

＊5　ギュンター・アンダース『世界なき人間』（青木隆嘉訳、法政大学出版局、一九九八年）一二三～四頁。
＊6　同右、一五六、一〇九頁。

刑されるだろう。

それに対して、近現代の日本では、控え室から世界に「入ること」を試みて何度も却下されるカフカ的な難民よりは、観念の牢獄に監禁されながら、やがてそこから「出ること」に誘引される透谷的な囚人が、ジャンルを問わず量産されてきた。しかし、この神話的アーキタイプの反復は、人間の存在様態に関する想像力をいくぶん狭隘にするものではなかっただろうか？　閉じた世界に隔離され、ときに他者を夢見る囚人は、犬のように世界の周縁をうろつき回る難民に気づかない。だが、世界から閉め出されたカフカ的難民を抜きにして、真に現代的な文学が可能かと言えば、答えは否である。

4　円地文子と女性の主体化

ともあれ、巨大な盲点を抱え込みつつも、日本における囚人の存在論は文化の重要な鋳型となった。ここで話を戻せば、恋愛を日本に導入するにあたって、透谷の「我牢獄」と『蓬莱曲』がそれぞれハムレットと道行文という演劇的な記憶を呼び出したことは、改めて確認しておくべきである。古代の「色好み」が宮廷というサロンに根ざし、近世の「粋」が劇場／遊廓で育てられた以上、透谷が近代の「恋愛」にも何らかの特別な空間的表象を与えようとしたことは、十分に納得がいく。だからこそ、彼の戯曲の失敗は、恋愛（異性愛）の文学の障害を予告していたように思われる。

現に、成熟した男女どうしの恋愛は、その後の日本の文学者にとって必ずしも魅惑的な対象とはならなかった。有力な作家ほど、いわゆるノーマルな異性愛からは逸脱する傾向が見られる。例えば、漱石の小説では男性どうしのホモソーシャルな友情が先行しており、女性はこの擬似同性愛的＝兄弟愛的な関係を脅かす「不気味なもの」として現れた（第一章参照）。あるいは、三島由紀夫や大江健三郎はそのホモエロティシズムの描写を介して、ファシズムの問題にそれぞれの角度から接近した。[*7]さらに、後期の川端康成は『眠れる美女』において、館で眠る少女と添い寝する不能の老人の不毛なセクシュアリティを浮上させた。そして、後述するように、マゾヒストの谷崎潤一郎は母子相姦的な欲望を晩年まで語り続ける……。

ならば、日本の「原型的なホモファシスト」（キース・ヴィンセント）と呼ぶべき三島の「All Japanese are perverse」（すべての日本人は倒錯的である）という名言を、日本近代文学の表札に掲げたとしても、さほど違和感はないだろう。むろん、異性愛が総じて規範化されているのは確かだとしても、今挙げた作家たちが到底その規範の枠内に収まりきらないのは明らかである。主人と従者のホモエロティックな関係に実体を与える一方、女性の恋人についてはあくまで抽象的な幻覚に留めた透谷の『蓬莱曲』には、すでにこうした性愛の未来が先取りされていた。

ここで興味深いのは、透谷の敵視した江戸時代の美学が、近代の情熱恋愛のモデルから逸れるものとして後に再評価されていくことである。例えば、九鬼周造の哲学書『「いき」の構造』（一九三〇年）は、近世の「粋」のクールな身体的表出や芸術的表現を現象学的に記述した。さらに、文学においても、谷

＊7　ジェームス・キース・ヴィンセント「大江健三郎と三島由紀夫の作品におけるホモファシズムとその不満」『批評空間』（第二期一六号、一九九八年）。

崎は近世の演劇的想像力を巧みに利用しながら、クィア（変態）な性を文学に登録した。こうした事例はひとまず「近代の恋愛の牢獄から近世のクィアの（あるいは粋の）劇場へ」とでも要約できるだろう。透谷のように恋愛を一神教の代替物に仕立てあげる代わりに、愛をさまざまなエロスの様式へと分散させること――、この愛の大胆な「変形」には近世の演劇的想像力が深く関与していた。

私は以下、谷崎のテクストを手がかりに文学史上の「遺産相続」のあり方を詳しく検討していくが、その前に予備的な考察として、谷崎を深く敬愛した作家・円地文子についての簡単な評論を挟んでおきたい。というのも、もともと劇作家として出発し、その後の円熟期の小説でも演劇体験を何度も題材とした円地は、セクシュアリティに関して――さらに性を通じた女性の主体化の問題に関して――優れた文学的洞察を残した作家だからである。

円地が演劇とセクシュアリティを関連づけたことは、自伝的小説（というレッテルは作者本人によって否定されているが）『朱を奪うもの』（一九五六年）によく示されている。かつて演劇に深く魅了され、そのなかで左翼の男性たちとも関係をもった主人公・宗像滋子は、今や年老いて身体の危機に直面している。結核菌のために右の乳房を、癌のために子宮をそれぞれ摘出された彼女は、今度は病院で歯を一本残らず引き抜かれる。「女性の性を半ば以上肉体から奪われた滋子は、今もう一度少女時代から口の中に生えかたまって、一緒に生きてきた歯をぬき去ってしまった」。こうして、彼女の身体は「がらん洞」の穴の集合体として描かれる……。

だが、この性の喪失に先立って、滋子はすでに幼少期にセクシュアリティの混乱を経験していたことを告白する。彼女の身体と精神を「アブノーマルに変形させた」原因は、祖母によって植えつけられた芝居への愛にあった。日露戦争からまだ十年も経たない時代に、祖母は幼い滋子を靖国神社（招魂社）の賑やかな見世物小屋に連れて行く一方で、馬琴の『八犬伝』や『椿説弓張月』のような擬古文調の小説を読み聞かせた。その怪異なエロスに幻惑された滋子は、美女の虐待される責め場や殺しの場面、とりわけ黙阿弥の描く紅皿欠皿（べにざらかけざら）（継子いじめ譚）の責め場に強いショックを受ける。

南北や黙阿弥の歌舞伎、馬琴や種彦の読本草雙紙の世界では、人間は千変万化する虚構の縦糸横糸となって金銀五彩のけばけばしい織物をくりひろげるが、そこには土の匂いや芽の勢い、太陽の溢れる自然は片はしも見られず、すべてが人工的な照明に彩られた――言わば劇場的な世界なのであった。

円地によれば、馬琴や南北、黙阿弥ら江戸時代後期の作家たちは、文学から太陽と土を奪った。かつての王朝文学の「みやび」（都ふうであること）を支えた色彩豊かな自然は、近世の劇場のめくるめく「人工的な照明」に覆い尽くされる。観客の官能にじかに働きかける劇場の魔力は、従来の日本文学のプログラムを文字通り劇的に書き換えてしまった。こうして、物語文学の母胎はサロンの女房（『源氏物語』）でも遊動的な芸能民（『平家物語』）でもなく、人工的な劇場へと移行する。

この大きな変動を同時代の世界文学と対応づけることも不可能ではないだろう。一九世紀ヨーロッパの産業社会はエネルギー（力）の発見と変換に勤しんだ時代であり、その影響は文学にも及んだ。例えば、馬琴のほぼ同時代人であり、彼と同様に多作であったフランスのバルザックにとって「力」の移転は重大な意味をもっていた。「バルザックの芸術自体、エネルギー変換の唯一壮大な過程なのである。なぜなら彼は、生の絶大なる情熱を自分の作品に転化するからである」。*8 馬琴も物語文学を「人工的な照明」のもとで再活性化する一方、中国文学の「翻訳」を通じて（エネルギー変換！）、自らの膨大な作品群に魔力を与えていた。

円地の慧眼はこのけばけばしくもエネルギッシュな近世の「劇場的な世界」を、セクシュアリティのトラブルと結びつけたところにある。馬琴や黙阿弥らのもたらす「美しい茸のような毒」に感染し「演劇的な感興に昂奮して華麗な色彩と光線の間に生きることを覚えた」滋子は、自然な性愛を奪われたと感じていた。

> 滋子がそのあと谷崎潤一郎の「少年」や「饒太郎」のような作品を読んで、そこに描かれているアブノーマルな性の芸術化に強い共感を感じたのは当然のことであった。滋子は共感以上にそれらの作品によって、都会の伝統を承けた人々の中には性慾を金魚や鶯のように人工化する嗜好のあることを知ってほっとしたのである。〔…〕
> 紫の朱を奪うように滋子の生命はその黎明から人工の光線に染められていた。

さらに、滋子にとって、この谷崎ふうの人工のアブノーマルな性はマルクス主義のカウンターパートであった。「滋子の中には嗜虐性の強い耽美派と人間の生き方に平等を求める社会主義とがシャムの双生児のように背中合せに蠢いていた」。こうして、彼女はプロレタリア演劇に接近し、左翼作家の一柳

――片岡鉄兵をモデルにしたと言われる――と一夜の肉体関係を結ぶが、やがて別の婚約者と愛もないままに結婚した直後、一柳逮捕の報に接する……。

そもそも、戦後日本における政治的主体と性的主体の関係は、ずいぶんと込み入っている。例えば、左翼からの転向の痕跡を残した太宰治は、シングルマザーとして生き延びる道を選んだ『斜陽』(一九四七年)の主人公かず子に「革命」を語らせ、少女的ナイーヴさによって革命幻想の救済を果たした後、その翌年の自伝的小説『人間失格』において「恥の多い」みじめな道化として自己呈示した。そこでは、女性たちとの親密なコミュニケーションが前面化される。この政治から性への潜在的な転向は、三島由紀夫の死を横目で見つつ消費社会の性的自由を享受する村上春樹の主人公において再び顕在化されるだろう。逆に、三島の「憂国」や大江健三郎の「セヴンティーン」は、右翼的な主体を国家への性的エクスタシー(脱自＝恍惚)のなかで捏造した。ただし、三島のポルノグラフィ的文体や大江の一七歳の右翼少年の妄想的文体のせいで、真正の右翼と右翼のカリカチュアはもはや区別できない。そこでは、政治と性は法悦のなかで結びつくが、その大袈裟な演出はバカバカしさや矮小さと紙一重である。

それに対して、円地においては、政治的主体と性的主体は最初から混じりあっている。『朱を奪うもの』の主人公にとって「政」(プロレタリア演劇)と「性」(劇場的世界)はまさに「シャム双生児」であり、いずれも等しく主体形成の資源となる。ただし、そこではマルクスと馬琴も本質的に区別されず、彼女の政治的主体もたわいない演劇的なヒロイズムと一体化する。「滋子がいまマルキシズムに惹かれるの

＊8　E・R・クルティウス『バルザック論』(小竹澄栄訳、みすず書房、一九九〇年)七〇頁。

も、経済理論に根を置いているのではなくて、多数の無産階級が少数の有産階級の犠牲になる不合理を匡すために一身の利害を度外視して行動する勇ましさに魅力を感じるのである」。この「たわいなさ」は、ローザ・ルクセンブルクに憧れる『斜陽』のかず子にも通じるが、滋子はかず子のような少女の「革命家」になることはできない。と同時に、円地の性的主体は三島ふうの大袈裟な法悦にも繋がらない。政治も性も、円地の主人公にとっては毒を含んだ「作りもの」にすぎなかった。

要するに、円地が示すのは、政治から性へという転向左翼的な男性主体（太宰、村上）でもなければ、政治イコール性という右翼的な男性主体（三島、大江）でもなく、むしろその両方を相対化する傷ついた女性の身体である。滋子において、政治と性、マルクス主義と耽美は入り混じっているが、それは革命にもエクスタシーにも行き着かない。それどころか、人工の政治と性に侵食された果てに、彼女の身体は「穴」の集合体になっていくだろう。女性の主体化のプログラムは、身体の次元で容赦なくガラクタにされるのだ。

5　演劇史の寓話

私たちは性を主体にとって構築的・生産的なものと考える癖がついている。セクシュアリティは今や、市民的な主体形成を支える承認やアイデンティティの場と見なされる傾向にある（それはゲイやレズビアンも例外ではない――ゲイで「ある」のではなくゲイに「なる」のだというミシェル・フーコー流の生成の美学も、かつてのような危険な攻撃性をもたないだろう）。しかし、円地の主人公はむしろ、近世の人工的＝劇場的なセクシュアリティによって何か大切なものが剥奪されたと考えていた。性は主体を構成するだけではなく、主体を傷つけ損なう「毒」でもある――、この受苦的な立場から、『朱を奪うもの』は近世の演劇的なプログラムを抽出した。

しかも、そのプログラムの伝承ルートもいわば女性化されていた。先ほど引用したように、『朱を奪うもの』は近世文学が女性読者（祖母から孫娘へ）によって伝達されたことも周到に書き込んでいた。馬琴の「俗語化」した文学はその作品内容が演劇的であっただけではなく、その受容においても、女性を主な担い手とする家庭内部の口頭のパフォーマンスと結びついた。菅聡子によれば、馬琴の文体は「黙読の中での言文一致」よりも「「読み聴かせ」の場での言文一致」と親和的であり、明治二〇年代においても「〔新しい〕言文一致は女子供には解らない、馬琴や京伝の文章の方が解り易い」という趣旨の女性からの投書が新聞に掲載されることもあった。[*9] 祖母から馬琴や柳亭種彦の草双紙の毒を伝えられた少女時代の滋子は、まさにこの異端の言文一致文に誘惑されていた。

要するに、『朱を奪うもの』は男性主導の文学空間とは同調できない生が、近世の異端的でジャンクな劇場文化を介して政治的・性的にいかに自らを主体化しようとしたか、それが最終的にいかに「剥奪された生」に帰結したかを克明に記したドキュメントである。私たちはここから、日本の演劇的想像力について考察するにはジェンダーの論点が欠かせないという重要な教訓を得ることができる。実際、近代の自然主義運動においても、演劇は小説とは別のやり方でジェンダーの表象を生み出していた。

＊9　菅聡子『メディアの時代――明治文学をめぐる状況』（双文社出版、二〇〇一年）九八頁。

まず注目に値するのは、初期の代表的な自然主義小説がもっぱら「男性の主体化」に関わっていたことである。田山花袋の『蒲団』にせよ、島崎藤村の『破戒』にせよ、彼らが「告白」し「暴露」したのは、あくまで男性の抱え込んだ秘密であった。しかも、この両作品の男性主人公がともに教える側の立場にあったのは興味深い。知の所有者＝伝達者にことさら知的権威の崩壊というドラマを演じさせること――ここには一種の反知性主義が刻印されている。とりわけ『蒲団』において、知（学問）は男性の主体化のための資源にはなり得ず、その空虚さを埋めるように女弟子に対するあからさまな性的欲望が膨張するだろう。

それに対して、一九一〇年代日本の自然主義演劇のプロジェクトは、むしろ女性の身体抜きにはあり得なかった。シェイクスピアを大々的に導入した逍遥に対して、その次世代はイプセン会――そのメンバーには小山内薫、柳田國男、田山花袋、島崎藤村、長谷川天渓、蒲原有明、徳田秋声、秋田雨雀、正宗白鳥らが含まれる――を結成し、イプセン劇の翻訳と上演を試みる。そして、島村抱月の訳した『人形の家』のノラ役を一九一一年に演じた松井須磨子が、新劇の女優として一世を風靡したのは周知の通りである。

日本文学研究者のインドラ・リービが指摘するように、松井はイプセンを介して、俗語で話す西洋の女性的身体を「自然」なものとして舞台に出現させた（この自然主義的な身体は、魔女や妖精の出没するシェイクスピア劇の翻訳では到底得られないものであっただろう）。演劇的な「型」についての知識がなかった松井には、いわば「完璧な素人」に――西洋演劇の翻訳を自由に書き込める白紙の身体に――なり得るという利点があった。これは小山内薫が「（歌舞伎役者という）プロを素人にする」という目標を掲げたのと符合する。

もっとも、自然主義的リアリズムの翻訳は、文字通り「人工的」な作業であった。小林正子（松井の本名）が自らの平らな鼻を矯正する整形手術を第一歩として女優・松井須磨子へと変貌したのは、きわめて象徴的である。[*10]

このイプセンの導入を契機として、ヨーロッパ演劇における女性の身体はひとまず日本人の身体に「翻訳」された。小山内に見出され、当初は劇作家として活動した円地もまた、この新劇のリアリズムの現場に立ち会った作家であった。しかし、『朱を奪うもの』及びその後日譚である『傷ある翼』では、むしろ新劇運動からプロレタリア演劇に到る流れが政治的に敗北し、一柳らも転向するプロセスが描かれる一方で、島村や松井らが苦心して「翻訳」した自然主義的な女性の身体に、近世の演劇的想像力を介して文字通りの「穴」があけられる。『朱を奪うもの』はたんに女性の主体化をめぐるセクシュアリティのトラブルを描いただけではなく、日本の近代演劇史の身体的基盤そのものに干渉した作品としても読み解くことができる。

さらに、このリアリズム的（新劇的）な「自然」からの逸脱を経て、円地はやがて奇妙な歴史的水脈を幻視する。彼女の晩年の長編小説『菊慈童』（一九八四年）の想像力は、老いた能役者・桜内遊仙を介して中国へと漂流していった。八百年前に室生寺の磨崖仏を彫った「中国の石工」の子孫が散楽（猿楽能の前身）の徒となり、やがて世阿弥の祖になったという怪しげな説に、遊仙はすっかり囚われている。「中

*10 Indra Levy, *Sirens of the Western Shore: The Westernesque Femme Fatale, Translation, and Vernacular Style in Modern Japanese Literature*, Columbia University Press, 2006, pp.252, 258.

国人の子孫が日本人の血と混じりあって一度は河原者と言われて、蔑まれ、後には大名のお抱えになって歌舞伎などと違う身分の芸人になった」。能から霊感を得たイェイツの劇『鷹の井戸』も含めて、遊仙にとっての能はいわば旅する芸能であった。そして、彼は最後の舞台で永遠の若さを備えた童子「菊慈童」を演じ、八百年の時空を跳躍する。中国を介して能の幼年時代を呼び出すという妄想的なアナクロニズム――、それは「若返り」の秘術であると同時に（そもそも「起源」や「源流」への遡行は、日本では創世記的な神学というより一種のアンチエイジングに近いのではないか？）、反自然主義的な身体によって演劇の歴史を日本の外へと解き放つことも意味していた。

　前章で述べたように、中国文学はときに豊かな演劇性を帯びたが、それは近代日本の劇作家にも感知されていた。例えば、透谷は『蓬莱曲』創作中の日記において「「楊貴妃」、われ支那歴史的エピック又はドラマを作りて白楽天を泣かしむべし」（一八九〇年一〇月二二日）と記し、中国的な叙事詩ないしドラマの構想を示していた。実際、『蓬莱曲』には随所に漢詩的表現が認められる。例えば「切々と揚げて弾けば、陰る悲湧上り／嘈々と抑へてひけば重ね積る憂は消ゆ」という素雄が琵琶を奏でるくだりは、白居易の『琵琶行』の「大絃嘈嘈として急雨の如し／小絃切切として私語の如し」という有名な句を踏まえている。[*11] そもそも、王朝時代の『源氏物語』や能の『白楽天』を通じて、あるいは近世絵画の傑作である狩野山雪の《長恨歌図巻》等を通じて、日本文学は白居易及びその作品を演劇的なモデルとしてきた。『蓬莱曲』はその歴史の帰結である。

　透谷と同じく、晩年の円地にとっても中国は演劇の故郷であった。『朱を奪うもの』で近世の演劇を女性のセクシュアリティと紐づけた円地は、『菊慈童』ではその向こう側に広がる中国を妄想的な「夢」

として描いた。円地の演劇的想像力はいかがわしい近世の劇場を経由して、ついに中国へと到達する――、以下論じるように、私たちはこれと同種の運動を谷崎の文学にも認めることができるだろう。

B　クィアの劇場

良し悪しは別として、日本文学の主体性は総じてロゴス的というよりパトス的である。美術史家のディディ＝ユベルマンは西洋哲学がパトス＝パッション（情念／受難）に言語の袋小路、理性の袋小路、行動の袋小路という三つの否定的性格を与えたことを指摘しているが（強い情念に囚われること、すなわち「感動」は言葉と思考と行動を失わせる）、[*12] 透谷や円地はまさにこの意味で「パトス的」な存在を描いた。繰り返せば、透谷の「囚人の存在論」は、空っぽの劇場＝牢獄に閉じ込められた不自由な男性のパセティック（悲愴）な独白として「恋愛」を表出した。かたや、近世の劇場に深く囚われた円地の主人公は、老いと病の果てに身体じゅうを穴だらけにされる。彼女の人工的＝劇場的なセクシュアリティは傷や剥奪と密接に結びついていた。

では、谷崎はどうだろうか？「一体私は自分の性癖として、思想内容の深刻な芸術よりも官能的快味

＊11　桶谷前掲書、一五一頁。
＊12　ジョルジュ・ディディ＝ユベルマン「なんという感動！　なんという感動？」（橋本一径訳）『photographers' gallery press』（no.13、二〇一五年）七五頁。

の豊穣な芸術を喜ぶ者である」と語った彼は、明らかにロゴス的な作家ではないが、かといってパトス＝パッションの受動性に終始した作家でもない。[*13] 確かに、谷崎文学を特徴づけるマゾヒズムは受動的だが、その主体は同時に能動的でもある。理想の女を作り（能動性）、マゾヒストとしてその女に支配される（受動性）――谷崎においてはこの理想と物質の合致が最高度の自由と快楽をもたらしていた。「最高の自由とは、能動性と受動性、働きかけることと働きかけられることとが調和し重なり合う状態である」というドイツ観念論的な思考を、ここで思い出すのは有益だろう。[*14]

谷崎は父権的権威も社会的規範も近代的理性も、ほとんどあてにせずに小説を書いた。したがって、彼の作品には、父性や超越性（大きな物語）が撤退した後でいかに文学を書くかという未来のポストモダン的な問いがあらかじめ書き込まれている。私は第一章で、漱石の小説を日本のモダニズム文学の先駆として位置づけておいた。その延長線上で言えば、谷崎の小説は日本のポストモダン文学の先駆と見なすことができるだろう。後述するように、谷崎が作家としての出発点において漱石批判をやったことは、この点できわめて象徴的である。

改めてまとめれば、モダニズムは既存の表現上の規約をキャンセルして、新しさや前衛性を実装する。そのプロセスはときに戦闘的であり、それまでの言語表現や時間意識には深刻な亀裂が発生する――しかし、その軋みや衝突のなかから、ときにジョイスや漱石のような驚くべき言語使用が生じるだろう。かたや、ポストモダニズムは「大きな物語」を失脚させる大衆化現象も背景としながら、過去の遺産の再利用やシミュレーション、引用やサンプリングによって特徴づけられる。そのプロセスはときに迷宮的であり、どこまでが現実に立脚しどこからがそうでないかという信頼の構造そのものが不安定化する

――しかし、そのカオスの宇宙からは、ときにボルヘスや谷崎のように文学の多層的な記憶を探査する作家が現れるだろう。*15

ここで注目に値するのは、谷崎の文学的記憶の古層に近世の劇場文化が畳み込まれていたことである。彼は一方で、透谷と同じく崇高な「愛」を希求する立場から近世文学を批判した。「徳川期の恋愛物はどんな天才的作品といえども畢竟するに町人の文学であって、それだけ「調子が低い」のである。それもそのはず、彼ら自ら女人をおとしめ、恋愛をおとしめながら、いかにして気象高邁なる恋愛文学を作ること出来ようぞ」(「恋愛及び色情」)。だが、他方では、円地と同じく谷崎もまさにこの「調子の低い」近世文学に深く依存していた。彼は浄瑠璃を「痴呆の芸術」と評したにもかかわらず、自身の創作では、近世の変態的な文学を学習して自らを積極的に性化する登場人物を好んで描いた。

一般的に言って、芸術が隠れた性的フェティシズムを解放し、別次元に移行させるものであるのは確かである。だとしても、日本近代文学は倒錯的な性に対する評価が異様に高い。いささか誇張して言えば、日本の巨匠の特性をつかもうとするならば、性をどう描いているかという基準で見るのがいちばん手っ取り早いくらいである。こうした文化環境においては、クィア(変態)なセクシュアリティは数多ある論点の一つではなく、むしろ不可欠の論点となるだろう。透谷のように愛を観念の牢獄に閉じ込める代

*13 「劇場の設備に対する希望」『谷崎潤一郎全集』(第二二巻、中央公論社、一九七三年)九頁。
*14 スラヴォイ・ジジェク+ムラデン・ドラー『オペラは二度死ぬ』(中山徹訳、青土社、二〇〇三年)二五八頁。
*15 むろん、ポストモダン的な迷宮性はすでにジョイスのようなモダニストにおいて先駆けられていたのも確かである。ただ、大まかな目安として、モダニズムとポストモダニズムを方法論的に差異化するのは無益ではない。

わりに、近世の劇場文化をモデルにさまざまな性のゲームを発明し、それをほとんど白痴的なレヴェルにまで臆面もなく展開していった谷崎は、その限りにおいて「日本的」な巨匠と呼ばれるべきである。

そもそも、谷崎の文学的な原風景には野外のアングラ劇の記憶が刻まれていた。例えば、『古事記』や『日本書紀』を題材にした水天宮の七十五座のお神楽は、少年時代の彼の目に「一種の古代演劇」として映り、茅場町の明徳稲荷神社で上演された「茶番狂言」には「血なまぐさい殺人劇を殊更グランギニョール的にして見せる」あざとい演目が含まれていた。こうして、彼は劇場で芝居に触れる前に「裏茅場町の夜の闇」に現れた「不思議な悪夢」に魅了される……（『幼少時代』）。好奇心旺盛な子供も観客として招き入れる劇場外のキッチュなパフォーマンスは、確かに谷崎の文学を準備するものであった（なお、一九六〇年代に谷崎の死と相前後して現れた唐十郎や寺山修司らの前衛演劇が見世物小屋の復権を伴っていたことも想起されたい）。

ただし、谷崎はたんに残酷でアングラ的な演劇的想像力に没入したわけでもなく、むしろそこからの多方面の跳躍に賭けていたように思われる。キッチュなサブカルチャーの毒を一身に浴びつつ、そこから別次元への超越の運動をどう仕掛けるか――、これはすぐれて現代的な問いと言うべきだろう。私は以下、谷崎のテクストの中核に「メタ演劇」の仕掛けがあったことを論じながら、東洋的近世の遺産及び母子相姦の幻想がいかに彼の跳躍台として機能したかを述べていきたい。

1 『春琴抄』と盲者の劇場

今日の私たちは谷崎潤一郎と言えばまず小説家だと考えるが、その見方は若干の修正を要する。彼の作家としての出発点は第二次『新思潮』に参加し、その創刊号（一九一〇年）に「誕生」、次号に「象」という二編の戯曲を発表したことにあった。出世作となった短編小説「刺青」は『新思潮』の第三号に掲載された小説である。文壇の寵児となった後も、谷崎は断続的に戯曲を書き続けた。

ただし、谷崎は演劇の優等生ではなく野生児であった。一九二五年時点の回想によれば、デビュー当時の谷崎らの戯曲は「文壇では多少注目されても、劇壇では相手にされなかった。われわれの方でも望みを遠い将来に嘱し、当時の劇壇を全くアテにしないで書いた」。『蓬萊曲』の透谷と同じく、谷崎は上演の適性をあえて無視したヴァーチャルな演劇に狙いを定めていた。「私は思う所があつて、「読むための戯曲」も決して一概に捨てたものではないと信ずる。読者はめいめいの頭の中に舞台を作り、照明を設け、自由に俳優を登場させて、それらの戯曲が与えるところの幻想を楽しんで下さればよい」。[*16] 裏返せば、彼の演劇的な「幻想」は当初から現実の劇場をはみ出していた。

谷崎と演劇の関係はかなり入り組んでいる。例えば、彼は晩年の一九六〇年に「自分の才能は小説に向いているけれども、戯曲には向いていない」と述べながら、その理由を、自らの戯曲作品――「法成

*16 「現代戯曲全集谷崎潤一郎篇跋」『全集』（第二三巻）八五頁。

寺物語」や「お國と五平」等――が詞章に凝りすぎて、舞台ではひどく冗長になってしまうことに求めていた。[*17] だが、その一方で、谷崎とさまざまな因縁のあった佐藤春夫は、谷崎文学に心理的内容が乏しく「外形的興味」が勝っていることを指摘しながら「潤一郎は小説よりも戯曲の方が書き易いということを常に言っていた」と証言する。[*18] 内面＝心理の自然主義的な「描写」よりも、シアトリカルな外面＝趣向を好むという傾向は、確かに谷崎文学を特徴づけている。では、結局のところ、谷崎の資質は演劇に向いていたのか、それとも向いていなかったのか？

私はひとまずこの厄介な問いに対して、谷崎の作品はその息の長い文体において反演劇的であったが、その演出の力において演劇的であったと回答しておきたい。例えば、彼の傑作として名高い『春琴抄』（一九三三年）のうねうねとした饒舌な「語り」は、とても舞台にかけられるものではない。だが、美しい春琴が顔に火傷を負わされ、弟子の佐助が針で眼をつくという、一読忘れがたい嗜虐的な「演出」は、明らかに近世の演劇的想像力と連続している。そもそも、この作品は幕末明治の大阪の芸能生活から素材を得ていた。近世の「終わり」と近代の「始まり」の交差点から文学を始めること――、それは谷崎本人の作家的傾向の一面を要約するものである。

しかも、『春琴抄』はたんに芸能をモチーフとしただけではなく、作品世界を演劇化する力も含んでいた。「めいめいの頭の中に舞台を作」り、幻想の戯曲を上演するようにという谷崎のアドバイスを実践するように、作中人物である佐助は盲者となった後、いわば「作品内演出家」として春琴の理想化に邁進する。「お師匠様のお顔なぞもその美しさが沁々と見えてきたのは目しいになってからである」「その外手足の柔かさ肌のつやつやしさお声の綺麗さもほんとうによく分かるようになり眼あきの時分にこんなに迄と感じなかったのがどうしてだろうかと不思議に思われた」。そして、感動に打ち震える彼の頭脳の劇場には、春琴の「三味線の妙音」が流れ、その「美しさ」は永遠のものとして刻み込まれる……。佐助は現実の劇場ではなく盲者の劇場を作り出し、そこに理想の春琴を嵌め込んでいた。

ここで注目に値するのは、『春琴抄』という作品が仏教という「舞台装置」を備えていたことである。この作品の冒頭部は、春琴と佐助が一緒に葬られている墓のエピソードで始まり（佐助改め温井検校は先祖代々の日蓮宗を捨てて、春琴と同じ浄土宗に転じた）、作品の最後は、白隠の系譜を継ぐ橋本峨山という天龍寺の実在の禅僧のコメントによって締めくくられる。[*19] あるいは、春琴の唯一残された写真を見て、冒頭部の語り手が「古い絵像の観世音を拝んだようなほのかな慈悲」を感じたことは、作中の佐助の傷ついた網膜に「お師匠様の円満微妙な色白の顔が鈍い明りの圏の中に来迎仏の如く」浮かぶ伏線となっていた。谷崎は語り手と佐助の共同作業によって、この変態マゾヒズム小説に仏教的なアウラをまとわせていた。

むろん、この宗教的な荘厳さはあくまで谷崎一流の「演出」の産物である。透谷にとって、徳川幕府によって危険な牙を抜かれた仏教は、すでに文学の主役を務める力を失っていた。それに対して、谷崎が仏教それ自体をいわばワキとして、つまり観客として再導入したのは、実にうまいやり方である。『春琴抄』の構造を評するには「神は、舞台を去らなければならないが、いぜんとして観客であることをや

*17 「或る日の問答」『全集』（第二二巻）五〇四頁。
*18 「潤一郎・人及び芸術」『佐藤春夫文芸論集』（創思社、一九六三年）一一五頁。
*19 柳田聖山『禅と日本文化』（講談社学術文庫、一九八五年）一八三頁。

めることはできない」（ルカーチ）という形容がぴったりである。[20]『春琴抄』は宗教と一体化するのではなく、宗教との関係の仕方を再設定した作品だと考えられるだろう。

先述したように、仏教の衰退に直面した透谷は、キリスト教を媒介として恋愛を超越化しようとした。もっとも、透谷以降、宗教の復興のプロジェクトは日本文学から日本哲学に譲渡されたように思われる。例えば、西田幾多郎は主著『善の研究』（一九一一年）で「学問道徳の本には宗教がなければならぬ、学問道徳はこれに由りて成立するのである」と断言し、その立場を最晩年の論文「場所的論理と宗教的世界観」まで堅持した。古代ギリシアの哲学がひとまず宗教的臆断を批判する思索として始まったのに対して――むろん、かつて井筒俊彦が強調したようにプラトンの哲学が「哲学的神秘道」を組織したことも無視できないが[21]――、西田以降の日本哲学、なかでも京都学派は宗教を高く評価し、その力を哲学と交差させようとした。

逆に、日本文学の場合は『春琴抄』にせよ、あるいは漱石の『門』や大岡昇平の『野火』にせよ、宗教との全面的合一はおおむね断たれている。次章で論じるように、田山花袋や島崎藤村らの自然主義文学が宗教の代用物であったのも確かだが、それは神や教義というより宗教的なパフォーマンス（告白や巡礼）を再生するものであった。宗教を主役とするか、それとも隣人＝観客に留めるか――、ここには日本哲学と日本文学を分かつ巨大な分水嶺がある。西田が「人生如何に生くべきか」が書かれていないという理由で『春琴抄』を批判したと伝えられるのは、実に意味深長だと言わねばならない。

2　メタ演劇と観客の変容

『春琴抄』をはじめ、谷崎の劇場的な装置は欲望を育成し、完成させる力を備えている。そして、その欲望はもっぱらセクシュアリティに溶接された。例えば、円地を触発した「鐃太郎」（一九一四年）では、主人公の鐃太郎が六、七歳のときに訪れた歌舞伎座でマゾヒズムの種子を植えつけられる。中村福助（後の五代目中村歌右衛門）演じる「女のような優雅な」源実朝が、五代目尾上菊五郎演じる公暁に斬り殺される場面を「非常に羨ましく」感じた彼は、やがて「始終うとうと荒唐無稽な芝居の筋書」を思い浮かべては恍惚とするようになり、ついにＳＭプレイに励むようになる……。劇場は性のゲーム、特に「クィア」な性を発見させる場となった。

セクシュアリティの演劇的表現そのものは、谷崎の出世作の「刺青」にすでに周到に書き込まれていた。この名高い短編小説は、江戸時代後期の劇場文化を背景とする。主人公の刺青師・清吉は「もと豊国国貞の風を慕って、浮世絵師の渡世をして居た」画工であり、彼の住む世界は「女定九郎、女自雷也、女鳴神、――当時の芝居でも草双紙でも、すべて美しい者は強者であり、醜い者は弱者であった」と形

＊20　「魂と形式」『ルカーチ著作集』（第一巻、三城満禧他訳、白水社、一九六九年）二六九頁。
＊21　井筒俊彦『神秘哲学』（慶應義塾大学出版会、二〇一三年）二八二頁。柳田前掲書が述べるように、鈴木大拙や西田幾多郎の思想には、近世の「新しい市民文化」を開拓した白隠の臨済禅が輸入されている（一七七頁）。裏返せば、鈴木や西田は近世の禅を近代の市民社会向けに再編成したのだと言えるかもしれない。

容される。清吉は馴染みの芸妓の小間使いに目をつけ、彼女に殷の紂王のサディスティックな后・末喜（妲己）の絵を見せてその秘めた欲望を覚醒させてから、彼女の背中に「巨大な女郎蜘蛛」の彫り物をする。一晩かけて刺青を入れ終わった後、この平凡な女性が清吉を支配するファム・ファタール（運命の女）に変身したところで、物語はこう締めくくられる。「折から朝日が刺青の面にさして、女の背は燦爛とした」。

それにしても、この一連の耽美的なシーンは、ちょうど楽屋で役者に化粧を施しているように見えないだろうか？　清吉の美意識が「芝居」や「草双紙」から供給されていた以上、そう解釈するのも決して無謀ではないだろう。言い換えれば、ここで示唆されるのは、谷崎が演劇の本編の始まる手前のところにこそ豊かな文学的素材を認めたということである。平凡な小間使いの女性を妲己のような美しい「強者」に仕立てあげたとき、この短い物語は絶頂を極める。逆に言えば、舞台の幕が開く頃には、最大の見せ場はすでに終わっているのだ……。この点で、私は「刺青」という作品を一種の「メタ演劇」として――すなわち、作品内演出家の清吉が、平凡な女性をドラマタイズして妖艶な演技者に変える一部始終を記録した文書として――読み解いてみたい。

もとより、演技者の生成プロセスを描くメタ演劇的想像力は、「刺青」や『春琴抄』以外の谷崎のテクストにも備わっていた。例えば、一九一一年の短編小説「少年」のなかで、主人公の子供たちは「半四郎や菊之丞の似顔絵のたとうに一杯詰まって居る草双紙」の「奇怪な殺人の光景」、すなわち「眼球が飛び出して居る死人の顔だの、胴斬りにされて腰から下だけで立って居る人間だの、真っ黒な血痕が雲のように斑をなして居る不思議な図面」に夢中になる。この公序良俗に反した扇情的な草双紙を脚本、にして、三人の少年たちと一三、四歳の少女・光子は自分たちを変態的な性のゲームのプレイヤーに仕立てていく。主従関係がめまぐるしく入れ替わり、ほとんどスカトロジー的な変態プレイ——餅菓子を口に含んで光子の顔面に吹きかける！——まで展開された後、少年たちは最終的に光子を「女王」に祭りあげ、喜んで彼女の奴隷となる。

谷崎の小説の常として、性のゲームは性器の接触ではなく、支配と服従のパフォーマンスによって成り立つ。したがって、その参加資格は性器の成熟していない子供にも与えられるだろう。他国の文化的コードと比べれば、このことの異常さは際立つ。例えば、文芸批評家のレスリー・フィードラーは、アメリカ文学が伝統的に子供を「無性的」(asexual)な存在に留めようと努力してきたことを論じている。マーク・トウェインの『トム・ソーヤー』では「暴力はあらゆるところに存在しているのだが、それが肉欲と結びつかぬ限り、純真さをけがすものとは考えられていない」のであり、暴力はあっても性はないというトムの影響は後のサリンジャーにも波及する。ナボコフのスキャンダラスな小説『ロリータ』が「女と子供が無垢だという神話に対する最後の冒瀆」を敢行するまでは、性的なものに対するアメリカ文学の「恐怖」を反映した無垢な存在として、子供は神話化されてきた。[*22]

それに対して、谷崎は子供を性のゲームのプレイヤーとして扱うことに躊躇いがなかった。「少年」は近世の劇場文化を脚本にしながら子供どうしがお互いをラディカルに性化するという意味で、たんに

＊22　レスリー・A・フィードラー『アメリカ小説における愛と死』（佐伯彰一他訳、新潮社、一九八九年）二六、二九九、三一六、三六八頁。

変態的というだけではなく反社会的で危険な小説だと言わねばならない。ただ、その一方で、彼が田山花袋や川端康成と違って少女愛に赴かなかったことにも相応の注意を払うべきだろう。

初期の「伊豆の踊子」以来、川端には無防備な少女への偏愛があったが、そのロリコン的嗜好はやがて、あらゆる能動性を奪われ、物言わぬモノとなった少女を描く『眠れる美女』（一九六一年）において、一種のネクロフィリア（死体愛好）へと行き着く。川端の少女愛の極北は、少女の人格性を剥ぎ取って美しい死体のように扱うことにあった（三島由紀夫は文庫の解説文で「私はかってこれほど反人間主義の作品を読んだことがない」とまで述べている）。逆に、谷崎は女性にもプレイヤーとしての能動性を与えている。[*23] 彼女は無垢な愛玩の対象であるどころか、ときに男性の思惑を超えるような新しい現実を生み出していく。しかも、この支配と服従のゲームには、川端の世界とは対照的にときにスカトロジー的なモノ、渡部直己の言う「プラトニックな汚物」も平気でアイテムとして書き込まれた。[*24]

谷崎は、自然主義者のように既成の現実を再現するよりも、現実そのものを新たに「創造」することに喜びを覚えている。ゆえに、彼が好むのは、控えめな紳士ではなく悪魔的な演出家であり、大人の思慮分別ではなく子供の計略であった。そして、その「生成力」は女性も含めてさまざまな存在に分布する。例えば、『卍』や『鍵』、『瘋癲老人日記』をはじめ、手紙や日記などのメディアの覗き見は谷崎好みの趣向であった。谷崎においては、近代文学の原資であったプライバシー＝秘密は心理として内面化されるのではなく、メディアとして——作品内の「脚本」として——物質化され、登場人物を操り、現実を増量させていく。

この種のメタ演劇的な趣向は、日本文学の主体性の構造をも密かに書き換えている。漱石から川端、大岡昇平に到るまで、日本文学のモダニズムは「観客＝観察者の文学」としてデザインされてきた。観客＝観察者という存在様式抜きには、男性の主体化はあり得なかったと言っても過言ではない。谷崎はまさにこの系譜を引き継ぐ一方で――清吉にせよ佐助にせよ、彼らは女性の唯一の「観客」として美を独占する――、男性の観客に「作品内演出家」としての身分を与えた。しかも、この演出家＝観客はセンスの良い清潔な大人ではなく排泄物の好きなガキであり(「少年」)、西洋女性の腋臭に陶酔するサラリーマンであり(『痴人の愛』)、息子の嫁に自らの墓石を踏みにじられることを妄想するマゾヒスティックな老人であった(『瘋癲老人日記』)。

こうして、谷崎の観客＝演出家は漱石の「非人情」の観客とは大きく隔たっていく。特に、一九〇六年の漱石の『草枕』が(いわばモダンな)能を範例としたのに対して、それから五年も経たない谷崎の「刺青」や「少年」が(いわばポストモダンな)歌舞伎を範例としたのは象徴的である。私たちはここで、谷崎の大正末期の代表作『痴人の愛』(一九二五年)が、由比ヶ浜に浮かぶ船中で『草枕』の一節「ヴェニスは沈みつつ、ヴェニスは沈みつつ」をさりげなく引用したことにも注意しておこう。奇矯な那美が瞬間的に白い裸身を垣間見せた『草枕』の古雅な温泉地は、今やお転婆なナオミがエロティックな肢体を

＊23 谷崎自身、女性の導きによって作風や文体を脱皮させてきた節もある。例えば、丸谷才一は谷崎の三番目の妻・松子の書簡を手がかりに、彼女こそが『細雪』を含む「谷崎さんの中期以後の文体を成立させた批評家」であったのではないかと推測する。『樹液そして果実』(集英社、二〇一一年)三四五頁。松子夫人はたんに『蘆刈』のお遊さんや『細雪』の幸子のモデルとしてだけではなく、作家・谷崎を操る批評家＝演出家として了解すべきかもしれない。

＊24 渡部直己『言葉と奇蹟』(作品社、二〇一三年)二五三頁以下。

晒してはしゃぎ回る由比ヶ浜の海水浴場に置き換えられてしまった。別の言い方をすると、谷崎は漱石に潜在していたエロスを、大衆のレジャーを背景としながら一挙に拡大したのだと言ってもよい。

観客というモダンな存在様式を執拗に揺さぶり、そこから馬鹿げた変態連中を山ほど引き出すこと――、フロイトの用語を借りれば、この谷崎の手法には観客の文学に対する一種の「徹底操作」が認められるだろう。非人情のクールな観客をクィアな観客＝演出家へと、さらには後述するように「盲目の観客」へと徹底的に変形し尽くそうとする谷崎の飽くなき探求は、日本文学史における特異点を形成している。

3　身体のモデリング

文学の枢要な仕事の一つは、ひとびとを結びつけたり切り離したりする「力」を象ることにある。例えば、優れた詩人・批評家のオーデンが指摘するように「シェイクスピアが『リチャード二世』と『ヘンリー四世』で示しているイングランドは、富が、言い換えれば社会的力が蓄積資本からではなく土地の所有から引き出されている社会である」。それに対して、『ヴェニスの商人』になると、今度は資本の蓄積こそが新しいタイプの「力」として描かれる。[*25] シェイクスピアは土地と資本のあいだに位置しながら、さまざまな「社会的な力」を舞台上で作動させた。

　逆に、日本の近代文学においては、この種の力＝徳（virtue）の発生についての検証作業が乏しい。それどころか、近世の馬琴のエネルギッシュな作品とは対照的に、近代文学の美点は往々にして無力であることに求められた。ミニマルな「死または無の意識」（伊藤整『近代日本人の発想の諸形式』）から世界の機微を観察しようとする文学風土――「末期の眼」の川端を恐らくその極北とする――のなかで、谷崎は例外的な存在である。[*26]「美しい者は強者であり、醜い者は弱者であった」時代に立脚した「刺青」では力＝美のメタ演劇的な生産プロセスを描き出す一方、一九一八年の「小さな王国」では、子供たちの貨幣の発行が教員を上回る「力」を発生させていたのだから。

この力＝美のゲームは『痴人の愛』にも受け継がれる。西洋の女性に憧れる真面目なサラリーマンの河合譲治は、カフェの女給のナオミと同棲するうちに、その容貌にアメリカの著名な映画女優メリー・ピクフォードの面影を見出す。文学者や画家がフランスを、哲学者がドイツを崇拝していた時代に、谷崎はことさら「ヤンキー・ガール」のナオミの前に拝跪する男性を描いた。譲治は映画や写真等の複製メディアを介してナオミを造形するが、彼女の贅沢を維持するために、彼の財産はどんどん食いつぶされていく……。もとより、日本の物語文学は長らく未完成の神（小さ子）を育てるというモチーフを反復してきた。そして、『竹取物語』や『源氏物語』では少女の養育は富や名誉と結びつく。『痴人の愛』はこの致富譚の伝統を引き受けつつも、その全体を反転させ、女性の成長によって男性の富も名誉もズタズタに切り裂いてしまった。

＊25　W・H・オーデン『染物屋の手』（中桐雅夫訳、晶文社、一九七三年）一九九頁（表記を若干改めた）。
＊26　ただし、谷崎の登場が大逆事件の直後であったことも軽視されるべきではない。透谷の恋愛文学と谷崎のクィアな文学が、ともにテロリズム（としてフレームアップされた事件）の不発に――つまり政治的な「無力さ」の露呈に――続くものであったのは興味深い符合である。

さらに、谷崎のメタ演劇は人間どうしを結びつけるだけではなく、引き離す方向にも作用した。例えば、一九一九年の「呪われた戯曲」は主人公の作家が妻を殺害するために、その殺人の筋書きを戯曲化し、それを当の妻に読ませてプランを現実化するという、まさにメタ演劇の手本のような小説である。そもそも、夫婦間のトラブルは谷崎にとって絶好の演劇的素材であった。谷崎の妻千代を巡る佐藤春夫との三角関係はあまりにもよく知られているが、このいわゆる「小田原事件」を自ら一種のメディア・イベントに仕立てた小説『神と人との間』（一九二三年連載開始）では、谷崎をモデルとする作家・添田はあろうことか「呪われた戯曲」を思わせる「夜路」という小説を書いていた……。関係を作る／切断する「力」として戯曲を導入し、現実と虚構を何重にも重ねながら、自身の離婚すらもメディア上でパフォーマンス化すること――、ここには谷崎のポストモダン的な迷宮性がよく現れている。

いずれにせよ、谷崎にとっては結合ないし分離の力を演劇的に生み出すことが重要なのであり、狭義の戯曲に固執する理由はなかった。そして、力＝美を創造するプロセスそのものが彼のモチーフとなった以上、彼のメタ演劇的な文学が「作ることのアレゴリー」（＝作品制作そのものを寓意化した作品）に近づいたのも不思議ではない。しかも、谷崎はそのアレゴリーをあくまで身体的次元において展開した。例えば、「刺青」は楽屋裏で小間使いをドラマタイズするメタ演劇としてだけではなく、彫物師が理想の女性のフィギュアを彫刻するプロセスの記録としても読み解けるだろう。松井須磨子が一九一一年にノラを演じてヨーロッパの自然主義の身体を「翻訳」する前年、谷崎はまったく異なる手法によって女性の身体を塑造していた。

日本の作家としては稀に見る豊かな造形感覚が谷崎にあったことは疑い得ない。例えば、彼の愛読者ならば誰でも、一九三〇年代の彼が「盲目」のモチーフを反復していたことに気づくだろう。三三年の『春琴抄』に先立つ三一年の『盲目物語』では、盲目の按摩師が浅井長政一門の滅亡を間近で体験し、その一部始終をレポートする。これは当然、平家の滅亡を語った盲目の琵琶法師の系譜に属するものだが、谷崎はその「語り」によって長政の妻・お市の方の「つゆもしたたるばかりのくろかみ、芙蓉のはなのおんよそおい」「ふくよかにお肥えなされたおからだ」を造形した。手探りのなかで三十路に近い女性の「なよなよとしてえんなる」エロティックな身体を出現させること——、それはまさに原始的な「彫刻」ではなかっただろうか？

あるいは『痴人の愛』で言っても、「ナオミの成長」と題したアルバムに収められたナオミの写真は「希臘の彫刻か奈良の仏像」のような荘厳さを醸し出していた（これは後に『春琴抄』の仏像のイメージへと発展する）。さらに、着物姿のナオミがピンと立ったのを見て、譲治はあろうことか「何かの写真で覚えのあるロダンの彫刻」を思い浮かべる（ロダンに憧れつつ、日本人であるコンプレックスに悩み抜いた高村光太郎がこれを読んだらどう感じただろうか？）。芸術写真が芸術を作るという複製技術時代特有のトリックによって、文化のかけらもなく、美味しいものを食べては多数の男と寝るばかりの「ヤンキー・ガール」の身体に神々しい彫刻的なアウラが与えられる。[*27] 谷崎は東西の彫刻を好き放題に複写しながら、身体の理想的なモデリングに勤しんでいた。

＊27　なお、敗戦後にＧＨＱのサムス准将の公衆衛生政策によって、日本人の出産から栄養状態までが医療的に制度化されたことはよく知られている。『痴人の愛』はこのアメリカ化した健康な身体も戯画的に先取していたとは言えないだろうか？

4　セクシュアリティと身体

漱石の『虞美人草』はいかなる言葉でも表現しきれないミステリアスな女性を、バロック劇の死体のように飾り立てた。それに対して、谷崎のメタ演劇的／彫刻的な想像力は、女性たち（小間使い、春琴、ナオミ、お市の方……）の多様な性的身体を喜々として制作する。「観客としての男性」と「演技者としての女性」というカップリングは、漱石が明示し、谷崎が別の仕方で再構成したものである。私は先ほど性をどう描いているかという基準の重要性を指摘したが、この「性」は「女性」と言い換えてもよい。

逆に、男性の身体的な美については、漱石の場合『それから』のナルシスティックな代助に示されるくらいであり、晩年の『明暗』に到っては、主人公の津田が痔の検査のためにベッドに横たわり「穴」をチェックされるという、演出家・漱石らしい珍妙なシーンから始まる。他方、谷崎は男性の身体的な美を一瞬だけ主題化したことがある。漱石の『こころ』の刊行された一九一四年に発表されるものの、後に谷崎自身によって隠蔽された短編小説「金色の死」がそれである。その実質的な主人公である大富豪の息子・岡村は「欧州芸術の淵源たる希臘的精神の真髄」を踏まえて「肉体を軽んじる国民は、遂に偉大なる芸術を生む事が出来ない」という持論を掲げる一方、レッシングの『ラオコーン』を批判し（これも『ラオコーン』に言及しつつそれをあえて無視する『草枕』を思わせる）、ロダンの彫刻に傾倒する。自らも身体的鍛錬を欠かさない岡村は、やがて全資産を費やして「彫刻が齎す肉体美の荘厳な力」に満ちた歓楽のユートピアを建設するが、その絶頂のなかで文字通りの「金色の死」を遂げる……。これは、「私」

の全生涯を「黒い光」で照らした『こころ』の宗教的なKの自殺と、まさに好一対である。

一九一〇年の雑誌『白樺』のロダン特集をきっかけにして日本でのロダンは文化的偶像に高められ、日本の近代彫刻を開幕させた高村光太郎と荻原守衛（碌山）はともにロダンに心酔した。もっとも、ロダンが蘇らせたルネッサンス以来の彫刻の伝統は、一九一〇年代以降のヨーロッパにおいて、ブランクーシのモダニズム彫刻によって抽象化されバラバラに分解される運命を辿った。岡村のゴージャスにして空虚な死は、まさにその運命を予告している。谷崎はロダン的身体を金色に荘厳し、その葬儀を執行したのだ。

してみると、作家本人に隠蔽された「金色の死」を再発見・再評価したのが三島由紀夫であったことは実に意味深長である。三島はまさに岡村のようにギリシア的な肉体美に憧れ、『潮騒』を書き自身も身体的鍛錬に励んだ。しかし、三島の小説においてはセクシュアリティの劇が巧みに演じられる一方で、身体はえてして「不具」（『金閣寺』）と結びつけられる。例えば、『仮面の告白』の同性愛のセクシュアリティは、ルネッサンス期の画家グイド・レーニの《聖セバスチャン》によって媒介された一種のシミュレーションである。その一方、主人公の五歳のときの「最初の記念の影像」は「大地の象徴」である「糞尿」と関わる汚穢屋の若者であった。しかし、彼はこの汚穢屋の示す「悲劇的なもの」から「永遠に排除されている」という暗い予感に取り憑かれる……。[*28] 要するに、彼にとっては仮面のセクシュアリティこ

＊28　三島の同性愛については、浅田彰＋渡辺守章「同性愛のプロブレマティック」『文学』（一九九五年一月号）が鋭利な分析を示している。

そが現実的であり、大地に根ざしたカーニヴァル的身体は遠い憧れの対象に留められた。セクシュアリティと身体の分離を鮮明にしたところに、『仮面の告白』の重要性がある。

それ以降も、三島の小説には身体の恩寵を受けられない性がたびたび再来する。例えば、『禁色』には妻との性交において「欲情の模写」で対応するしかない青年・悠一が登場し、『音楽』では身体的なオルガスム＝音楽を感じられないという女性の告白が、医者の症例報告書として記述される（それは精神分析の臨床のパロディのような様相を呈する）。彼らのセクシュアリティは身体的快楽から疎外されていた。それでもなお生々しい身体を描こうとすると、「憂国」のように、切腹によって「喜々として辷り出て股間にあふれた」腸も事細かに記述するという右翼的ポルノグラフィにまで行き着いてしまう。三島において、身体は不足しているか過剰であるか（不感症か内臓か！）どちらかであった。

それに対して、谷崎はセクシュアリティと身体＝快楽を分離させることはなかった。彼の「作ることのアレゴリー」は、理想の女性的身体は作中で制作すればよい、そして男性の身体は場合によっては手や頭脳という最小限の単位だけで十分だというシンプルな解を示していた（三島はそれを「肉体を捨てて、性愛の観念そのものに化身する」と巧みに表現している）。[*29]「金色の死」でロダン的な男性身体の夢を葬る一方、谷崎の描く男性の「観客」は次々と女性のフィギュアを作っていく。そのクィアな欲望は決して挫折せず、セクシュアリティと身体、欲望と快楽は幸せな結婚を果たした。しかも、三島が示唆するように、身体＝快楽の恩寵は「老い」によって傷つくどころか、むしろいっそう深まった。性のゲームに性器を関与させないことによって、谷崎は子供や老人の身体にも快楽の自由を与えることができた。

私は前章で、『水滸伝』のような中国の白話小説との比較のなかで、身体性が日本文学のアポリアであったのではないかという問いを提出しておいた。今日でも、バフチンの言う「グロテスク・リアリズム」は中国人作家（莫言、余華、閻連科……）にとって強力な武器となっているのに対して、日本文学はこの種の大地と結びついたカーニヴァル的身体をもたない。と同時に、ロダンの彫刻のように自己の存在を誇示するモニュメンタルな身体も日本文学には欠けている。多くの批評家は、日本におけるヨーロッパの市民的主体（＝自己反省する近代人の精神）の欠如を問題としてきた。しかし、実際には、それと同じくらい身体の欠如が問題なのではないか？

この問題は、小説家だけではなく劇作家にも分有されている。例えば、一九六〇年代の前衛を牽引した唐十郎の戯曲『少女仮面』（一九六九年初演）には、『嵐が丘』のヒースクリフを演じる春日野八千代の「俺たちは愛の幽霊であるとともに肉体の乞食なんだ」という、彼の「特権的肉体論」とも関わる示唆的な台詞があるが、それは図らずも谷崎や三島らの課題をも的確に言い当てている。彼らは確かに、特異な愛を求める「幽霊」にして、実り豊かな肉体に飢えた「乞食」であった。谷崎は演劇から映画、写真までのメディアを自在に活用しながら、女性の身体を肉づけし、彫刻し、ときにはふてぶてしくもロダンに重ねあわせた（そこには、三島の逸した「プラトニックな汚物」も欠けていなかった）。身体に対する底なしの貪欲さは、そのまま彼の文学の多様さに繋がる。他方、セクシュアリティと身体の分離に直面した三島は、男性の彫刻的身体に憧れつつも、最後はパフォーマンス的な自殺に身を投じることになる。彼にとって、身体は最後まで決して恩寵にはなり得なかった。

＊29　三島由紀夫『作家論』（中公文庫、一九七四年）四八頁。

5　東洋的近世の回帰

身体をどう生成するかは日本文学史を貫くアポリアと言うべきである。谷崎は身体の「引用」の豊かさによって、この長年の課題を見事に解決した。とりわけ、近世の劇場文化から女性の身体を文字通り盲目的に（心理的な内省なしに）彫刻する力を引き出したことは、谷崎の文学に揺るぎない官能的地盤を与えた。繰り返せば、それは三島が持ち得なかったものである。

にもかかわらず、谷崎にとって、東京の「調子の低い」文化だけでは真の文学に到達できなかったのも確かである（後の『細雪』になると、阪神間の風土の和やかさが賞賛される一方「ざわざわした、埃っぽい、白ッちゃけた東京という所は何という厭な都会であろう」と冷淡に評される）。江戸の演劇の遺産なしには谷崎の文学もあり得ないが、それは同時に彼を制約する足枷でもあった。この点で、演劇はまさにパルマコン（薬＝毒）としての相貌を示す。私たちは谷崎における演劇の作用と反作用をともに見据えなければならない。

興味深いことに、演劇という「パルマコン」は谷崎のテクストを立ち往生させる代わりに、別次元への跳躍を促した。彼は近世日本の人工的＝劇場的世界にどっぷり浸りながらも――否、浸っているからこそ――そこからの離陸を強く欲望する。今から論じるように、その跳躍の行き先はモチーフとしては母であり、地理的には中国大陸や関西であり、ジャンルとしては王朝時代の物語であった。変態的な記号の群れが、ときにその反作用としてプラトニックな愛や憧憬を生み出すというメカニズム――、それは谷崎に留まらず、今日でも漫画やアニメーションの領域でたびたび観察されるものだ。

母のモチーフは後回しにして、ここではまず、谷崎には幼少期から中国との接点があったことに注目したい。東京で初の中華料理屋である偕楽園の御曹司・笹沼源之助と同級生であった小学生時代の谷崎は「支那料理独特」の「異国的な、そうしてしかもたまらなくおいしそうな匂」に魅了されていた（『幼少時代』）。その後、彼の文学はサディスティックな女性とマゾヒスティックな男性というパターンを繰り返すが、それも当初は古代の中国人をモデルとしていた。先述したように、「刺青」では妲己の絵が小間使いを覚醒させ、その次号の『新思潮』に掲載された「麒麟」では、衛の美女・南子がそのサディズムの誇示によって孔子を屈服させるさまが描かれていた。

一九一〇年代から二〇年代にかけて、谷崎の中国への関心は衰えることがなかった。彼は「刺戟の強い色彩と甲高い音楽から成り立って居るらしい彼の国の舞台の光景」への好奇心をエッセイで語る一方で[*30]、一九二六年の二度目の中国旅行に際しては上海の内山書店で郭沫若や田漢、欧陽予倩ら中国の気鋭の劇作家たちと親しく交際した。さらに、最初の中国旅行から帰国後の一九一九年に発表された紀行文的な小説「西湖の月」では、楊鉄崖や高青邱、王漁洋といった近世の詩人たちと並んで、浙江生まれの「戯曲家の李笠翁」の「蜃中楼伝奇」及び「比目魚伝奇」（『十種曲』所収）について長めの言及が見られる。

実際、こう云う美しい国土と住民との間に生れれば、笠翁の詩劇にあるような縹渺とした空想が育

*30 「支那劇を観る記」『全集』（第二二巻）七〇頁。

まれるのも無理はあるまい。十種曲の中にある蜃中楼伝奇を読むと、東海の浜辺へ遊びに行った柳士肩と云う青年が、上海の蜃気楼へ渡って青龍王の娘の舜華と結婚する怪しい物語が書かれて居るが、そのローマンスの舞台となった東海と云うのは、恐らく此の附近、――江蘇浙江あたりの海岸であったろうかと推測される。それから又女優の劉藐姑と稀世の才人の譚楚玉とが相抱いて川へ身を投げた後、可憐な二匹の比目魚と化して厳陵地方へ流れて行ったと云う比目魚伝奇の物語も、日常お伽噺のような山水や楼閣や人物を目にして居るうちに、自然と笠翁の頭の中に醸された幻想の一つではないだろうか。

一七世紀中国を代表する美学的なモダニストに相応しく、李漁（李笠翁）は建築的な趣向を好んで自作に取り入れた。彼の小説集『十二楼』は十二の楼閣を舞台にしてコミカルな物語を展開し、『十種曲』でも谷崎の言う「お伽噺のような」ユートピアが建築される。その文明の巨大さにもかかわらず、中国はヨーロッパのブルネレスキやパラディオ、あるいはシュペーアらに類比し得る名のある建築家を生み出さなかったが（工匠の社会的身分は決して高いものではなかった）、[*31]だからこそ、李漁や曹雪芹――彼の『紅楼夢』には、紫禁城の中心にある「太和殿」を女性中心に反転させたかのような空想建築が書き込まれる[*32]――のような「ペーパー・アーキテクト」がその欠落を想像的に埋めたことは重要である。

彼ら近世中国人作家のデザイナー的な造形感覚は、確かに谷崎の資質とも呼応するものだろう。一九二八年に兵庫県の岡本に転居した折に、谷崎は和・中・洋を折衷した邸宅「鎖瀾閣（さらんかく）」を自ら設計した。この名称は一九二一年の短編小説「鶴唳（かくれい）」に登場する同名の邸宅に由来する。作中の鎖瀾閣は「廃墟のような塀」の向こう側にある「箱根細工の組み物のように、全体が紫壇に似た木材で組み合せてあるかと思われる、二階建ての、非常に可愛らしい、やっと室内に人間が立てるくらいの楼閣」であり、その四方の軒先は「日本の建築には餘り例のない空想的な曲線を弄んで」いた。おもちゃのような中国趣味の建築をいわば廃墟のインスタレーションとして組み立てたのは、谷崎らしい凝った演出である。

むろん、その趣味はいくぶん軽薄なものではあるだろう。例えば、西原大輔は「日本のオリエンタリズムたる「支那趣味」の背景として、ツーリズムの拡大があったことに注目している。一九一〇年代に中国の鉄道網が整備されて旅行が容易になる一方、日本人の中国旅行も本格的に始まり、徳富蘇峰や内藤湖南、芥川龍之介らが旅行記を刊行した。[*33] 谷崎の短編小説「秦淮の夜」には、ガイドに連れられて南京の秦淮の一角――「人間よりもむしろ陰鬼の棲家に適している」ような「物凄い廃墟」と形容される――で娼婦を買うというきわどい内容が含まれるが、こういう性的な冒険も含めて、谷崎の中国イメージが観光によって形成されたのは確かである。

だとしても、谷崎にとっての「中国」をオリエンタリズムに限定するのも正しくない。李漁への言及は、谷崎が「東洋的近世」の遺産に触れていたことを示す。そして、この接触は彼の文学にやがて不穏

*31 この点は、拙稿「建築家と文明」『ちくま』(二〇一六年一月号)参照。

*32 巫鴻「陳規再造」『時空中的美術』(生活・読書・新知三聯書店、二〇〇九年)参照。ちなみに、『紅楼夢』と同じ一八世紀のイタリアには、古代の巨大建築から発酵した夢(悪夢?)を読み取るピラネージのようなペーパー・アーキテクトがいたことも想起しておこう。

*33 西原大輔『谷崎潤一郎とオリエンタリズム――大正日本の中国幻想』(中央公論新社、二〇〇三年)三七頁。

な揺らぎをもたらすことにもなった。清代の南京を舞台にした耽美的な「人魚の嘆き」（一九一七年）を経て、一九二〇年に刊行された谷崎の未完の小説「鮫人」――「人魚」を指すこのタイトルは唐の詩人・岑参の五言律詩に由来する――は、本書の視座から言えば、二つのモダニティの衝突を描いた文学史的寓話の様相を呈している。

この作品では谷崎ならではの芸術論が展開された。洋画家を目指す主人公の服部は、第一次大戦のおかげで好景気が到来した東京を「文明の詐欺」と徹底的に軽蔑しながらも、自分自身は浅草の劇場に入り浸り「物質的」な欲望の渦に巻き込まれている（ダダイストの辻潤は服部のモデルが自分だと「自己申告」している）。かたや、その友人の南は東洋哲学者の父――漱石の友人で、その漢詩を高く評価していたとされる――とともに江蘇省を旅行し、その雄大な自然の虜となり、南画に惹かれていく（ちなみに、この旅行中の風景描写は先ほどの「西湖の月」が踏まえられており、南が谷崎の分身であることをうかがわせる）。そして、この旅行をきっかけに服部と南の進路は分岐する。

一年前までは両極端に立ちながらも同じ囲いの裡に、「洋画」という芸術の囲いの裡に住んで居たのに、今や其の一人は囲いの外へ飛び出してしまったではないか。二人の間には「支那」と云う途方もなく大きな邪魔者が割込んでしまったではないか。そうして外へ飛び出した一人は、あとの一人を相変らず苦しい汚いぼろぼろに壊れた垣根の傍へ置き去りにして、独り青空の高い所へ翔け上って行く、――それが果して青空であり高い所であるかどうかは、青空を見ない服部には知る由もなかったけれども、南こそは其の青空を見たであろうと服部は猜した。

不実と詐欺、嘘と欲望に覆い尽くされた東京において芸術はいかに可能かというポストモダン的な問いが、この二人の青年に突きつけられる。その際、西洋化という従来のプログラムは、中国という「大きな邪魔者」に割り込まれた。南は父親の見解を踏まえて大略次のように述べる。西洋の芸術は美をあらゆる方面に分化させ、多様に「創造」していくが、東洋の芸術はその美の諸相のたった一つの根源を「暗示」しようとする。後者はほとんど宗教に近いので、観者の魂が救済されるならばそれで十分なのだ……。この南の言葉には、一九一六年に亡くなったばかりの漱石の「則天去私」の境地が重ねあわされていた。谷崎はここで漱石を事実上の「父」に見立てている。

振り返ってみれば、「鮫人」に先立つ一九一〇年代の西洋では、主としてモンドリアンとカンディンスキーによって抽象絵画への道が切り拓かれていた。具象的な美も「表現する私」の固有性も執拗に解体しながら未知のコンポジションを追求していく、ときに自己虐待を思わせなくもない抽象絵画の冒険は、まさに南の言う西洋的な「創造」のゲームを過激化したものである。だが、谷崎はそれとは別の、対象の美を端的に捉えようとする宗教的絵画として南画（文人画）を位置づける。中国の古典的芸術は彼にとって「恐れ」に近いものであり、後のエッセイでも、杜甫、李白、高青邱、呉梅村の完成された詩を一行でも読むとき、西洋的な「創作的情熱」は麻痺すると語られていた。[*34]

とはいえ、ここでもっと重要なのは、谷崎が漱石好みの南画や漢詩とは異なる演劇的な中国を導入し

＊34　「支那趣味と云うこと」『全集』（第二二巻）一二二頁。

たことである。物質的誘惑に負けてすっかり堕落してしまった服部は、浅草の劇団のソプラノ・林真珠に夢中になり、劇場に通い詰める。やがて浅草では珍しい中国の芝居――『水滸伝』の一場面をオペラ化した『浪士燕青』――が上演されることになり、林真珠は美青年・燕青の役で出演する。だが、彼女は中国語で朗唱する場面で、謎めいた老人の観客に「おお、お前こそ私の倅の林真珠（Lin-Chen-Chu）だ！私の真珠よ！　私の宝よ！」といきなり呼びかけられて、卒倒してしまう。いったい林真珠の正体は日本の少女ハヤシ・シンジュなのか、それとも支那の少年リン・チェンチュウなのか？　ジェンダーと国籍を撹乱するこの不可解な存在は、まさに中国といういう眩暈を象徴している。

谷崎は東洋的近世の最大の達成と言うべき『水滸伝』を浅草の猥雑なサブカルチャーに置き直すことによって、漱石の文人画的世界とは別の仕方で中国と日本を交差させた。もはや何が正しい芸術なのか判定できなくなり、ひどく幼稚な「小学校運動場的気分」に支配された浅草の歌劇（現代ふうに言えば地下アイドルのライブのような？）のポストモダン的混沌こそが、中国の演劇的想像力の再来する場となった。谷崎にとって、中国文学は机上で学ぶ教養主義的なテクストではなく、劇場で演じられるべきパフォーマンス・アートであった。

以上をより広い文脈に置き直すならば、大正期に台頭した芸術家たちが中国文化の遺産の再利用を試みていたことにも注意すべきだろう。例えば、絵画において、速水御舟は中国の院体画の技法を借りて細密な写実画を残し、小林古径は顧愷之（こがいし）のアルカイックな線を学習しつつ代表作《清姫》を描いた。ここで忘れてならないのは、彼らがともに、横浜の大コレクターであった原三渓のもとで琳派から大和絵、さらに中国の院体画へと遡る道筋を与えられたことである。原と親しかった和辻哲郎の『古寺巡礼』も含めて、大正期の「文芸復興」の意志は三渓園のコレクションに支えられていた。コレクションが文化の伝達経路と価値を作り出したことは、十分に注目されてよい。

さらに、谷崎の五歳年少の岸田劉生の《野童女》（一九二二年）が、宋元期の画家・顔輝の作と伝えられる《寒山拾得図》を《麗子像》の顔にモンタージュした奇妙な作品であったのも見逃せない。岸田の考えでは、寒山拾得、蝦蟇仙人、竹林の三変人（七賢人）、羅漢などの画題は「一種卑しげな顔、卑しげな形、スット伸びていない格好、首を前に突き出して、中腰になったような形、ものをからかっているような身体のこなし、シニックな顔」を伴っており、[*35]まさにその顔の卑近美が麗子に転写された。しかも、この稚拙さに対する評価は演劇とも関連していた。岸田は旧劇（歌舞伎）を最高の演劇として高く評価していたが、それは旧劇が「下品の美、グロテスクの美、エロチシズムの美」を多く含んでいたからに他ならない。[*36]

むろん、谷崎にせよ岸田にせよ、芸術的手法の源泉はあくまで西洋にあった。しかし、それは西洋への全面的追随を意味しない。西洋化の完成を妨げるノイズとしての中国を、この両者は黙殺することができなかった。エマソンの言い方を借りれば、彼らの作品には「見捨てられた思想」としての中国が再び舞い戻っている。そして、その回帰の通路となったのは、西洋の美意識を脅かす演劇的想像力であった。

＊35　「東洋芸術の「卑近美」に就て」『岸田劉生全集』（第三巻、岩波書店、一九七九年）一一一頁。岸田の言う東洋的な「卑近美」は、今日では村上隆のスーパーフラットな絵画や彫刻の表層に響くシニカルな笑いにおいて再来している。

＊36　「演劇美論」『岸田劉生全集』（第四巻）五〇五頁。

6　クィアな新古典主義

繰り返せば、谷崎は父権的な権威を遮断した後、文学はどうなるのかというポストモダン的実験をやった作家である。その企ては断片的な「小さな物語」に埋没することではなく、むしろ「作ることのアレゴリー」を作中に畳み込みながら、日本近代文学の隠された遺産、すなわち中国と演劇を活性化することに向かった。関東大震災後に関西に移住し、いわゆる「古典回帰」を迎えた時期においても、谷崎は中国と演劇を文字通りの幽霊として書き込んでいた。

例えば、室町時代末期の瀬戸内海の島々を舞台にした『乱菊物語』（一九三〇年）は、明の商人・張恵卿の船が失踪し、室津の遊君に届けられるはずの宝物が行方不明になる場面から始まり、その宝物をめぐって大衆小説的なサスペンスが展開される。かつて日本の歌人たちの愛唱した美しい瀬戸内海の島々――特にそのなかの家島を題材とした作品として、谷崎は菅原道真と藤原家隆の歌を引用する――は、今や明の唄や笛の音が響き、海賊や幽霊船のはびこる不穏な劇場に変わってしまう。ここでは、日本的な物語の演劇化ないし中国化が単純明快に図解されていた。

さらに、オペラティックな活劇である『乱菊物語』に対して、ミスティックな夢幻能を思わせる『蘆刈』（一九三二年）は、過去の霊を呼び出す暗号として中国文学を演劇的に用いた。その主人公は、ある日思い立って後鳥羽上皇ゆかりの水無瀬の宮を訪れ、淀川の船着場を散策するうちに、古い記憶を刺激される。透谷の『蓬莱曲』さながら、そこでは時空を変える鍵として白居易の『琵琶行』――天涯淪落の身の作者が、同じく落ちぶれた都の娼妓の奏でる琵琶の音に感応して作られた詩――が導入される。

洞庭湖の杜詩や琵琶行の文句や赤壁の賦の一節など、長いこと想い出すおりもなかった耳ざわりのいい漢文のことばがおのずから朗々たるひびきを以て唇にのぼって来る。〔…〕わたしは提げてきた正宗の壜を口につけて喇叭飲みしながら潯陽江頭夜送客、楓葉荻花秋瑟々〔『琵琶行』の一節〕と酔いの発するままにこえを挙げて吟じた。

杜甫、白居易、蘇軾の詩の明朗な「響き」に導かれながら、主人公は淀川下流の江口や神崎にたむろする王朝時代のエロティックな遊女たちを想像する。すると、蘆の合間から「わたしの影法師のようにうずくまっている男」が現れ、主人公に対して「ただいま琵琶行をおうたいなされましたのを拝聴しまして自分もなにかひとくさり唸ってみたくなりました」と告げる。この主人公の影＝分身は、さびを含んだ熟練の声で『小督』（平清盛によって朝廷を追放された美貌の女性・小督を主人公とした能）を口ずさんだ後、自らの幼少期を回想する。それは「晴れやかでありながら古典のにおいのするかんじ」を漂わせた母のような女性・お遊さんに対する、父の思慕を（さらには影法師のような男自身の――ということは主人公自身の思慕を？）語った物語であった。母への欲望を追求するのに男たちの「分身」を増殖させたところに、谷崎の特異さがある。

第一章で述べたように、日本の物語文学はアナクロニズムの欲望を抱え込んでおり、『蘆刈』もその例外ではない。ただし、谷崎の欲望は由緒正しい古典に係留されることなく、母に対するアルカイックな愛にまで突き抜けていく。ちょうどロダン的な彫刻を解体したブランクーシのモダニズム彫刻が、美術史的なクラシシズム（古典主義）を通り越して先史時代を思わせるアルカイズム（古代主義）にまで行き着いたように[*37]、「金色の死」でロダン的身体を葬送した谷崎も『蘆刈』ではクラシシズムがアルカイズムへと横滑りするさまを示していた。そして、この母への遡行はまさに夢幻能ふうの演劇的装置によって支えられていた。

私たちはここでも谷崎と漱石の差異に注目しておこう。谷崎は「刺青」で話題をさらう直前の一九一〇年に、漱石の『門』を次のように評していた。

> 信仰の対象なく、道徳の根底なく、荒れすさんだ現実の中に住する今日の我々が幸福に生きる唯一の道は、まことの恋によって永劫に結合した夫婦間の愛情の中に第一義の生活を営むにある、これが「門」の作者の我々に教うる所である。（「「門」を評す」傍点原文）

砂漠のような現実のなかで、夫婦愛だけがかろうじて幸福に通じているという教えを『門』から引き出しつつも、谷崎はそれが「今日の青年に取っては到底空想にすぎない」と断じる。だからこそ、彼は夫婦間の愛情とは別の愛の特異な形態を模索せねばならなかった。漱石が「夫婦愛」と同時に「姦通」の作家であったとすれば、谷崎はマゾヒズムや演劇化された離婚と同時に「母子相姦」に限りなく近づいた作家である。しかし、その欲望は一つの魂に格納されなかった。主人公とその分身の語りが淀川の不透明な淀みに母の幽霊的なイメージを立ち上げる『蘆刈』の夢幻能的な世界は、タブーを犯そうとする荒々しいパトスとは程遠く、何重にも間接化されていた。

むろん、母に対する欲望そのものは、桐壺更衣という母の物語から始まる『源氏物語』以来の古式ゆかしい感情様式である。いささか驚くべきことに、日本の物語文学は家族内部にエロスを侵入させることに躊躇いがなかった。近親相姦的な欲望に対するこの奇妙な寛容さは、母がしばしば抽象化・イデア化されたこととも関連するだろう。寺山修司が鋭く指摘したように、日本には「瞼の母」(長谷川伸)が現実の母に優越するという傾向、すなわち「不在によって活性化される母親信仰」が認められる。確かに「現実の母は相対化されるが、イメージの母は相対化されない」のであり、しかもその母のイメージは一つの姿形に定着せず発散していく……。[*38]『蘆刈』も同じように、お遊さんが誰にとっての母なのかを故意にあいまいにしながら、谷崎は中国文学の「響き」を導入して時間感覚を麻痺させていた。このとき、谷崎の描く母はまさに幽霊的な性格(=いつ/誰/どこという属性がすべてあいまいな非存在)を身にまとっている。

だが、それだけではない。その演劇的/パフォーマンス的な仕掛けによって、谷崎の小説は母への欲

＊37 「ブランクーシと神話」『エリアーデ著作集』(第一三巻、せりか書房、一九七五年)二五一頁。この種のアルカイズムはピカソやクレー、日本では岡本太郎や杉本博司にまで及ぶ。奇妙なことに、二〇世紀芸術のモダンな自己批評=自己解体はしばしば人類の先史時代/幼年時代を夢見たのだ。

＊38 寺山修司『浪漫時代』(河出文庫、一九九四年)二三三頁以下。逆に、敗戦直後の日本映画——溝口健二の『夜の女たち』や『赤線地帯』、木下恵介の『日本の悲劇』等——が、生身の母を露出させつつ、しかも母であることを拒まれて崩壊する女性的身体を描いたことは重要である。そこでは「瞼の母」幻想が徹底的に解体されている。他方、小津安二郎における母ならぬ娘の反復は「瞼の母」の代理と言えるかもしれない。

望を別の生理的な欲望へとずらしていた。例えば、谷崎の初期の傑作「母を恋うる記」（一九一九年）では、やはり母のイメージを複数化しつつ（おばさん、乳母、若い姉……）、かつて乳母が三味線の音とあわせて口ずさんだ「天ぷら喰いたい、天ぷら喰いたい」という生理的で俗っぽい唄を作中でたびたび響かせていた。さらに、『少将滋幹の母』（一九五〇年）では主人公の美しい母・北の方のイメージが提示される一方、北の方を奪われた父がその妻の姿を忘れようとして「不浄観」を行じ、腐乱した女の死体を見つめるというシーンが挿入される。谷崎にとって不在の「瞼の母」は、ときに決して美しくない、むしろ不浄の身体を分身として伴っている。母の美から美ならざるものを練り上げていくこと――、それは「刺青」や『痴人の愛』の神々しい彫刻的な身体性のネガでもあるだろう。谷崎的身体は近世の劇場文化によってエロスの彫刻へと、王朝時代の古典的物語によってエロスの不浄の分身へと変化する。

谷崎は一見すると、日本文学の優良な遺産相続者に映る。実際、彼の引き受けた文学的遺産の豊富さは他の追随を許さない。だが、同時に、この伝統からの贈与は決して美しくない欲望や身体の侵入によってたえず乱されてもいる。したがって、彼は急進主義者でも保守主義者でもない。つまり、文学の遺産を受け継いでいるとも言えるし、冒瀆しているとも言える。この**クィア**な新古典主義は日本のポストモダン文学の出発点にして特異点を刻むものだと言えるだろう。谷崎に貼られた「耽美派」というレッテルは、完全な誤りではないが、決して正確なものでもない。美がいつしか美ならざる分身を胚胎してしまうまで、谷崎は古典文学を徹底的に操作し続けるからである。

7　反演劇的小説としての『細雪』

以上のように、谷崎のメタ演劇的な文学は近世演劇を脚本にしてクィアな性／身体を次々と「創造」しながら、西洋の芸術理念を狂わせる中国、さらに重層化された母のイメージへの跳躍も含んでいた。その跳躍に際して『水滸伝』から夢幻能に到るさまざまな演劇的装置が利用されたことは、ここまで論じた通りである。

と同時に、谷崎は多くの作品で自らの高度な「演出力」を誇示していた。なかでも、トイレは格好の舞台となった。例えば、大便所に蹲りながら、白居易の『長恨歌』からベルクソンを連想する青年（「異端者の悲しみ」）。レッドビーツを食べたせいで「美しい紅色の線」がにじむ自らの糞便を見ながら、『悪魔のような女』に主演したシモーン・シニョレから漢の呂后に「人彘（ひとぶた）」にされた戚夫人（せきふじん）へと空想を飛び移らせる夢うつつの老人（「過酸化マンガン水の夢」）……。彼らはまさに「プラトニックな汚物」に囲まれながら哲学や映画と戯れる。こうした奇怪なシーンを平気で作ってしまえるところに、谷崎の特異な演出家的才能が認められるだろう。[*39]

＊39　演出家の鈴木忠志は、まさに「異端者の悲しみ」のトイレのシーンに注目している。『内角の和Ⅱ』（而立書房、二〇〇三年）一六一頁。

もっとも、私たちは最後に、この潜在的な劇作家の作品群に重大な例外があったことにも注意せねばならない。一九四三年に『中央公論』で連載開始され、まもなく陸軍省報道部によって発表を禁じられた谷崎最長の小説『細雪』がそれである。今は簡単にポイントだけを述べておきたい。

谷崎の他の代表作と比べたとき、『細雪』には男性の作品内脚本家＝演出家が登場しないという際立った特徴がある。谷崎は蒔岡(まきおか)家の四人姉妹を中心に据える一方で、次女幸子の夫・貞之助はあくまで控えめな観客に留めた。男性の「演出家」は無力化され、女性たちの織りなす月見や蛍狩のような年中行事が秩序正しく年代記的に記録されていく。[*40] 中国の政治状況に関する情報がときに男たちの会話によってもたらされることはあっても、その生臭い話が作品の流れを寸断することはない。ここでは、谷崎が長年駆使してきたメタ演劇的な想像力は周到に退けられている。

テーマ批評的に言っても、この大作は「流れること」を反復している。それは有名な芦屋川の洪水（いわゆる阪神大水害）のシーンだけではない。例えば、幸子は無理に雪子の見合いに出席しようとして流産する。妙子はドイツ製の陣痛促進剤が払底した状況下で何とか分娩までこぎつけるが、結局は死産に終わる。そもそも、この小説の中心的話題である三女雪子の縁談からして、何度もお流れになってしまうのだ。そして、小説の末尾は新幹線で東京に向かう雪子が、止まらない下痢に苦しむ場面で締めくくられる……。淀川の中洲と巨椋池の邸宅を舞台とする『蘆刈』がまさに「流れない」小説――時間の流れを堰き止め、過去と現在を混濁させるアナクロニスティックな小説――であったのとは対照的に、『細雪』の世界はただ延々と無目的に流れ続ける。さらに、前者が母の幻影を呼び起こす小説であったのに対して、後者が流産や死産によって母になれない身体を描いたのも、重要な差異と言うべきだろう。デビュー作の戯曲「誕生」で中宮彰子の出産シーンを、つまり母の生成を演劇化した谷崎は、『細雪』ではむしろ女性の病んだ身体を描きながら、子と母の「誕生」を抑止し続けた。

むろん、『細雪』が演劇性を一切欠くわけでもない。谷崎は蒔岡家の姉妹のモデルとなった妻の松子やその妹・重子について「われわれよりは千本桜の舞台に登場する女性たちの方に近い。東京人の眼から見ると、京大阪の女性たちは、われわれに比べて幾分か人間離れしているように感じられる」と述べていた。[*41] 谷崎にとって『義経千本桜』は特別な芝居であった。彼は一〇歳頃に見た五代目尾上菊五郎一座の『千本桜』の舞台を長く記憶に留めており、それは『吉野葛』における「自分はいつも、もしあの芝居のように自分の母が狐であってくれたらばと思って、どんなに安倍の童子を羨んだか知れない。なぜなら母が人間であったら、もう此の世で会える望みはないけれども、狐が人間に化けたのであるなら、いつか再び母の姿を借りて現われない限りもない」という印象的な一節に繋がっていく(『幼少時代』参照)。ちょうど同い年の画家・藤田嗣治が裸婦と猫のあいだに思わせぶりな隣接関係を設立したように、谷崎も『吉野葛』や『細雪』、『猫と庄造と二人のをんな』で女性と動物(狐や猫)のあいだに転移を引き起こしてきた。谷崎の文学におけるヒロインは人間になりすました動物のような存在であり、しかもそれは母を希求するプラトニズムとも矛盾しなかった。

＊40　野口武彦『谷崎潤一郎論』(中央公論社、一九七三年)も貞之助が他の谷崎の変態的な男性主人公と違って「平々凡々たる、円満な常識家であり、家庭人である」と指摘している。「たまたまこの『細雪』の世界でだけは、男性主人公は女たちの生活の保護者、観察者たることに自己を限定しているかのように見える」(二二〇頁)。

＊41　「雪後庵夜話」『全集』(第一九巻)四五九頁。

だとしても、『細雪』が「作ることのアレゴリー」を抑制した反演劇的小説であったことも明らかである。そこには離婚や殺人を計画する作品内演出家もいなければ、性や貨幣のゲームに興じる子供の戦略家もいない。こうして、演劇化のプログラムが停止させられた結果、ある時代と土地に根ざした『細雪』の生活様式は手付かずのままに、何者の「演出」も寄せつけない圧倒的な実在感とともに残される――、それこそが谷崎一流の反演劇的作為ではなかったか？　ピカソと違ってその絵画において戦争を無視したマティスのように、谷崎にとっては「変化のないこと」が時局への抵抗であったように思われる。その「無変化」の分厚い生活世界を作り出すために、谷崎本人はメタ演劇的な趣向を打ち消すという密かな「変化」に賭けていた。

谷崎を狭義の小説家に限定すると、こうした作為的無作為は見落とされてしまうだろう。彼の小説は演劇から彫刻、建築、インスタレーションまでを潜在させた重層的なテクストとして（あるいはそれらの造形芸術のアイディア集として）読み直すことができる。そして、このヴァーチャルな次元に注目するとき、『細雪』の反演劇的性格の特異性も新たな角度から了解されるに違いない。

*

私たちは演劇がいかなる仕事を果たし、何のために存在してきたのかという基本的な問いを手放してはならない。例えば、ルカーチの考えでは、演劇というジャンルは、過去・現在・未来と続く日常的＝経験的な時間を切断した「形而上学的」な時間＝瞬間において「ほとんど気のつかないほど小さなものが人生の支え」になるという逆説的な倫理を示すものである。[*42] この種の形而上学的なプログラムを最大限に拡張しようとする劇作家は、演劇を社会に従属させるどころか、むしろ演劇の要求に合わせて社会を――あるいは社会を構成する人間の認識システムを――変革せねばならないと考えるだろう。それはある意味でファシズムやスターリニズムにも通じる狂気である。しかし、一切の形而上学的な狂気と手を切った演劇など、演劇の名に値するだろうか？

裏返せば、演劇が衰退する時代とは、魂が高次の形式を与えられることなく、たんに散漫なまま――神とも歴史とも宇宙とも何とも関係しないまま――投げ出される時代である。実際、近年の日本の演劇は総じて、自ら率先して反演劇的な弛緩した日常と泥んでいる。確かに、鈍重で大時代的な「形式」を提示したところで、それはかえって滑稽になるだけだろう。かといって、既知の「調子の低い」日常をそのまま舞台で再現しても、そこに驚きが生じることは稀である。少なくともそこでは、形而上学的な瞬間が「小さなもの」を輝かせるという逆説は消失している。

愛によって魂に形式を与えようとした透谷、円地、谷崎は、文字通り「演劇的」な作家である。彼らにおいて、愛は演劇的想像力を必要とし、演劇的想像力も愛を抜きにしては存立し得なかった。しかし、その愛のあり方はまさに三者三様であった。観念の牢獄のなかで恋愛を超越化しようと苦悶する囚人。劇場的＝人工的な性に感染した挙句、穴としての身体を抱え込んだ女性的主体。そして、ときには神仏を観客に配しながら、メタ演劇的想像力を駆使してクィアな欲望を増殖させていく作品内演出家……。

＊42 ルカーチ前掲書、二七四頁。

もとより、愛の語らいは引用でできあがっている（"I love you" ほど機械的なフレーズが他にあるだろうか？）。したがって、いかなる言葉も愛の唯一無二性を確証できない。いちばん大切な言葉こそがかえって記号の反復でしかないということ——、こうした「愛の不可能性」を深刻に捉えるとき、ひとはまさに透谷ふうの観念の囚人に近づくことになるだろう。しかし、谷崎は愛を確立するにあたって、不毛な語らいに身を投げ出す代わりに、古典の遺産を徹底的に操作しながらクィアな性のパフォーマンスを展開することを選んだ。『門』の静謐な夫婦愛の虚構性を批判するところから始めた彼にとって、愛をいかに物質的に変換するかは終生の課題となった。そして、その長年に及んだ性と愛のゲームのなかに、私たちは「東洋的近世」の残響を聴くこともできるだろう。

幕間　逃走路としての演劇——谷崎潤一郎から中上健次へ

本書ではここまで①「潜在的な劇作家」としての漱石と谷崎の文学に、モダニズム（観客の文学）とポストモダニズム（クィアの劇場）が書き込まれたこと、②東洋的近世の演劇文化にもモダニズムの萌芽があり、その歴史は逍遥によって抑圧されつつも、後に円地や谷崎のテクストに隔世遺伝的に現れたこと、大きくこの二点を論じてきた。第四章ではここにもう一つ新たな論点を加えるが、その前に第三章から第四章への橋渡しとして、谷崎及び彼をライヴァルと見なした中上健次における演劇的想像力の処理の仕方について、若干の考察を挟んでおきたい。

（α）描写・物語・演劇

私は序章で「物語」と「演劇」の関係についてごく大雑把に記しておいたが、谷崎を経由すると、この表現上のプログラムにも新たな光をあてることができる。図式的に言えば、谷崎のテクストには描写すること（自然主義）、語ること（物語）、演じること（演劇）という三つのプログラムがときにぶつかりあい、ときに交差していた。

第一に、谷崎は反自然主義的な作家として同時代で認知されていたにもかかわらず、近代の自然主義的リアリズム（描写すること）の意義を正しく認めていた。「日本の自然主義はあまり大した作物を生まなかったが、硯友社のマンネリズムを掃蕩した点において非常な功績があった。鷗外にしろ、漱石にしろ、荷風氏にしろ、また後輩のわれわれにしろ、自然主義ならざる者も何らかの形で多少とも影響を受けた。今にして思えば、あの運動は、日本の文壇が一度はどうしても通過しなければならないものであった」(「「つゆのあとさき」を読む」一九三一年)。ここでは、うわべの「綺麗事」を破壊する自然主義が一種の通過儀礼と見なされている。

しかし、第二に、自然主義的な「描写」という栄養素だけでは日本文学が貧血を起こすことも避けられなかった。関西移住後、一九二〇年代後半から三〇年代にかけての『蓼食う虫』、『吉野葛』、『蘆刈』、『春琴抄』等の特異な作品群は、自然主義の限界を超えて、物語の富を呼び戻そうとする企てとして了解できる。本格的な小説らしく見せるための「描写」や「会話」に対する当時の谷崎の違和感は、カギカッコと地の文の区別もない、うねうねとした語りの文体を生み出した。[*1] それは客観性のないセルフィッシュな「語り」のなかに外界の現実もコミュニケーションもすべて畳み込んでしまおうとする、きわめて横着な文体でもある。谷崎のクィアな新古典主義は、自然主義的な「描写」が担当すべき仕事まで、艶めかしい語りの芸に吸収してしまった。

くどいようだが、再び漱石と比較しよう。漱石はしばしばアネクドート(逸話)の集積によって、小説を構成した。いわば「交代制」の語り手を備えた『夢十夜』(一九〇八年)や『彼岸過迄』(一九一二年)は、その好例である。漱石は気軽に持ち寄れて、それこそ「猫」でも喋れるくらいの他愛ないアネクドート

*1 谷崎は「春琴抄後語」(一九三四年)で、自分も含めて日本の作家が老齢に及ぶにつれて「場面の描写や会話の遣り取りなどに苦心するのを、無駄な仕事のように感じ出す」ことを一種の「体質」と評している。

を文体のモデルとして採用していた。この「ハナシ」の文体は、漱石と同時期の「怪談」の流行とも共鳴する。例えば、柳田國男は一九〇三年に田山花袋とともに『近世奇談全集』――霊魂と神に言及するその序文には西洋由来の心霊研究、すなわち「モダンミスチシズム」の影響もうかがえる――を校訂して博文館から刊行し、一九一〇年には佐々木喜善からの聞き書きに基づく『遠野物語』を発表した一方、花袋も『重右衛門の最後』(一九〇二年)の冒頭を一種の怪談会のように演出した。さらに、漱石以降も、アネクドートはときに制度化された重苦しい文学からの解放をもたらした。例えば、日本のポストモダン文学の一里塚となった一九八〇年代の村上春樹や高橋源一郎のミニマリズム的な初期作品は、まさに「話」のランダムな集積として作られていた(村上が「怪談」の様式を好んで用いたことも付け加えておく)。*2

それに対して、谷崎の「語り」はおおむね一人に独占されており、その麻薬的な語りのなかにエロティシズムやフェティシズムが溶かし込まれる。漱石が俗っぽいアマチュア的な「ハナシ」を介して外界の現実を気軽に吸収したのとは対照的に、谷崎は艶めかしい「カタリ」の閉じた世界に外界を畳み込んだ(むろん、私たちはメディア環境の差異、すなわち朝日新聞を拠点とした漱石と『中央公論』を拠点とした谷崎の違いも無視すべきではない)。ここではひとまず、日本文学のエクリチュールの歴史には自然主義的な「描写」からのズレが多重に刻印されており、それが芸能的な「カタリ」やアネクドート的な「ハナシ」の育つ環境になったと考えておこう。*3

第三に、近世の文化環境がすでに物語の「演劇化」に踏み出していたように、谷崎も「演じること」の力を存分に引き出していた。反演劇的小説としての『細雪』を経た後も、『鍵』や『瘋癲老人日記』といった晩年の作品に到るまで、谷崎の文学からメタ演劇的な趣向――女性の演技者を制作し、それに服従するという二重戦略——が失われることはなかった。もとより、日本語で文学をやる限り、物語の拘束から完全に自由にはなれない。だからこそ、物語をどう処理するかが日本の作家にとって重要な問題となる。自然主義的リアリズムの余白で「語ること」と「演じること」を巧みに掛けあわせた谷崎の文学は、その一つの理想的な解決を示していた。

（β）馬琴の回帰

谷崎とは対照的に、物語と演劇という二つのプログラムの摩擦に直面したのが中上健次である。戦闘的な評論も手がけた中上は、快楽的な物語作家としての谷崎を批判した。一九七九年以降、断続的に連載された中上の未完の評論「物語の系譜」によれば、谷崎は物語のコードや快楽に順応しきって、現実の闘争から目を背けた「物語のブタ」にすぎない。と同時に、自らも物語文学の遺産に深く入り込んでいた中上は、その「罵倒」を一種の自己批判として語っていた。「罵倒する言葉はそのまま今一人の年

＊2　アネクドートは「歴史のエキストラ」にとって格好の武器となる。例えば、ヨゼフ・クロウトヴォル『中欧の詩学』（石川達夫訳、法政大学出版局、二〇一五年）は「自分自身の歴史への権利が欠けている」中欧では、カフカからブルーノ・シュルツに到るまで、その歴史性の不足の隙間に日常的・匿名的なアネクドートが入り込んだことを論じている。村上や高橋の初期作品にしても、濃密な歴史からの疎外が、固有名の希薄さ（あるいはそれと裏腹の固有名の濫用）をもたらした。アネクドートの隆盛と固有名の消失はポストヒストリーの兆候である。

＊3　折口信夫も「「話す」という言葉の意義は訣らぬが、ともかく「話す」と「語る」とは別のことである」と述べている。「日本文学発想法の一面」『折口信夫全集』（第四巻）三一九頁。この両者の微妙な対立はずっと尾を引いている。例えば、日本の現代演劇で言っても、鈴木忠志の世代が「語り＝騙り」を重視したとすれば、平田オリザ以降の世代は脱力した「話」に近づいているように見える。

若い法・制度の作家である私の身にふりかかる。〔…〕物語の官僚主義者谷崎と私を区別できるのは、物語、法や制度のしつこいまでの愛撫を快く思うか胸くそ悪く思うかだけである」。

ただし、私の考えでは、この両者の差異は物語への態度以上に、演劇への態度にある。浅田彰が指摘するように、中上と資質の似たジャン・ジュネが「うねるようなエクリチュール」を駆使した小説家から『バルコン』や『屏風』の劇作家に転身したのとは異なり、中上が自らの豊かな小説言語を簡潔な台詞に縮約することはなかった。[*4] 中上も「物語の系譜」の後半（一九八四年）では、円地文子の実り豊かな「演劇的知」にたびたび言及してはいるものの（「演劇は〔…〕物語が本来はいかなる抑圧も嫌う自由の産物であった、という意識・無意識の自覚を取り戻させるのである」）、東京生まれの谷崎や円地とは異なり、紀州生まれの彼にとって近世文化は周縁的なものに留まった。現に、彼の代表作『枯木灘』（一九七七年）には、鶴屋南北や馬琴の劇場的世界において一度抹消されたはずの「土の匂いや芽の勢い、太陽の溢れる自然」（円地）が、美しく濃密な文体によって再来する。

> 夕焼けが始まり、空が朱と金に染まる頃、仕事を終えた。〔…〕夏ふようの繁った葉がまた秋幸の髪に触れた。徹は上半身裸のままダンプカーの荷台から道具を秋幸におろした。薄闇が立ちこめはじめていた。一日が日と共に始まり日と共に確実に終わるのだった。

良し悪しは別にして、中上はある意味で谷崎以前に戻っている。谷崎が近代の「故郷喪失」を踏まえて、濃密な故郷なしに文学に「力」を宿そうとしたのに対して、中上はあくまで故郷の紀州の「土」と

「太陽」にこだわったのだから（むろん、このアナクロニズムが彼の「物語作家」としての比類ない資質を形成していることも確かである）。それは、中上が谷崎のようなエキセントリックな演劇的想像力をもたなかったことと深く関連している。

しかし、例外的に、中上にも近世的＝演劇的なものを呼び戻した作品が一つだけあった。一九八四年から晩年にかけて断続的に連載された未完の長編小説『異族』がそれである。一言で言えば、中上はそこで馬琴を回帰させた。この作品では路地の若者タツヤが、自分と同じ「青アザ」をもったアイヌ族のウタリ、在日韓国人のシムと義兄弟になって、満州国再興という誇大妄想的なプロジェクトの尖兵となるが、スティグマ（聖痕）を負った男どうしのホモソーシャルな連帯と国家復興の欲望は、明らかに『八犬伝』を踏襲するものである。さらに、天皇主義者の右翼が石垣島に渡航し、新しい国家を夢見るという筋書きも、尊王家・源為朝が紆余曲折を経て琉球に渡り、独立国家を築くまでを描いた馬琴の『椿説弓張月』に連なる。鎖国下の日本において、列島の外へ外へと強引に世界を拡張していった馬琴のパワフルな文学は、『異族』の連邦的な「想像の共同体」の地盤となった。

面白いことに、『異族』にはメタ演劇や知性化の趣向も欠けていなかった。馬琴の物語におしゃべりな作品内批評家が出現するように、『異族』でも「シナリオ・ライター」がタツヤたちの映画を撮影しようとする一方、満州国再興の妄想に取り憑かれた右翼の大物・槙野原が演出家となって、彼らを石垣島へと誘導する。

＊4　浅田彰『20世紀文化の臨界』（青土社、二〇〇〇年）一三二頁。

シナリオ・ライターはタツヤを俳優に抜擢すると言った。しかし、シナリオ・ライターの映画に出なくとも、すでにタツヤは俳優だった。セリフをしゃべるように、てんのう陛下万歳を唱え、右翼の役柄にふさわしく衣裳を整え、演技する。〔…〕タツヤは槙野原の眼を見、声を聴くだけで、次の演技を組み立てる。〔…〕ふとシムはタツヤが槙野原に操られた俳優なら、ウタリやシム自身は何なのか、と思い、名演出家槙野原は、この日本の南の果の石垣島で、シムを破滅させようとしているのではないか、と考える。

この右翼的な演劇化作用は、沖縄と台湾、香港、フィリピンが連帯した連邦国家建設という夢想もそのカウンターパートとして生み出す。それに対して、石垣島で姿を現した、左翼を自称する青アザの持ち主ウガジン（その顔立ちはタツヤの死んだ友人・夏羽とそっくりである）はタツヤにこう告げる。「左翼は琉球王朝にこだわりましぇん。糸満売りされた私から見たらだから、キヤジンさんは右翼でしゅ。波照間より西表より石垣が上でしゅ。石垣より沖縄が上でしゅ。沖縄より上に大和があるので、大和が嫌いという理屈になりましゅ。左翼はそんなもんではいかんと言うとるんでしゅ」「血が同じでも考えが違うように、タツヤさんは右翼で私は左翼でしゅ」。誇大妄想的な右翼が「満州国」と「琉球王朝」の記憶を重ねあわせるのに対して、被差別者の左翼が「琉球」の内部の差異を浮上させる――、この対立は今日の沖縄の政治状況を予告するものである。

多くの批評家は、『異族』が中上特有の濃密な文体を手放し、劇画のように平板な作品になったと評してきた。だが、東浩紀が言うように、私たちは『異族』のような「フラットな文学」の種別に対して鋭敏でなければならない。[*5]『異族』が近代的な「深み」を失ったのは、たんに漫画的になったというだけではなく、近世の馬琴の文学がそこに回帰したからでもある。日本近代文学の歴史を一身に引き受けてきた中上が、『異族』というフラットな文学において近世のもう一つのモダニズムを再来させたこと、さらにそこに満州国と琉球をテーマとして書き込んだことは、重要な文学史的意味をもつ。形式的にも内容的にも、この大部の小説は明治以来の近代小説から明らかに逸脱していた。

ただし、こうした「近世回帰」は『異族』を冗漫にもする。そもそも、馬琴にせよ、その源流である中国の白話小説にせよ、シャープな構成からは程遠い。例えば、中国文学の近代化を推進した胡適は、『水滸伝』や『儒林外史』のエピソードが寄せ集めであり「結構」を欠いているとして厳しく批判した。[*6]むろん、ビリヤードのように説話がどんどん連鎖していく白話小説には、西洋小説とは異なる独自の構成のシステムがあるが、それは少なくとも中上の創作の利点にはならなかった。『異族』がどんどん膨張した挙句、結局作者の死とともに未完で終わったのは、いかにも象徴的である。谷崎や円地と違って、中上は最後まで近世演劇の蠢動を適切に水路づけることができなかった。

*5　東浩紀＋前田塁「父殺しの喪失、母萌えの過剰――フラットな世界で中上健次を読む」『ユリイカ』（二〇〇八年十月号）。

*6　一九二六年のイギリスでの講演で、胡適は苛立たしげに中国の国民性を批判していた。「中国人は人種として常に組織の欠如を示してきました。文学でさえ、私たちは二五〇〇年間のすべての文学的収穫のなかで、プロットをもち、組織をもち、建築的な構造への欲望をもった本を一冊たりとも見出すことができません。小説や演劇でさえ、プロットと組織の欠如を示しています」("The Renaissance in China", *Journal of the Royal Institute of International Affairs*, volume5, 1926, p.278)。

(γ) 地図制作的想像力

近世の劇場の遺産は中上の文学を揺るがすものである。彼において「語ること」のプログラムは円滑に機能するが、「演じること」のプログラムはぎくしゃくとしか動かない。だからこそ、私たちは後者のプログラムが中上の文学にどう作用したかを考察するべきである。ここで注目に値するのは、中上の演劇的想像力が『異族』とは別の系統として、一種の「ツーリズム文学」である『日輪の翼』(一九八四年)を呼び寄せたことである。

中上文学の拠点となってきた紀州の「路地」(被差別部落)の解体を経た『日輪の翼』は、路地の「オバ」たちが若い男たちの運転する冷凍トレーラーに乗って日本各地を巡礼するという作品である。『異族』の若者たちが右翼の大物=演出家によって南島に導かれるように、『日輪の翼』の老婆たちはいわば無自覚の演出家となって、若者たちを路地の外に連れ出す。そして、「木の空洞(うつほ)」に喩えられる冷凍トレーラーは、伊勢神宮、一宮、諏訪、瀬田、出羽、恐山、最後は皇居を巡り、若い男たちは行く先々で性欲を解放する……。この珍妙な作品の魅力が、文体以上に演出やパフォーマンスの面白さにあるのは明らかだろう。*7『日輪の翼』は巡礼のパフォーマンスと性のアナーキーを融合させながら(近世のお伊勢参りのパロディのように?)、故郷を失った「難民」の文学に近づいていく。しかも、日本の物語的伝統において「うつほ」が小さ子(桃太郎や一寸法師)の成長の場となったのに対して、中上の描く冷凍トレーラーはむしろ時間的な成長を停止させる。『日輪の翼』にはさまざまな土地=空間が出てくるが、ただ同じような話がループするだけである。

『異族』の連載開始と『日輪の翼』の刊行、円地文子への言及が重なった一九八四年は、中上が物語内部での苦闘の外に出て、「演劇的知」という新たなプログラムを発見した時期である。興味深いことに、この二つの作品には「地図」を半ばでたらめに描いているという共通項があった。浅田も指摘するように、中上の文学はその初期から路地を「カルトグラフィック」（地図制作的）な観点から捉えていた。[*8] 例えば、最初期の短編小説「十九歳の地図」では、新聞配達員の少年がノートに地図を描き、配達先の家に×印をつけていくことに熱中する。「ぼくは広大なとてつもなく獰猛でしかもやさしい精神そのものとして物理のノートにむかいあった。ぼくは完全な精神、ぼくはつくりあげて破壊する者、ぼくは神だった」。『異族』と『日輪の翼』はこの初期の子供っぽい「地図制作」のゲームを拡大し、満州から琉球へと、あるいは伊勢から皇居へとその図面を大胆に広げていく。それは地図制作者としての世界観察者になることを意味する。

ここで、『日輪の翼』が一九八二年の『千年の愉楽』の後継作であったことにも注意しておこう。路地の生き字引であるオリュウノオバを「観客」とする『千年の愉楽』では、美しい若者たちを見舞う残酷な死が何度もループされる。路地の「中本の血」すなわち「高貴な腐り澱んだ血」の反復を見つめ続けるオリュウノオバは、路地の一回一回の惨劇を無限回のリプレイのなかで捉えていた。その反復の時

＊7　アーティストのやなぎみわは近年《ステージ・トレーラー・プロジェクト》と称して、『日輪の翼』の巨大トレーラーを再現し、それをパフォーマンスの舞台として各地に巡行させている。このユニークな試みは、『日輪の翼』に潜在していた演劇性・パフォーマンス性を顕在化させるものである。

＊8　浅田彰「中上健次を再導入する」『批評空間』（第I期第一二号、一九九四年）。

間には、植物的な夜の時間が重ねられる。「オリュウノオバには自分が生れ礼如さんと暮らし今ここにいて息をつく山の端の路地が、夕方に開いて朝にとじる夏芙蓉の見る一夜の夢だとしても一向にかまわないのだった」。ドイツ・ロマン派のノヴァーリスが無限への憧れを「青い花」に託したように、中上はたった一晩だけ花開く架空の芙蓉のなかに、千年＝無限の夢を畳み込んだ。

こうして、『千年の愉楽』は突発的な惨劇が延々ループするだけの（テロリズムが悪夢的に反復される現代を予告するような）悲惨な世界を、オリュウノオバという観客を介して比類なく美しい文体で荘厳した。それに対して、その二年後の『日輪の翼』になると、『千年の愉楽』という単数の観客（オリュウノオバ）の文学が複数の観光客（オバたち）の文学へと展開される。珍妙な観光客＝難民となって日本の国土を放浪し、皇居も含んだでたらめな地図をでっちあげること――、モダニスト漱石にとって世界をモノのように見る写生文家＝観客の文学が一種の解放であったとすれば、『日輪の翼』の中上にとっては世界をマッピングする観光客がその解放の道標となった。

そもそも、中上の文学は、悪夢的なファミリー・ロマンスとして展開された「秋幸サーガ」（『岬』、『枯木灘』、『地の果て　至上の時』）の系列を中心としている。父親との葛藤や兄の自殺、近親相姦に苦しむ秋幸――そこには中上自身の境遇が色濃く投影されている――の物語は最初から「出口なし」であり、悲劇的である。中上の出発点にはまず家族の決定的な崩壊があった。初期の彼の小説はほとんど捨て鉢な調子で、家族を不快と暴力の入り混じった悪夢の源泉として捉えている。[*9]

『千年の愉楽』以降の「観察者」の系譜は、この「秋幸サーガ」のような過酷な関係性からの解放を含んでいる。そこでは、路地における「出口なし」の血の悪夢＝惨劇が、オリュウノオバ＝観客によって宇宙的な次元から観察される。さらに、馬琴の文学を回帰させた『異族』や珍妙な巡礼のモデルを再来させた『日輪の翼』の演劇的／地図制作的想像力には、もはや「美」も「愉楽」もない代わりに、悪夢的世界を地図の一部に変える高次の視座が組み込まれる。秋幸サーガが父殺しの定型的な「物語」とその挫折を語ったのに対して、中上の演劇的／地図制作的想像力はそのファミリー・ロマンスそのものからの逃走路を開拓した。繰り返せば、中上は谷崎ほど巧みに演劇的想像力を処理できたわけではない。それでも「物語作家」としてのみ中上を理解するのは決して正確ではないだろう。

さらに、ここで重要なのは、中上のこの「地図制作」が決して孤立した手法ではなく、実はその背後に文学史的な系譜が存在することである。では、その系譜とはいかなるものか？　この問いを念頭に置きつつ、第四章に入っていこう。

＊9　一九七五年頃の短編小説では、ノーマルな父であることが最もありそうもないこととして描かれる。「大オルガスムスの前では、子供など屁のようなものだ、と思った。子供など子宮の中にできた吹出物にすぎない。かさぶたにすぎない」（「浄徳寺ツアー」『岬』所収）。「ふと、血を吹いて死んでいる女房を想った。二人の子供も、頭をつぶし、仕掛けにかかった小鳥のように、事切れていた。それを見て、彼は、泣いていた」（「路地」『蛇淫』所収）。なぜか多くの批評家に見過ごされているが、秋幸＝息子の立場からの「父殺し」のテーマよりも前に、父になることの失敗こそが中上の初期の中核的テーマであった。

第四章　地図制作者たち——紀行文のリアリズムと倫理

遠い昔の旅人の心で、山川を眺めていると、日本の風土は、日本の文学よりも、遥かに古いということが、素直に感じられて来る時もあった。／それは植田にとって、詩であった。
（川端康成「東海道」）

私はここまで、戯曲になりそびれた演劇の亡霊が日本文学史を書き直す鍵になると考えてきた。漱石や谷崎の演劇的想像力は、豊かな演出力や「観客」と「演技者」の関係を作中に書き込んでいる。繰り返せば、アリストテレス的な行為の詩学ではその内実を解き明かすことはできない。私たちは東アジア文学の歴史を踏まえて、より普遍的な詩学を構想せねばならない。

別の角度から言えば、漱石らの作品は、日本文学の演劇性が必ずしも劇場というシステムに依存してこなかったことを示唆している。現に、完全さの追求を課せられた形而上学的装置としての劇場が、近代以降の日本で盤石の文化的地位を確立したとは言い難い。例えば、近代日本最高の劇作家の一人である三島由紀夫は、ヴァーグナーが「理想の劇場」の死を知り尽くした芸術家であったからこそ、バイロイトに壮大な劇場を築いたのだと述べたが、[*1]だとすれば、三島自身が「劇場の死後の劇作家」というアイロニカルな存在であったと言うべきであり、熱いドラマを凍結させた能への愛好もそこに由来する（彼の演劇性は『仮面の告白』や後期の連作『豊饒の海』のような小説へとたえず横滑りしている）。

とはいえ、そもそもどんな時代であろうと、演劇が作品や劇場という単位に完全には隔離されないのも明らかである。小説や映画と違って、演劇は日常的な生活世界に内在する。例えば、子供の存在は、大人たちを含めた周囲の環境をドラマタイズする因子となるだろう。「人はつい忘れがちだが、人間の教育はきわめて演劇的な方向で進められる。子供はじつに演劇的なやり方で、どのように振る舞えばいいかを教わるのだ」（ブレヒト）[＊2]。泣きわめく子供をあやすとき、私たちはごく自然に演劇的なジェスチュアを駆使する。育児においては、思慮分別のある大人が何の躊躇いもなく即席の演技者となり、面白おかしいパフォーマンスをアドリブでやろうとする。知らず知らずのうちに、子供たちは演劇的環境で育てられている。幼稚園や保育園は街でいちばん賑やかな小劇場と呼ぶに相応しい。

さらに、日本文学に限定しても、劇場外の演劇的想像力は無視できない。なかでも紀行文や旅行文学は、演技者であり観客でもあるという旅行者の二重の存在様態を巧みに利用した。それは松尾芭蕉のような分かりやすい例だけではない。上田秋成の「白峰」（『雨月物語』所収）の冒頭を見てみよう。

あふ坂の関守にゆるされてより、秋こし山の黄葉見過しがたく、浜千鳥の跡ふみつくる鳴海がた、不尽の高嶺の煙、浮嶋がはら、清見が関、大磯小いその浦々、むらさき艶ふ武蔵野の原塩竃の和たる朝げしき、象潟の蜑が苫や、佐野の舟梁、木曾の桟橋、心のとどまらぬかたぞなきに、猶西の国

＊1　「楽屋で書かれた演劇論」『三島由紀夫文学論集』（講談社、一九七〇年）三九六頁。三島にとって、演劇は小説に対する批評的な自己意識であった。「戯曲的という言葉は、すべて無意識的本能的な小説の書き方に対するアンチテーゼを意味していた」（「戯曲の誘惑」同右、四〇七頁）。

＊2　テリー・イーグルトン『詩をどう読むか』（川本皓嗣訳、岩波書店、二〇一一年）二八一頁より再引用。

の歌枕見まほしとて、仁安三年の秋は、葭がちる難波を経て、須磨明石の浦ふく風を身にしめつも、
行行讃岐の真尾坂の林といふにしばらく筇を植む。

ここでは、古くからの歌枕が美しいパノラマとして描かれるとともに、そこを横切る匿名的な旅人＝観客の運動性も示されている。やがて旅人が白峰山の崇徳院の墓の前にたどり着き、眠りに落ちる直前に「円位円位とよぶ声」が響くとき、はじめて読者は彼が固有名をもった存在、すなわち西行法師（円位）であることを知らされる――、まどろみと覚醒のあわいで観客から主人公を立ち上げるという、実に精密な仕掛けがここには見られる。[*3] 文字通り悪夢の作家である秋成は、自他未分の美の世界にこそ不気味な怨霊の声を響かせた。美から美ならざるものを構成する谷崎潤一郎の技法は、すでに『雨月物語』において先駆けられていたと言ってよい。

よく知られるように、theater の語源は「見る場所」を意味するギリシア語の「テアトロン」である。他方、日本語の「芝居」の原義を「芝生に居ること」と解することには異論も提出されているが、[*4] 屋外の演劇を指すものであったのは確かだろう。私たちは「見る場所」としてのシアターを近代の常設の劇場に限る必然性はない。例えば、演出家の渡辺守章は、歌枕を経巡る日本の「道行文」の叙景をヨーロッパ演劇における「事件」や「行為」の等価物と見なしている。「「叙景」は単なる事件や劇の背景・枠組みの説明ではなく、それ自身が一つの詩的「劇場」なのである」。[*5] 私も本章では演劇的想像力の範囲を拡張し、旅行をシアターの移動として、紀行文をその「演劇」のカルトグラフィック（地図制作的）な記録として考えたい。

私は以下、この意味での「演劇」の仕事を輪郭づけるために、代表的な自然主義文学者である田山花袋の紀行文的なテクストを論じた後に、森鷗外、折口信夫、島崎藤村という三人の「地図制作者」について分析する。先述したように、一九八〇年代半ばの中上健次は悪夢的なファミリー・ロマンスを遠方から相対化するように、『異族』や『日輪の翼』のような超近代的な地図を描き出した。文学史的に言えば、この手法は二〇世紀前半の自然主義的リアリズムの争点を再び呼び戻すものである。

A　自然主義の前史

1　地図制作者としての花袋

田山花袋と言えば、今日ではスキャンダラスな自然主義小説『蒲団』（一九〇七年）の著者として記憶されているが、彼は当初、紀行文作家として著名であった。彼の文名を最初に高めたのが小説ではなく、

＊3　円地文子は『江戸文学問わず語り』（講談社文芸文庫、二〇〇九年）で「白峰」の文体について優れた洞察を記している（一六九頁以下）。

＊4　例えば、林屋辰三郎『歌舞伎以前』（岩波新書、一九五四年）は芝居を「芝の在る場所＝芝生」の意味に解している（一七五頁）。

＊5　渡辺守章『演劇とは何か』（講談社学術文庫、一九九〇年）一四四頁。

博文館の総合雑誌『太陽』に掲載された紀行文「日光山の奥」(一八九六年)であったことは改めて思い出されてよい[*6]。そして、この紀行文の記述スタイルは、花袋の後々の文学にも背後霊のように取り憑いた。結論から言えば、彼の自然主義文学には「紀行文」と「小説」のあいだの摩擦と和解が刻印されている。

まず『太陽』とはどういう雑誌であったのかを簡単に確認しよう。日清戦争終結直前の一八九五年に創刊されたこの雑誌は、教育、経済、農業、小説、語学、芸能、地理、史伝などの諸領域を網羅し、編集主幹となった高山樗牛のもと、一種の百科全書として確立された。御厨貴が指摘するように、言論によって社会を改造しようとする大正期の『中央公論』や『改造』とは違って、『太陽』はむしろ一家に毎月一冊の「常備薬」のような雑誌として家庭に入り込んだ。なかでも、紀行文を通じた情報提供は『太陽』の目玉の一つであり、「世界一周」や「日本一周」などの企画は日英同盟を背景とした「海の日本」のイメージを喧伝した。さらに、博文館の創業者・大橋佐平が「奠都(てんと)三十年祭」をはじめとするメディア・イベントの仕掛人になり、『太陽』でもそれにちなんだ臨時増刊号が刊行されたことも見逃せない(ちなみに、博文館は今の博報堂の源流にあたる)[*7]。百科全書的な情報提供と広告代理店的なメディア・イベントという戦略によって、『太陽』はその存在感を示していた。

花袋はまさにこの無思想のデータベース的情報雑誌の当事者であった。自然主義／私小説の旗手として注目を浴びる前、彼は博文館の紀行文作家・編集者として活動していた。『太陽』掲載の紀行文を集めて博文館から刊行された『南船北馬』(一八九九年)では、月ヶ瀬や熊野、三浦半島、伊良湖半島、多摩、妙義山、日光山等、もっぱら山と半島への旅が記録され、後述するように折口信夫のような若い読者をも触発した。花袋自身も博文館の社員となり、『大日本地誌』（執筆者は山崎直方と佐藤伝蔵）の編纂のために日本各地を旅するとともに、日露戦争の取材にも赴いて『第二軍従征日記』を発表した（そこでは特に、鷗外との交流が印象的に描かれている）。さらに、彼を『太陽』で起用した大橋（渡部）乙羽（おとわ）――もともと硯友社に属した作家で、後に大橋佐平の女婿として博文館での編集に関わった――も無類の旅好きで知られており、博文館から出た花袋の回顧録『東京の三十年』（一九一七年）によれば「小説家に君がなろうたってそれは無理だよ。それより紀行文の方が好い」と花袋に放言して憚らなかった。

小説家志望であった花袋はこの無遠慮な評価に対して屈辱感を抱いていた。「乙羽君にして見ては、実際私の書く小説なんか物になっていなかったに相違なかった。それがまた私には少なからぬ苦痛であった」（『東京の三十年』）。花袋の屈折した感情は、『蒲団』の前年の一九〇六年に刊行された『日本新漫遊案内』の序文からもうかがえる。彼はそこで「旅行記は宜しく絵画の如くなるべく、案内記は宜しく地図の如くなるべし」と両者を区別しながら「吾人の如き地理的素養の乏しきものいかでか地図のごとく精確なるものを編し得べきや」と述べる。実用的・専門的な地図＝案内記のような「精確」なテクストを書く能力がないという彼の卑下は、自分のテクストはむしろ「絵画」のような旅行記なのだという密かな自負心の裏返しだとも言えるだろう。

ただ、紀行文作家として扱われることに屈辱を感じていたにもかかわらず、花袋は小説家として有名

＊6　花袋の紀行文の意義については、五井信『田山花袋』（勉誠出版、二〇〇八年）で明快に解説されている。
＊7　御厨貴『明治国家の完成』（中公文庫、二〇一二年）八二頁以下。

になった後も、地図制作的な記述を手放すことはなかった。例えば「四里の道は長かった。その間に青縞の市の立つ羽生(はにゅう)の町があった」という地理的解説で始まる彼の代表作『田舎教師』(一九〇九年)の巻頭には、作品の舞台となった土地の地図が掲げられていた。「巻頭に入れた地図は、足利で生れ、熊谷、行田、弥勒、羽生、この狭い間にしか概してその足跡が到らなかった青年の一生ということを思わせたいと思って挿んだのであった」(『東京の三十年』)。ここでは、紀行文と小説は共闘して、平々凡々な田舎教師に実体を与える役目を担っている。

2　紀行文による武装解除

花袋が紀行文と小説を和解させるにあたって、一九〇三年以降の『大日本地誌』の編纂のための取材旅行は重要なきっかけになったと考えられる。この仕事を通じて、彼は旅先の土地のエートス(習俗)を把握することに関心を向け始めた。彼がその旅の産物として挙げるのが「名張少女(なばりおとめ)」という作品である。

その旅行の方法は、書生時代とは全く変って、汽車は二等、洋服に大きな鞄、女中に祝儀、処々ではその土地の芸妓などを聘んで見るというようになった。山水とか、勝地とか言うよりも、その土地土地の特色、空気、人情などに興味を有つようになったのである。『名張少女』などという小説はその時分に出来た。(『東京の三十年』)

日露戦争中の一九〇五年に発表された「名張少女」は、まさに紀行文と西洋文学の「あいだ」に位置するリリカルな短編小説であり、同年の血腥い「第二軍従征日記」のカウンターパートでもある。東京牛込の閑静な家に暮らす心優しい妻は、「独逸文学科出身の学士」でニコラウス・レーナウの抒情詩を愛好していた夫から、よく外国文学を読み聞かされていた。しかし、あるとき京都と奈良に出張した夫は、たまたま立ち寄った伊賀の島ヶ原の山奥で、名張出身の仲居・お園に出会う。京都や奈良出身の酌婦とは違って、無邪気で「愛らしい素振」を示す彼女にすっかり心を奪われた夫は、彼女が周囲の悪習に巻き込まれることを恐れて東京に呼び出すものの、彼女は肺病にかかってまもなく死ぬ運命にあった。妻はその可憐さに心を打たれ、夫の不倫を咎めることなく、この名張少女のために献身する……。

「名張少女」の時評家は、花袋について「青年少女」を愛する「紀行的小説作家」と評した。花袋自身はすでに伊賀方面への旅行記録を「月瀬紀遊」（『南船北馬』所収）として発表していたが、「美しき眼したる一人の村娘」との出会いから始まるその内容は、明らかに「名張少女」と響きあう。[*8] 彼はまったくの空想によって少女を描くのではなく、自分の旅した名張の風土の化身として美少女を造形し、しかもその存在を文学好きの妻によって承認させた。「日本国中の小さい国、月の瀬の梅の渓の上幾里、穏かなる名張の町に生れて、やさしい、繊弱い、美しい心と姿とを有った少女は、生年十九歳、この遠い都の、郊外の、花の多い寺に葬られたので御座います」「伊賀の国、名張の町、——このようにやさしい娘の多い町は、何んなに平和に、何んなにすぐれた処でしょうか」。妻の文学趣味によって、レー

＊8　小林一郎『田山花袋研究——博文館時代（二）』（桜楓社、一九七八年）七三一頁以下。

ナウと名張少女、ドイツの抒情詩と日本の紀行文は和解に導かれる。

むろん、妻が夫の不倫を許すのはご都合主義にすぎない。さらに、名張を「美しい少女の多い処」で「其の地方は言葉が実に優美である」と見なすあたりには、花袋のナイーヴなロリコン趣味——一九〇七年の「少女病」において自罰的なやり方で捉え返される——が露出している。彼は紀行文を「少女を生成するエクリチュール」として設定した。もとはハンガリー人のレーナウが「ドイツの森」よりは「生まれ故郷の荒涼とした平原」に憧れ、それが後のシューマンに「バリケードの行進曲」と呼ぶべき劇的な歌曲『四つの軽騎兵の歌』及び『六つの詩とレクイエム』を書かせたのに対して、[*9]花袋がレーナウの異国風の詩に「若い美しい少女の夭死」を読み取り、過度な情緒化を施したことも否めない。

これと似た情緒化は、樺太を視察旅行した盟友の柳田國男の話をもとにして、一九〇六年に『太陽』に掲載された短編小説「アリユウシヤ」にも見られる。「単調なる道路」と「際限の無い密林」から成る樺太の荒野を舞台にして、花袋は性の慰み者にされた薄幸のロシア人美少女アリユウシヤの境遇を、モーパッサンの小説と重ねあわせた。この文学化＝情緒化は、男性の自己正当化に繋がっている。作中の「文学的」な語り手は、お園やアリユウシヤを弄ぶ暴力から距離を置くという素振りによって、自らのイノセンス（無垢＝無罪）を担保した（なお、元ネタを提供した柳田が花袋の「アリユウシヤ」を「ウソ」だとこき下ろしたことは示唆的である）。大塚英志が言うように、花袋は「西欧が植民地に向けた「野蛮」という視線」を「日本の「地方」に転嫁する」一方、[*10]その視線そのものを文学化したのだ。

だとしても、紀行文のスタイルなしに花袋の自然主義の飛躍もあり得なかったのも確かである。例えば、柳田から高い評価を得た花袋の『重右衛門の最後』（一九〇二年）は、紀行文的文体によって信州の美しい風景を描きながら、そこに「自然」の制作物である藤田重右衛門を見出した。この睾丸の膨れ上がった自然児は、乱暴狼藉を働いた挙句、村人によって惨殺される。「人間は完全に自然を発展すれば、必ずその最後は悲劇に終わる」。花袋は漢語のレトリックを駆使した美しい山間の風景のなかに、凶暴な自然人を導入した。観客が風景の美によってすっかり武装解除された瞬間、歴史の暗部に押し込められた荒々しい人種が出現する――、先述した秋成の「白峰」も含めて、美と悪夢、陶酔と暴力、ユートピアとディストピアのあいだのこの目眩く反転にこそ、私は日本文学の特筆すべき弁証法を認めたい。『重右衛門の最後』は巧みに、紀行文的記述をこの弁証法の作動する場に変えていた。

さらに、花袋の盟友であった柳田の学問も、旅行と密接に関連していた。繰り返せば、日英同盟の時期の『太陽』は「海の日本」のイメージを積極的に打ち出しており、一九〇二年の臨時増刊号には柳田の「遊海島記」（発表時のタイトルは「伊勢の海」）と花袋の「鳥羽より大阪」という紀行文が掲載されている。このうち「遊海島記」には、花袋も同行した伊良湖岬での見聞が詩情豊かに、しかも鋭利な社会分析を伴って記録されていた。ふつう柳田民俗学の開始は一九〇九年の『後狩詞記（のちのかりことばのき）』や翌年の『遠野物語』『石神問答』に求められるが、この紀行文にはすでにその萌芽として「自覚せざる民俗学者」の鋭い観察眼がはっきり認められる。[*11] それは、柳田との旅の思い出を綴った花袋の紀行文「伊良湖半島」（『南船北馬』所収）が興奮に酔った調子であるのと好対照であった。近世の貝原益軒や菅江真澄の客観的な紀行文を、

＊9　マルセル・ブリオン『シューマンとロマン主義の時代』（喜多尾道冬他訳、国際文化出版社、一九八四年）二六五頁。
＊10　大塚英志『怪談前後』（角川学芸出版、二〇〇七年）一一六頁。

柳田が民俗学の前史として高く評価していたことも、ここであわせて思い出しておこう。

　花袋の紀行文作家としての観察は、知的に体系だったものではなかった。というより、彼は性、抒情、風土、信仰等々を「知」から分離しようとした。この一種の「反知性主義」において、花袋の文学は、一生涯かけて学問を成長させながら『遠野物語』のようなオルタナティヴな文学をも残した柳田民俗学（新国学）とは一線を画している。柳田は自身の敬愛した鷗外と同じく、いわばロマンティックな官僚（あるいは官僚の顔をしたロマン主義者）であった――後になると民俗学者（＝柳田國男）としての責任がロマンティックな新体詩人（＝松岡國男）としての立場を縮小させていくのだが。むろん、近世の本居宣長や上田秋成、平田篤胤をはじめ、学問をやることが文学に近づいたのは、つまり知がかえって非知（大和魂！）の領域を際立たせたのは、日本の「国学」の特異な伝統でもある。近代の国学者である柳田の紀行文は、まさに学問的観察と文学的興味を両立させていた。

　ともあれ、『太陽』の紀行文は自然主義と民俗学双方の「前史」となった。そこには、柳田のような知性とともに花袋のようなナイーヴさも侵入してくる。良し悪しは別にして、紀行文は認識上の武装解除を伴っていた。実際、花袋に限らず、近代日本の紀行文は作家から慎みを失わせ、その批判精神を解体し、テクスト的なスキャンダルを引き起こすこともあった。例えば、一九〇九年に朝日新聞で連載された漱石の悪名高い紀行文「満韓ところどころ」が、満州の中国人への差別表現を諧謔的な調子で書き込んだように、紀行文はときに「政治的な正しさ」を麻痺させ、頭脳的な小説家にもふだん書かないようなことを書かせてしまう。

　とはいえ、満鉄総裁の旧友・中村是公に招かれて満州を旅した記録である「満韓ところどころ」を、植民地主義への迎合として弾劾するだけでは不十分だろう。吉本隆明が指摘したように、当時の漱石はすでに『三四郎』と『それから』によって『坊っちゃん』のような「倫理が童話である作品」を捨て去ろうとしていた。だが、「満韓ところどころ」にはかつての『坊っちゃん』の世界、すなわち社会的な知識や交際ではなく「資質の磊落さと豪放さと思い遣り」でできた童話的世界が戻ってきている。そして、あたかも「旧友たちとの同窓会」を楽しむような漱石の文体は、その公共性の欠如によって、植民地主義的な国策への協力から身を逸らそうとしていると言えなくもない……。[*12]もっと踏み込めば、「満韓ところどころ」の『坊っちゃん』的文体そのものが読者にとっての「旧友」だと言ってもよいだろう。

内容的に見ても、後の『門』や『彼岸過迄』が満州をあくまで伝聞情報に留めたのに対して、「満韓ところどころ」の漱石はこの小説家としての慎みを壊して、旅順の日露戦争の戦跡を歩いたりもしている。文体においても内容においても、漱石の紀行文は「小説らしい小説」を寄り道させるものを多く含んでいた。熊本の小天温泉を舞台とした『草枕』のモダニズム、阿蘇山を経巡る「二百十日」の喜劇性、イギリス留学体験をもとにした「倫敦塔」のバロック的想像力も含めて、漱石文学の旅の記録は『それから』以降の小説から失われていくものを保存している。紀行文の「たわいなさ」を介した武装解除＝越境は、漱石の文学的実験を下支えしていた。

＊11　岡谷公二『柳田國男の恋』（平凡社、二〇一二年）一六九頁。岡谷も言うように、若き新体詩人・松岡國男時代の「遊海島記」にはロマンティックな「海の発見」と「南の発見」が伴われており、それは長い潜伏期を経て最晩年の『海上の道』に再来する。松岡＝柳田の海のロマン主義を、博文館のカタログ的な紀行文文化の副産物と考えることも不可能ではない。

＊12　吉本隆明『漱石の巨きな旅』（ＮＨＫ出版、二〇〇四年）一四三頁以下。

こうして、花袋、柳田、漱石はそれぞれまったくタイプは異なるものの、いずれもある種のナイーヴさと引き換えに、紀行文によってリアリティの範囲を拡張した。特に花袋は、旅行が陰気さを取り去って健康的なリアリズムをもたらすと考えていた。

私には孤独を好む性が昔からあった。いろいろな懊悩、いろいろな煩悶、そういうものに苦しめられると、私はいつもそれを振切って旅へ出た。それにしても旅はどんなに私に生々としたもの、新しいもの、自由なもの、まことなものを与えたであろうか。旅に出さえすると、私はいつも本当に私となった。／百姓、土方、樵夫、老婆、少女、そういうものはすべて私の師となり友となった。（『東京の三十年』）

ルソーを範例として「誠実と本物」（ライオネル・トリリング）の追求は近代文学の中核的なプログラムとなったが、花袋の場合、書斎で小説を書いているだけでは「本当の私」の獲得は覚束なかった。「誠実と本物」を実現するために、花袋はどうしても武装解除された旅先の「私」を必要とした。日本の自然主義的リアリズムが西洋小説以外のメチエ（技法）を要求したことは、軽視されるべきではない。花袋のこの回想は、小説のリアリズム自体が複合的なプログラムであったことを私たちに教えている。

むろん、花袋の紀行文が歴史の真空地帯から出てきたわけではない。そもそも、記録文学としての紀行文はすでに近世に発達を遂げており、井原西鶴、松尾芭蕉、近松門左衛門、頼山陽、曲亭馬琴、上田秋成、十返舎一九らもこぞって旅行をテーマとした。なかでも、花袋は西鶴を紀行文の導師と見なし、その「筋」や「結構」のない文体を絶賛していた。[*13] 地図入りの地誌『一目玉鉾（ひとめたまぼこ）』の著者でもある西鶴は、紀行文や名所記のスタイルを積極的に取り入れた作家である。例えば、「世間の広き事、国々を見めぐりてはなしの種をもとめ」ようと、北は奥州から南は博多までを網羅し、人間ほどの「ばけもの」はないという教訓を語る奇譚集『西鶴諸国咄』は、すでに近代的なネーションの意識に近い空間意識を備えている。怪談と紀行文、ファンタジーと記録を交差させ「転換期の見聞集・名所記等の時間的空間的記録文芸」（林屋辰三郎）を確立した近世最大のドキュメンタリー作家の一人である西鶴は、まさに花袋や柳田を予告するようなやり方で「日本」を縁取っていた。[*14]

＊13 「連絡などはどうでも好い。筋なども何うでも好い。其の通って行った処の土地のある感じ――地方的色彩の作った細かい感じをぽつぽつ書いてみたい。〔…〕西鶴の文章は、味って見ると、余程そうした処がある」（『花袋文話』）。「曲亭馬琴が西鶴について言った批評――西鶴には結構なければ小説家にあらず――を思出して、微笑せずには居られなかった。成程、馬琴のような結構と作意とを主にした作家から見たら、そう見えるに違いない」（「西鶴について」『インキ壺』所収）。

なお、花袋がここで西鶴と馬琴を対立させたのは興味深い。花袋のみならず尾崎紅葉、樋口一葉、永井荷風、太宰治、吉行淳之介らを含む近代の西鶴派は、潜在的には馬琴の知性化＝中国化した文学と敵対していたのではないか？ 逆に、谷崎は荷風の「つゆのあとさき」を「西鶴－紅葉」の作風に近い「一巻の優しい侘びしい絵巻物」と見なしながら、その懐古趣味が「徳川末期、化政期の戯作者の世界に止まって、それより古い時代に遡る者の少い」ことを否定的に評している（「「つゆのあとさき」を読む」）。ここではひとまず、西鶴を復興しようとする紅葉以来の「擬古典主義」に、東洋的近世から王朝時代までを包含する谷崎の「クィアな新古典主義」を対置するという構図を提案しておきたい。

＊14 林屋辰三郎「転換期に於ける文芸の一様式――近世都市の成立と記録文学」『伝統の形成』（岩波書店、一九八八年）二九四頁。

3 『蒲団』と地図の勝利

以上のように、近世の西鶴から近代の花袋に到る「地図制作者」の系譜は、気儘でときに無防備な紀行文が小説のリアリズムの原資となったことを示している。ジャック・デリダのコンディヤック論の題名を転用するならば、私たちは紀行文的小説の歴史から「たわいなさの考古学」とでも呼べるものを構成できるだろう。日本文学のリアリズムの成立には、エミール・ゾラのような自然科学志向だけではなく、エクリチュールの緊張をほぐす「たわいないもの」が必要であった。

ただし、花袋が「小説」と「紀行文」のあいだの軋みを完全に解消できたわけでもなかった。第一章で論じたように、漱石は演劇的想像力をたびたび動員しつつ、根深い演劇嫌悪にも囚われていたが、花袋の場合、この種の分裂は地図制作との関係において現れている。繰り返せば、彼にとって、紀行文や地誌は決して本物の文学ではなかった。しかし、カルトグラフィックな想像力がなければ、彼の自然主義が開花しなかったのも明らかである。こうして、地図制作はまさに両義的なパルマコン（毒＝薬）としての相貌を示し始める。

このパルマコンは、日本の自然主義文学の記念碑的作品『蒲団』に決定的な作用を及ぼした。「小石川の切支丹坂から極楽水に出る道のだらだら坂を下りようとして渠（かれ）は考えた」という地理的記述から始まるこの小説には、自然主義の前史の痕跡がそこかしこに留められている。興味深いことに、主人公である作家の竹中時雄は地理書の作成を業務としており、しかもそのことに不満を隠さない。

渠はある書籍会社の嘱託を受けて地理書の編輯の手伝に従っているのである。文学者に地理書の編輯！ 渠は自分が地理の趣味を有っているからと称して進んでこれに従事しているが、内心これに甘じておらぬことは言うまでもない。

ここには当然、花袋自身の経歴が色濃く反映されている。文学者であることを自負する時雄は、自らが退屈な「地理書の編輯」に従事していることが我慢できない。だが、彼には職業上の癖が染みついている。例えば、岡山の寒村から時雄に弟子入りを志願して、手紙を出してきた横山芳子〔花袋の弟子・岡田美知代をモデルとする〕の出生地について、彼は簡単な「研究」を始める。

本箱の中から岡山県の地図を捜して、阿哲郡新見町の所在を研究した。山陽線から高梁川の谷を遡って奥十数里、こんな山の中にもこんなハイカラの女があるかと思うと、それでも何となくなつかしく、時雄はその附近の地形やら山やら川やらを仔細に見た。

芳子は山奥の雪深い田舎の出身であるにもかかわらず、お園やアリユウシヤとは違って、理想や虚栄心に富んだ「ハイカラ」な新世代の文学少女として自己呈示しながら、時雄から文学を教わる。「芳子はエレネ〔ツルゲーネフの『その前夜』のヒロイン〕の恋物語を自分に引くらべて、その身を小説の中に置いた」。彼女にとって、西洋文学は自己を出生の環境と無関連化し、新しい人格に変身するための文化資本であった。花袋はここで、地図を示しつつそれを突破するものとして文学を位置づけている。

さらに、時雄も地理書の編纂をよそに文学を演技しようとする。彼は自分をハウプトマンやツルゲーネフの主人公になぞらえるが、ここには『蒲団』の執筆時の花袋自身がハウプトマンの戯曲『寂しき人々(Einsame Menschen)』の主人公ヨハンネス・フォケラートに強く感情移入していたという事情が介在している(『東京の三十年』)。劇作家ハウプトマンを真似るのではなく、その作中人物と同一化してしまったことには、良くも悪くも花袋の本質が現れていると言うべきだろう。*[15] ともあれ、時雄も芳子も、文学の演劇的利用によって地図の支配から逃れようとする点では一種の「共犯者」である。

だが、この文学という脚本は、芳子の父親が娘の行状を憂えて実家に連れ戻したために、あえなく破棄される。それまで新式の言文一致文で手紙をしたためていた芳子は、岡山の僻地に帰った後、小林一茶を引用する旧式の「礼儀正しい候文」の手紙を時雄に差し出す。*[16] それを読んだ時雄は「雪の深い十五里の山道と雪に埋れた山中の田舎町とを思い遣った」。『蒲団』では地理書が貶められるにもかかわらず、その始まりも終わりも結局は地理的記述によって占められる。花袋に即して言えば、これは小説が敗北し、地図が勝利したことに等しい。しかし、皮肉なことに、この自虐的な『蒲団』こそが花袋を「文学維新運動の第一人者」(菊池寛)の地位に押し上げたのだ。

もとより、後発近代国家の日本の文学は、国民の教育と不可分であった。かつては『穎才新誌』の投稿少年であり、博文館の入社後は『中学世界』や『文章世界』のような投稿雑誌の主筆も務め、地誌の編纂に加えて『美文作法』や『文章作法』といった文章論も刊行した精力的な教育者・花袋にとって、「書くこと」は人間的成長と深く結びついていた。にもかかわらず、花袋ほど教育の失敗に取り憑かれた作家も珍しい。なかでも『蒲団』は、ほとんど教養小説のパロディのような様相を呈している。そこでは、文学の教育は円満な人格を育てるどころか、「性慾と悲哀と絶望」に駆られて教え子の蒲団に顔を埋める変態教師を生産するだけなのだから。

そもそも「教養」の本義は、知識自慢のディレッタントや教師面の気取り屋になることではなく、精神的な自律（オートノミー）を獲得することにある。過去の経験を時間のなかで追憶し、咀嚼し、綜合すること、それによって他律的な状態から抜け出し、自己を周囲から差異化すること——、それが教養（ビルドゥング）の根本理念であり[17]、その実現は長らく人文知や文学に託されてきた。例えば、ゲーテの『ヴィルヘルム・マイスターの修行時代』は、この教養＝自律のプログラムをまさに演劇によって実行しようとした。「よきもの、高貴なもの、偉大なものを、演劇によって具象化したい」（第二巻第四章）というヴィルヘルムの若々しい願望の軌跡が、この長大な作品には書き込まれている。

それに対して、花袋は文学的な教養＝自律のプログラムの頓挫こそを執拗に語った。例えば、『田舎教師』の主人公の林清三は文学の夢を抱きつつも、田舎の小学校教師となる。「関東平野を環のように

*15　中村光夫『風俗小説論』（講談社文芸文庫、二〇一一年）が指摘するように「花袋はこの作中人物を操る作者の手付には眼をとめず、いきなりヨハンネスを実演してしまったのです」（四四頁）。

*16　なお、手紙も紀行文と同じく、文学と非文学のあいだを漂流していた。ここでは、大橋乙羽の肝煎りの企画で、樋口一葉が博文館の「日用百科全書」の一冊として女子向けに手紙の書き方を教える『通俗書簡文』（一八九六年）を刊行し、ベストセラーになったことだけ記しておこう（詳しくは、菅聡子『メディアの時代』第八章参照）。この文体的・感情的な教育メディアとしての手紙は、『蒲団』においてパロディ的に再利用された。

*17　アドルノ「半教養の理論」『ゾチオロギカ』（三光長治他訳、イザラ書房、一九七〇年）六〇頁以下。

繞った山々の眺め」に魅了されながら、地方の同人誌青年としての彼は、明星派をはじめとする文壇の事象について論評するが、彼自身の作品はうまくいかない。やがて病に倒れた清三は日露戦争開戦の報を聞くが、この華々しい「名誉ある戦争」からは完全に疎外されている。「万歳！ 日本帝国万歳！」という彼の断末魔の叫びは、国家には決して届かない。彼は足利周辺の風土と人間関係のなかで、公的な晴れがましさとは一切無縁の死、公共化されない秘密の死を迎える。ここでも『蒲団』と同じく、文学的な教育が失敗して、地図が勝利するという構図が繰り返されていた。

4 首都・地方・郊外

芸術は芸術でないものと接することによってはじめて芸術となる。もっと抽象的に言えば、非同一性の関与によって芸術の同一性が構成される一方で、非同一性の発見は同一性の枠内において可能となる——ちょうど翻訳（同一性の拡大）がかえって差異（非同一性）を分泌するように。真の芸術家とは、この目眩く循環をまさに身をもって生きる存在である。

花袋を読む利点は、何をもって文学とするかという同一性の揺れを確認できることにある。繰り返せば、小説と紀行文は「名張少女」や『重右衛門の最後』でひとまず和解したが、『蒲団』では再び両者の裂け目が前景化された。文学であり、かつ文学でないという紀行文のあいまいさは、花袋の自然主義に不穏な揺らぎを与えている。今日においては、何に文学的なリアリティを認めるかという判断基準そのものが変容しており、とりわけ自然主義的リアリズムはメタフィクションの台頭以降は厳しい審議の対象となった。だが、私たちはポスト自然主義の立場から花袋を断罪する前に、彼のカルトグラフィックな想像力が自然主義文学を揺るがしつつ、それを可能にしたことに注意を払うべきである。

花袋の紀行文的小説のもう一つの重大な功績は、文学における「地方性」を発明したことにある。私たちはそれを川端のモダニズムと比較できるだろう。例えば、浅草であれ京都であれ越後湯沢であれ、土地の歴史的文脈にさほど頓着しない川端の「観客」の文学は、場所の任意性を際立たせていた（後期の『みずうみ』になると場所そのものを蒸発させるようにして、観客のストーカー的な執着が突出してくる）。それに対して、花袋や島崎藤村、あるいは中上健次のような自然主義の系譜を引く「地図制作者」たちにとっては、場所の固有性を除外することはできない。

では、この地方性の導入はどういうインパクトをもったのか？　今この問いに包括的に答えることはできないが、とりあえず議論を整理するために、日本文学の場所（トポス）として首都・地方・郊外という三つの領域を輪郭づけておきたい。

概して言えば、日本文学は首都をきわめて高く評価してきた。例えば、日本浪漫派の作家・蓮田善明は、日本文学の「本心」が首都の祝祭（国振り）、すなわち国家の「養生」にあったと述べる。「もともと文学は日本に於ては国振であり、そして「みやび」であった」（「養生の文学」）。この国粋主義的な物言いに鼻白む読者も、日本文学の美意識が首都（京都）の風景のなかで育まれたことは否定できないだろう。谷崎の文学ではこの「みやび」が換骨奪胎される。『源氏物語』を現代語訳し、「刺青」で幕末の東京を、「鮫人」で浅草を、『細雪』で大阪や京都を描いた谷崎は、首都の美学を再建しつつ、『痴人の愛』における由比ヶ浜や『蘆刈』における水無瀬のような郊外的ないかがわしさも取り込んでいた。

当然、この「みやび」の隆盛は文化的な盲点も生み出す。現に、日本にはブリューゲルに類比し得る農民画家はいなかったし、[18]地方の民衆の窮状を描いた杜甫のような詩人も稀であった。だからこそ、自然主義が地方性を導入したことには画期的な意味がある。花袋や島崎藤村の自然主義文学は、信州や上州のローカルな風景を取りあげることによって、漱石や紅葉、荷風らの担った江戸以来の趣味を相対化したが、それはまさに「東京人と信州人との勢力争い」（佐藤春夫）を鮮明にするものであった。荷風、芥川、辰野隆、漱石のような「東京生れの作家」が藤村をあからさまに毛嫌いしていたことは、谷崎も証言している。[19]この点で、『重右衛門の最後』と『蒲団』が、地方出身者によって首都の文学愛好者が脅かされる作品であったのは象徴的である。

こうした美意識の軋轢を生みつつ、地方出身者の力は文学のみならず出版界にも及んだ。例えば、博文館の大橋佐平はいわゆる「負け藩」の長岡藩の出身であり、尚武と実学を是としたその志向は、『太陽』の実用的な誌面を生み出した。後に大正時代に入って社長が交替すると、博文館は『太陽』を廃刊にして推理小説のような娯楽に傾き、その実学志向は衰退したものの、それは結果的に『新青年』という「仇花」を残すことにもなった。[20]あるいは、岩波書店を創業した岩波茂雄も信州生まれであり、翻訳を通じた教養路線を推し進めたが、それも広義の文化破壊と言うべきだろう。[21]あえて露悪的な言い方をすれば、大橋にせよ岩波にせよ、首都の洗練に従属しない「田舎者」たちが無粋な百科全書や海外文化の翻訳を手がけ、自然主義や推理小説を成長させたのだ。

さらに、首都と地方に加えて、郊外という第三のトポスも忘れてはならない。例えば、花袋の友人であった国木田独歩の紀行文的小説「武蔵野」（一八九八年）は、自然物と人工物が複雑に交差しつつ穏やかに調和した郊外のユートピアとして、武蔵野を描き出した。そこでは「北海道のような自然そのままの大原野大森林」とは違って、自然と生活、都会と田舎が無理なく融けあっている（この人工的自然の美学は、今日も高畑勲監督のアニメーション等で繰り返されている）。ただし、この武蔵野の美学化は独歩のオリジナルではない。柳田國男が「彼〔独歩〕はやはり享保元文の江戸人の、武蔵野観の伝統を帯びたものであった」「国木田氏が愛していた村境の楢の木林なども、実は近世の人作であって、武蔵野の残影ではなかったのである」と評するように、[*22] 独歩の武蔵野はあくまで江戸の文人的美学の延長線上にあった。

日本の「郊外文学」は京都近郊の嵐山や宇治を舞台にした『源氏物語』を一つの頂点とするが、近世においても馬琴の『八犬伝』が江戸の周辺でアニミズム的な闘争を描いたことは興味深い。この点についても、柳田は鋭い直観を示している。「一歩都門を出づればそこは武蔵野だという思想は、今の人にとっても決して不愉快なものではなかった。『八犬伝』が江戸で高評を博したというような社会心理は、今日までも続いて存在する」。[*23] 首都の美から離れた郊外における野生と文明、動物と人間の荒々しい交

*18 「日本美術の心とかたち」『加藤周一セレクション3』（平凡社ライブラリー、二〇〇〇年）三三八頁。
*19 佐藤春夫『近代日本文学の展望』（河出文庫、一九五六年）一〇六頁。「文壇昔ばなし」『谷崎潤一郎全集』（第二一巻）四八六頁。
*20 山口昌男『「敗者」の精神史』（上巻、岩波現代文庫、二〇〇五年）第七章参照。
*21 例えば、村上一郎『岩波茂雄と出版文化』（講談社学術文庫、二〇一三年）によれば「岩波書店が選択した翻訳文化の思惟方式――それは江戸や京の文化を中心とする日本人の考え方を断ち切らぬとほとんど入って行けない――、これを大胆に流布できたことも、やはり地方人の大胆さにもとづいている」（四九頁）。
*22 「豆の葉と太陽」『柳田國男全集』（第二巻、ちくま文庫、一九八九年）四三二頁。
*23 同右、同頁。

雑――、この新たなアソシエーション（連合）は近世以降の「社会心理」にも大きな刺激を与えた。中国と日本、小説と批評を「連合」させた馬琴は、郊外文学を再編成した作家でもあった。

こうして、近世から近代にかけて、日本の小説の最前線は「みやび」の重力を離れて、馬琴的な郊外文学へ、さらに地方の文学としての自然主義へと拡大していく。しかも、花袋の自然主義はたんに鄙びた田舎を「描写」するだけではなく、むしろ日常の地平から離れた美少女／自然人というイデア的存在を追求しようとした。思えば、二〇世紀後半の先鋭な演出家が従来の劇場に代わって、貧しい「むきだしの実験室」として舞台＝探求の場を構成しようとしたとき、演劇の形而上学はもはや具体的な「技術」抜きにはあり得なかった。[*24] 日本文学の旅行も、まさにこの意味でのささやかな「探求の技術」であった。三島が言うように、日本文学では伝統的に「一つの土地から別の土地に移動するということが、すでに、メタフィジカルなものの追求」であったと考えることができる。[*25] たとえどれだけナイーヴで男性中心的であったとしても、花袋が地方の風土にルソー的な「本物」の自己とともに「メタフィジカルなもの」を孕ませたことには、相応の批評的な評価が必要だろう。

読者は意外に思うかもしれないが、私の考えでは、この花袋のプログラムをいっそう過激化したのが坂口安吾である。安吾は故郷の新潟――「関東大震災」と「満洲国との新航路開通」を経て街並みが変わった、しかしそれでいて生気のない「厭世港市」――を舞台とした長編小説『吹雪物語』（一九三八年）で、まさに「みやび」のヴィジュアルな美の世界とは対極の、恐ろしく単調な地方の風景を描いた。かつて花袋が「アリユウシヤ」で樺太の「単調なる道路」と「際限の無い密林」に注目したように、安吾も新潟をモノクロームで平坦な地方都市として再現する。そこでは、出来事の可能性そのものが死滅している。

越後平野はその大半が水田で起伏ひとつないのである。森かげすら関東平野にくらべたら実に寥々たるものであった。すべてがいま白皚々の雪にうずもれ、あらゆる車窓にせまるものが、ただ単調な雪原だった。〔…〕せつないまでに物悲しい単調さのみがつづいていた。

この一切の出来事が死に絶えた破局的風景に、やがて「暗い海へひらかれた虚しいひとつの窓」としてのイデア的な女性が浮かび上がるが、それも救済には程遠い。この暗いヴィジョンは作者自身も深く傷つけるものであった。読者を陰々滅々とさせる北方の風景を描き続けた『吹雪物語』について、安吾は後に「全く悪夢のような小説」であり「空虚な、カラの墓」にすぎないと痛切な調子で回顧している（「『吹雪物語』再版に際して」）。

しかし、たとえ「悪戦苦闘」の果ての失敗作であったにせよ、フィジカルな豊かさを削ぎ落とした『吹雪物語』の「せつないまでに物悲しい単調さ」が、その後の安吾の基調音となったのも確かである。例えば、有名なエッセイ「日本文化私観」（一九四二年）ではドライアイス工場と小菅刑務所の機能性が

＊24　「舞台演出はアプリオリな美学規準から生じるのではなく、むしろ、サルトルが言ったように「あらゆる技術はつねに形而上学の母胎である」」（イェジュイ・グロトフスキ『実験演劇論』大島勉訳、テアトロ、一九七一年、四七頁。訳語は若干変更した）。

＊25　「原型と現代小説」『決定版三島由紀夫全集』（第四〇巻、新潮社、二〇〇四年）三六七頁。

賞賛される。さらに、戦後の自伝的な短編小説「風と光と二十の私と」（一九四七年）になると、『吹雪物語』の底なしの陰鬱さがくるりと反転して、無償の恩寵としての「風」と「光」が上昇した。世田谷の下北沢（当時の荏原郡）の小学校代用教員時代を回想しながら、彼は女先生や悪童たちの魂と交わった至福の境地を語る。

> 私は青空と光を眺めるだけで、もう幸福であった。麦畑を渡る風と光の香気の中で、私は至高の歓喜を感じていた。／雨の日は雨の一粒々々の中にも、嵐の日は狂い叫ぶその音の中にも私はなつかしい命を見つめることができた。

風と光はいずれも感知できるが手でつかまえられない何ものか、存在と不在のあいだに位置する何ものかである。柄谷行人が指摘するように「メタフィジカルなものとフィジカルなものが「風」においてつながってきたのです。安吾が「風」にこだわるのもその意味においてです」[26]。そして、光や風のもつ霊的な性格は、彼の教員時代（二十の私）の記憶に基づく作品内容とも見事に照応していた。なぜなら、記憶もやはり実在しているのに手で触れることのできない抽象物なのだから。安吾の小説において、記憶には風や光と同じ属性が与えられていた。この幸福なヴィジョンは、フィジカルな貧しさによってメタフィジカルな世界を垣間見せた『吹雪物語』なしには得られなかっただろう。

安吾は狭義の「小説家」に収まらない作家であるがゆえに、かえって小説の仕組みを照らし出すところがある。ひとまずここでは、小説とはさまざまなモチーフを言語において共鳴させながら、世界の観測点を構成するメディアであると定義しておこう（ここで言う「モチーフ」は「作品のなかで徹底的に変形し得るだけの十分な現実性を備えたもの」というセザンヌ的な意味で了解してもらいたい）。安吾にとっては、フィジカルなモチーフだけではもはや小説として不十分であった。『吹雪物語』から「風と光と二十の私と」に到るまでに、彼は抽象的な雪や光のモチーフを手がかりにして、近代の風景描写のプロジェクトを徹底していく――、それは花袋の地方の文学がかすめていたイデア的領域を、いっそう研ぎ澄ますことではなかっただろうか？[*27]

5　リアリズムの演習

晩年のカントによれば「人間が全くの自然美によって感動するという事実は、人間がこの世界のために創られ、この世界に適合していることを示している」。[*28] 確かに、人間は幸いにも自然美に感動しやすい性向を備えており、そのことが世界に対する適合性を証明している。もし世界がサルトルの描いたマ

＊26　柄谷行人『坂口安吾と中上健次』（講談社文芸文庫、二〇〇六年）一一一頁。
＊27　なお、安吾的な風景は近年では文学の外で展開されている。例えば、アニメーション作家の宮崎駿やノベルゲーム作家の麻枝准は、まさに「風」や「光」あるいは「雪」の演出によって、架空の風景にメタフィジカルな性格を授けた。逆に、シェイクスピアや漱石のバロック劇的想像力は、このメタフィジカルな風景を悪夢化する。漱石の『虞美人草』や『二百十日』では、安吾と違って風や光は世界を歪ませ、人間を安らぎや至福から遠ざける。形而上学的風景とバロック的風景という二つの「抽象化」の道があり得ることは、ここで指摘しておきたい。
＊28　ハンナ・アーレント『カント政治哲学講義録』（仲正昌樹訳、明月堂書店、二〇〇九年）五七頁。

ロニエの根のように、常時吐き気を催させるものであったとしたら、世界内に存在することは不可能だろう。風景（自然美）はひとびとに無償で「快」を送り込む。小説の風景描写はまさにこの恩寵＝贈与を利用して、作中人物と読者をともに美の観客として同じ世界に内属させる。

しかし、美は決して一定ではない。特に、「みやび」の美に背いた自然主義のカルトグラフィックな想像力は、美の基準も書き換えてしまった。その価値転倒のプロセスは半ば自覚的に推し進められた。例えば、花袋は『蒲団』に先立つ一九〇四年に『太陽』に掲載された名高い評論「露骨なる描写」のなかで、技巧論者から見れば「粗笨」で「支離滅裂」な文体こそが「文壇の進歩」にして「生命」であると述べて、旧来の文体への敵対意識を剥き出しにしていた。この時点で、花袋の自然主義はいわば悪趣味なサブカルチャーを装っていたと言うべきだろう。そして、安吾の『吹雪物語』は、自然主義によって登録された荒々しい文体をいわば「北方ロマン主義」（ロバート・ローゼンブラム）の立場から抽象化／崇高化したものだと考えることができる。

さらに、自然主義の近傍でも、紀行文の文体は一種の実験室として機能していた。例えば、司馬遼太郎は正岡子規について、公的な話題も私的な話題もともに扱える「共通文章語」の創始者として高く評価しながら、その出発点に彼の初期の紀行文を認めた。[*29] 子規の紀行文の文体は美しく整ったものではなかった。例えば、学生時代に書かれた『水戸紀行』（一八八九年）の自序によれば、子規は自らの紀行文の文体を「雅俗折衷、和漢混合何でもかでもかまはず記するもの」と形容し、その本文でも漢詩や俳句を、稚気を帯びた自己劇化の手段として自由に用いていた。しかも、彼はこのごった煮的な文体意識をその後も保ち続ける。一八九八年の論争的な歌論「歌よみにあたふる書」で示された「用語は雅語俗語洋語漢語必要次第用ふる」という有名な指針は、まさに初期の紀行文の延長線上にある。

子規の紀行文の子供っぽい雑種的文体は急ごしらえの産物であり、メディア理論家ノルベルト・ボルツのうまい言い方を借りれば「登場の早すぎた物質と急ぎすぎた総合の段階」すなわち「神話の段階」に属している。[*30]とはいえ、古い日本語を新しい日本語へと成長させるだけの態勢がまだ十分に整わないときに、子規が紀行文のなかに既存のさまざまな文体を避難させたことは、その混乱も含めて重要な意味をもつ。明治期のリアリズム（写生／自然主義）を牽引した子規と花袋にとって、紀行文は不可欠の演習場であった。このことは、リアリズムを確立するためには、文体的にも内容的にも神話の世界のように「何でもかんでも」盛り込める、格式ばらない媒体が必要であったことを示唆する。

むろん、旅行とリアリズムということで言えば、狭義の文学に限る必然性もない。例えば、福澤諭吉は『西洋事情』の刊行と並行して一八六七年に旅行ガイドブックの『西洋旅案内』を発表し、ベストセラーとなった。序章でも述べたが、日本の啓蒙主義はヴォルテールやディドロのような文学者を欠いている。その欠落を埋めるほどではないとはいえ、福澤のガイドブックは中江兆民の『三酔人経綸問答』等とともに啓蒙の文学を代行したと言えるかもしれない。さらに、こうした「情報化」からは政治的な意味も生じる。ベネディクト・アンダーソンによれば、西洋の植民地の国家形成において、人口調査と地図制作、すなわち現地民と土地を分類し、数量化し、情報化するメカニズムは不可欠であった。[*31]福

*29 司馬遼太郎「文章日本語の成立と子規」『子規全集』（第一三巻、講談社、一九七六年）七九〇頁。
*30 ノルベルト・ボルツ『批判理論の系譜学』（山本尤他訳、法政大学出版局、一九九七年）一五九頁。
*31 ベネディクト・アンダーソン『増補　想像の共同体』（白石さや他訳、NTT出版、一九九七年）第十章参照。

澤はこの権力関係を逆転させるように、「案内記」の伝統を用いて先進的な西洋の側こそをマッピングし、複製可能な情報に変えてみせた。

このように、読者にとって未知の情報を提供しようとする紀行文は、花袋においてはリリカルなロマン主義と、福澤においては国民の知を育てる啓蒙主義と、さらに漱石や子規においては童話的ないし神話的世界の解放と結びついた。カルトグラフィックな想像力は、自然主義／写生、ロマン主義／啓蒙主義といった領土の「あいだ」を駆け抜けるメッセンジャーであった。

B　旅の宗教的位相

改めてまとめれば、花袋の紀行文は文学の同一性を脅かしながらも、日本の自然主義にとって不可欠の「前史」となった。そのカルトグラフィックな想像力は首都の洗練された美学を転覆し、地方のイデア的な美少女（「名張少女」）や自然人（『重右衛門の最後』）、あるいは非公共的な死（『田舎教師』）を浮上させる。パルマコン（毒＝薬）としての紀行文は頭脳的な作家をもしばしばナイーヴにしたが、文学を武装解除するその「たわいなさ」を抜きにしては、リアリズムの進歩もあり得なかった。

さて、ここからはもう一つの重要な論題として、日本の旅行文学が宗教的機能と並存していたことに注目したい。旅は新しい現実を求めることであると同時に、近代社会の合理性の外部に出ることでもあった。旅からはリアリズムと宗教性がともに派生する。

例えば、折口信夫が歌における「純客観態度」の由来について「其考えられる原因は旅行である。国家意識の盛んになって、日本の版図の中を出来るだけ見ようとする企ては、後飛鳥期から著しくなって来る」と指摘したように[*32]、『万葉集』の羇旅歌はすでにリアリズムの萌芽を感じさせる。その一方、柿本人麻呂の旅先での「魂振り」の歌は「純客観的」というより呪術的な性格が強い。あるいは、近世の旅行文学は林羅山の『丙辰紀行』にせよ貝原益軒の『木曾路記』にせよ、総じてリアリスティックな名所記や地誌に近づいた。だが、近世の入り口にいた松尾芭蕉の紀行文は、中世的な宗教文学の性格を色濃く留めている[*33]。「古人の跡を求めず、古人の求めしところを求めよ」という言葉を弟子の森川許六に述べた巡礼者・芭蕉は、死者と同じ欲望を旅によって共有しようとした。柳田が指摘するように「風景の起原はどこの国でも宗教がこれを誘うておる」のだとすれば[*34]、旅行文学や叙景歌から宗教性を一掃するのは容易ではない。

旅行の宗教的機能について考えるときに、アンダーソンの「想像の共同体」論を思い出すのは有益だろう。彼は近代の国民国家を成立させる「出版資本主義」の台頭以前には、宗教的な「巡礼」が広域の共同性の地盤になったと論じていた。例えば、メッカの巡礼者たちは、お互いに面識がなく人種も異なるにもかかわらず、同じ「ムスリム」としての想像上の同一性——ヴィクター・ターナーの言う反構造

*32 「叙景詩の発生」『折口信夫全集』(第一巻) 四〇九頁。
*33 近世の写実的な紀行文の台頭と、そのなかでの芭蕉の特異性については、板坂耀子『江戸の紀行文』(中公新書、二〇一一年) が詳しい。
*34 「雪国の春」『柳田國男全集』(第二巻) 一七九頁。

的なコミュニタス（公式的な紐帯を超えてひとびとを繋げる結合力）――を獲得した。

　マレー人、ペルシア人、インド人、ベルベル人、トルコ人がメッカで奇妙にも物理的に並存すること、このことは、なんらかの形でかれらの共同性が観念されることなしには理解できない。〔…〕出版時代以前には、想像の宗教共同体の現実性は、なににもまして、無数の、やむことのない旅に深く依存していた。[*35]

　この古い「想像の宗教共同体」は近代の国民国家とも並存し得る。日本における近代版の「巡礼」は、鉄道旅行によって組織された。鉄道はたんに機能的なインフラに留まらず、それ自体がさまざまな「集合表象」の母胎となった。香港の社会学者・張彧暋（ちょういくまん）がデュルケム的観点から論じるように、日本の鉄道に関する想像力は異常に肥大化し、ほとんど近代の「トーテム」の様相を呈している。張が注目するように、柳田國男は「汽車の巡礼本位」（『明治大正史世相篇』）という一風変わった言葉によって、鉄道のテクノロジーが過去の聖地巡礼を復興したと見なしていた。[*36] 文学で言えば、宮沢賢治の『銀河鉄道の夜』や志賀直哉の『暗夜行路』がそれに該当するだろう。

　もっとも、ここでは「想像の宗教共同体」を生み出す巡礼については語らない。私はむしろ、宗教的な旅と「倫理」の結びつきを重視したい。アリストテレス的に言えば、倫理とは真の幸福を得るための「習慣づけ」のガイドラインであり、とりわけそこでは「観照の快楽」が推奨される。ただ、倫理的な幸福を追求しようとするならば、たんに快楽的なものだけではなく、苦しみについての省察も必要なのではないか？　この観点からすると、日本の宗教的な旅行文学に苦しみの発見と転置が書き込まれたのは、きわめて示唆的なことに思える。日本の紀行文は自然主義的リアリズムの基盤であっただけではなく、宗教的な倫理の基盤でもあった――、そのことを論証するために、私は以下、森鷗外、折口信夫、島崎藤村のテクストについて考察していこう。

1　鷗外の演劇的想像力

鷗外は一般的には小説家として知られるが、西洋演劇の紹介者としての功績も計り知れない。「日本の劇は国民的性質を得るには最も其便あり」と述べて「国民劇」の可能性を模索していた鷗外は、自ら戯曲を執筆し、劇の翻訳にも情熱を傾けた。[*37] 彼の訳詩集『於母影』（一八八九年）が詩壇を席巻したように、一九〇九年刊行の『一幕物』に収められた戯曲の翻訳も文学青年たちを触発した。同じ〇九年には、木下杢太郎、与謝野晶子、吉井勇らが戯曲作品を発表した雑誌『スバル』の創刊号に、鷗外の「プルムウラ」――八世紀のインドとアラビアを舞台にしたエキゾティックな戯曲で、長女の森茉莉の世界観を予告していると言えなくもない――が掲載される一方、やはり同年に、小山内薫は自由劇場の旗揚げ公演

＊35　アンダーソン前掲書、九九頁。
＊36　張彧暋『鉄道への夢が日本人を作った』（山岡由美訳、朝日新聞出版、二〇一五年）一三、二〇八頁。
＊37　「演劇場裏の詩人」『鷗外全集』（第二二巻、岩波書店）一〇六頁。鷗外の演劇史上の業績については、金子幸代『鷗外と近代劇』（大東出版社、二〇一一年）が詳しい。

のために、鷗外にイプセンの『ジョン・ガブリエル・ボルクマン』の翻訳を依頼し、それは日本初のイプセン劇の上演となった。さらに、鷗外は翻訳の方法論についても一家言あり、石橋忍月との論争においては、哲学書とは違って戯曲には逐語訳が向かないと主張していた。

一言で言えば、鷗外は日本の近代演劇のプラットフォームを整備した作家である。ただ、彼の戯曲は上演の機会も得たとはいえ、その作品の言葉遣いは必ずしも当時の劇場には順応していなかった。中村真一郎によれば「〔鷗外の散文的な戯曲『仮面』における〕知識人の思索的台詞は、新派から新劇に至る、情緒的日常語とあまりにかけ離れて」おり、上演の適性を備えていたとは言い難かった。*38 ここにもまた、本書で縷々述べてきた演劇的想像力と劇場の不調和というパターンが反復されている。

したがって、漱石や谷崎と同じように、鷗外の演劇的想像力がしばしば戯曲の外へと拡散したのは偶然ではない。私たちはその好例を一九一五年に発表された「山椒大夫」に認めることができる。後の有名な評論「歴史其儘と歴史離れ」のなかで、鷗外は「山椒大夫」の成り立ちをこう説明していた。

まだ弟篤次郎の生きていた頃、わたくしは種々の流派の短い語物を集めて見たことがある。その中に粟の鳥を逐う女の事があった。わたくしはそれを一幕物に書きたいと弟に言った。弟は出来たら成田屋にさせると云った。まだ団十郎も生きていたのである。／粟の鳥を逐う女の事は、山椒大夫伝説の一節である。わたくしは昔手に取ったままで棄てた一幕物の企を、今単篇小説に蘇らせようと思い立った。

ここで言う「山椒大夫伝説」は、神仏の人間時代の苦しみを主題とした中世末期の語り物・説経節に由来する。説経「さんせう太夫」は安寿と厨子王の姉弟が人攫いによって母から引き離され、丹後由良の山椒大夫のもとに売り飛ばされた後、安寿は拷問によって惨死し、逃亡した厨子王は朝廷の高官となって山椒大夫とその息子を鋸挽きに処してから、佐渡で盲目の母と再会するという、ひどく血腥い物語である。と同時に、いわゆる「本地物」（神仏の人間時代を説く語り物）に属するこの作品は、丹後国で崇拝されている銕焼（かなやき）地蔵の来歴として、その地蔵を身に着けていた安寿の受難を語る物語でもあった。鷗外は弟の演劇批評家・三木竹二（森篤次郎）と相談して、日本海沿岸の広い地域を舞台としたこの中世の伝説を、一幕物の芝居に仕立てることを計画した。だが、そのプランは成就せず、結局は弟の死後に短編小説として発表されることになる。今日私たちが読む鷗外の「山椒大夫」は、まさに戯曲になりそびれた小説であった。

もとより、仏教説話はジャータカ（仏の前世譚）をはじめとして、しばしば超越的存在の人間化というモチーフを含む。説経「さんせう太夫」も、地蔵菩薩崇拝の起源を教えるという名目のもとで、地蔵の前身である安寿の苦しみを語った。レヴィ＝ストロースに従って、世界が今なぜこのように分節化されているのかを過去に遡って説明すること（＝起源の創設）を神話の主要機能と考えるならば[*39]、説経節はまさに神話的なシステムそのものである。なぜなら、そこでは、過去の人間の苦しみから、いかに現在の

＊38　中村真一郎『再読日本近代文学』（集英社、一九九五年）二九頁。
＊39　クロード・レヴィ＝ストロース『構造・神話・労働』（三好郁朗他訳、みすず書房、一九七九年）六六頁以下。

「分離」（神仏／人間）が生じたかという起源が説明されるのだから。

説経節の上演形態については完全に解明されたわけではないが、アウトカーストかそれに近い階層の演じる屋外演劇であったと思われる（そのため、説経節では被差別者が階級的に上昇するという筋書きが好まれる）。当時の絵画資料によれば、説経の演技者は大傘を立てかけ、ササラを伴奏楽器として、寺社（天王寺や善光寺等）や屋敷の門前でパフォーマンスをした。だが、この中世の民間芸能を鷗外のような近代人がそのまま受け継ぐのは困難であった。彼の「山椒大夫」において、原作からのさまざまな変更が生じるのは避けられなかった。

現に、岩崎武夫は鷗外の改作のやり方に強い不満を漏らしている。「鷗外の作品で最も納得できないのは、説経のいわば生命ともいうべき場の構造と論理をかえりみない点である」[*40]。例えば、原作で山椒大夫を鋸挽きにするシーンは、岩崎も言うように「祭りの場のもつ解放的な気分」を伴っていただろうし、厨子王をかくまった和尚が長大な経尽くし及び神社尽くしの誓文を読みあげる場面も、賑々しい祝祭性に満ちていただろう。しかし、こうした猥雑なパフォーマンスは、鷗外版では綺麗さっぱり削除された。折口信夫が鋭く指摘したように、鷗外の文学は「フォークロア」を「クラシック」に[*41]——庶民的なサブカルチャーを民族の高貴な古典のように——偽装している。この巧みな工作によって、彼は人間がモノのように売り買いされる市民社会以前の世界の残酷さを、格調高い芸術として示すことができた。

それは同時に、原作を満たす生々しい苦痛をいわば精密な剝製に、つまり形式的なプログラムに変えることでもあった。古典主義的な外見を与えられた鷗外の「山椒大夫」は、原作の陰惨な嗜虐趣味を除去し、夢や暗示に置き換えている。例えば、原作では安寿に罰として焼き印が押されるが、鷗外はこの場面を夢として処理した。さらに、原作では陰惨な拷問によって殺される安寿は、鷗外版では自ら身投げして水死する。他方、厨子王は世界に対する濃密なリアリティを失って「ぼんやり」した離人症的状態にある。「厨子王はなんとも思い定め兼ねて、ぼんやりして附いて降りる。姉は今年十五になり、弟は十三になっているが、女は早くおとなびて、その上物に憑かれたように、聡く賢くなっているので、厨子王は姉の詞に背くことが出来ぬのである」。

この生々しさの欠如は、旅する身体にも及ぶ。折口が説経節（唱導文学）について「旅行と言うことがついて廻って居たのである。〔…〕文学は、旅行そのものであった」と述べたように[*42]、説経節は旅の苦しみと切り離せなかった。それに対して、鷗外は安寿と厨子王の旅と苦しみを、遥か遠点から測量するように描いている。「越後の春日を経て今津へ出る道を、珍らしい旅人の一群が歩いている。〔…〕近い道を物詣にでも歩くのなら、ふさわしくも見えそうな一群であるが、笠やら杖やら甲斐々々しい出立をしているのが、誰の目にも珍らしく、又気の毒に感ぜられるのである」という冒頭の文章は、旅の「体験」が旅についての「観察」に置き換えられたことを示すものだろう。

そもそも、鷗外は文字通りの地図制作者であった。例えば、彼の代表作『青年』（一九一〇年）は「小泉純一は芝日陰町の宿屋を出て、東京方眼図を片手に人にうるさく問うて、新橋停留場から上野行の電

*40 岩崎武夫『さんせう太夫考』（平凡社ライブラリー、一九九四年）三九頁。
*41 『折口信夫全集　ノート編』（第一巻、中央公論社、一九七一年）二八四頁。折口の考えでは、この鷗外の手法は菊池寛に受け継がれる。
*42 「唱導文学」『折口信夫全集』（第四巻）七九頁。

車に乗った」と書き出されるが、実はこの『東京方眼図』は鷗外自身が立案し、一九〇九年に春陽堂から発行された小冊子である。彼の古典主義的な文学は、ベルリンを舞台にした「舞姫」にせよ東京を舞台にした『青年』にせよ、きっちりと地図を描き、そこに人間や事象を象嵌することによって得られる。いたずらに個性を主張することのない鷗外のシステマティックな文体は、三島由紀夫が指摘するように、近代社会の諸相（日本のトリヴィアルな現実から世界の思潮まで）を隙なくまとめあげたが、[*43] その文体の揺ぎなさは精細な地図の所産であった。逆に、この種の「背景」の書き込みを最小限に減らすと「普請中」（一九一〇年）のような冷たい画面ができあがる。そこでは、感情や言葉のような可変的なものが、ひっそりとした空間に昆虫標本のようにピン留めされる。鷗外を敬愛した花袋が信州や名張というトポスの発見者であったとすれば、鷗外自身はむしろ風土性を解消しながら、空間の粒度を巧みに操作した演出家的な作家であった。

この観点を敷衍すると、ローマやナポリ、ヴェネチアを舞台としたアンデルセン原作の『即興詩人』（一九〇二年）や欧米の短編小説の翻訳を集めた『諸国物語』（一九一五年）も、鷗外の手がけた旅行案内記あるいは文学地図として読み解けるだろう。特に、フランスの書簡体小説からポーのミステリに到る一九世紀以降のさまざまな文学流派を標本のように並べた『諸国物語』は、訳者の思い入れを排除した「他に比類のない無精神の大事業」（石川淳）であり、[*44] だからこそ有用なカタログとなった。外国文学の蓄積を均質な地図としてアーカイヴ化＝空間化すること——、この無思想＝無精神の地図制作は、『太陽』や花袋の『南船北馬』にも通じている。日本文学の更新のためには、ときに思想やスローガン以上に、未知の情報を整理した地図こそが有効であった。

他方、「山椒大夫」の日本海沿岸の旅も一種の「地図制作」ではあるが、それは過去の悲惨な苦しみに古典主義的な揺るぎない造形を与えることに繋がっていた。鷗外が「さんせう太夫」を小説に仕立て直したとき、確かに日本人の指針となってきた古い宗教性も回帰してくる――ただし、原作のような生々しい身体的苦痛としてではなく、人間の苦痛という形式として。彼のカルトグラフィックな想像力においては、グローバルな世界文学からローカルな苦しみまでが純粋な観察対象として立ち上がってくるだろう。

2　短編小説の仕事

第一次大戦の勃発した一九一四年から一六年にかけて、花袋は紀行文作家として『日本一周』全三巻を博文館から刊行した。彼の「地図」は近代の国民国家としての「日本」の領土とますます近似していった。逆に、大戦の直前まで『椋鳥通信』でヨーロッパの状況を伝えていた鷗外は、一五年の「山椒大夫」でことさら国民国家以前の地図を描き直し、市民社会以前の旅と苦痛を再現した。それは、近代以前の空間に文学を置き直すことを意味している。

もとより、苦痛をどう評価し考量するかは、思想の根本的性格に直結する。例えば、アドルノは「哲

＊43　三島由紀夫『作家論』二〇頁。
＊44　石川淳『森鷗外』一二一頁。

学の歴史からは人類の苦しみがほとんど見て取れないのは驚くべきことだ」というジンメルの警句に注意を促している。[*45] 快楽と苦痛の計算に勤しむ功利主義は古くから存在したとはいえ、人類史に刻み込まれた苦しみの連鎖は、西洋の哲学においてある時期まで中核的な問題ではなかったのかもしれない。それに対して、仏教の影響を強く受けた東アジアの文化環境では、人間の苦しみへの洞察は不可欠であり、それは説経節を含む日本文学も例外ではなかった。

ただ、ここで重要なのは、鷗外がその苦痛の表現をことさらマイナーな歴史的素材に託したことである。尾形仂が指摘するように「鷗外がその歴史小説に描き上げた世界、ないしはその史料として藉り用いた文献は、いわゆる国文学上の古典とはかなり選を異にしている」。[*46] 鷗外の文学は、すでに見向きされなくなった過去の文献や芸能を利用する。だが、説経節もそうだが、ジャンルを支える社会的環境がとっくになくなってしまった以上、彼はそのマイナーなジャンルの仮面を作ることしかできない（アドルノのラヴェル論の言い方を借りれば、鷗外はまさに「仮面の大家」の名に相応しい）。大柄な歴史的事件や人物は、彼の繊細でアンティークな文学にはそぐわなかった。

漱石が多くの長編小説を残したのとは違って、鷗外の代表作はもっぱら短編小説に集中している。これは両者の資質の違いとともに、鷗外の題材にとって「短さ」が本質的であったことを示唆している。短編小説をたんに量的に短い文学と見なすだけでは不十分である。例えば、ジェルジ・ルカーチの考えでは、短編小説は「そのときどきの社会的世界を文学によって普遍的にとらえることがまだない時代に登場してくるか、もはやない時代に登場してくるかのどちらかである」。短編小説というプロジェクトに切実さが宿るのは、未知の社会的現実の「先触れ」（予兆）を、あるいは終末を迎えつつある社会的現実の「最後の響き」(余韻)をつかもうとするときである。[*47] すなわち、ある社会をリアリスティックに再現しようとして、しかも当の社会そのものがもはや/いまだ全面的には姿を現さないとき、「短さ」が文学上の効力を発揮する。

ルカーチの分類で言えば、鷗外の「山椒大夫」はまさに前時代の宗教的感情の「最後の響き」を伝えるものである。説経節のアンティークな形式は、それ自体としてはすでに衰退している。鷗外はもう二度と成り立たないこの幽霊的なジャンルを再現するのに、短編小説の暗示的な力を借りた。「わたくしは(山椒大夫の)伝説其物をも、余り精しく探らずに、夢のような物語を夢のように思い浮べて見た」(「歴史其儘と歴史離れ」)。大掛かりな長編小説だと、この「夢のような物語」は形式の圧力に負けて、ひしゃげてしまうだろう。鷗外の短編小説は、変わりゆく世界に再び過去の「夢」を見せるアナクロニズムの装置として機能する。

そもそも、説経節に限らず、パフォーマンス的な表現様式は鷗外の作品では総じて「遺物」の外見を呈していた。例えば、依田学海らとともに出席した怪談会をテーマとした短編小説「百物語」(一九一一年)のなかで、彼は「百物語と云うものに呼ばれて来たものの、その百物語は過ぎ去った世の遺物である」と冷淡に書き記している。

*45 アドルノ『否定弁証法』(木田元他訳、作品社、一九九六年)一八七頁。
*46 尾形仂『鷗外の歴史小説』(岩波現代文庫、二〇〇二年)三頁。
*47 ジェルジ・ルカーチ『ソルジェニーツィン』(池田浩士訳、紀伊國屋書店、一九七一年)五頁。

遺物だと云っても、物はもう亡くなって、ただ空き名が残っているに過ぎない。〔…〕怪談だの百物語だのと云うものの全体が、イブセンの所謂幽霊になってしまっている。それだから人を引き附ける力がない。客がてんでに勝手な事を考えるのを妨げる力がない。

東アジアの小説史を振り返ってみると、その古層には怪談の水脈が認められる。中国の小説の原始的形態は六朝時代の「志怪小説」（怪異な出来事の記録）にあり、近世においても蒲松齢（ほしょうれい）『聊斎志異』（りょうさいしい）や袁枚（えんばい）『子不語』等によってその伝統は受け継がれた。怪談は「子は怪力乱神を語らず」をモットーとする儒教の意味的分節化の余白に生じ、地理書や歴史書のスタイルを擬態しながら、フィクションの想像力の拠点となった。日本でも、近世には怪談的な随筆が流行し、『諸国百物語』や『西鶴諸国咄』、さらに花袋の「重右衛門の最後」や柳田の『遠野物語』に到るまで、怪談（百物語）はときに紀行文と結びつきながら発展してきた。

東アジアにおける怪談が重要な文学史的意味をもつのは明らかである。だが、少なくとも鷗外は、それを「人を引き附ける力がない」過去の遺物と見なした。「山椒大夫」や「百物語」のような彼の短編小説は生気溢れたジャンルを新規開拓するよりは、半ば幽霊化したジャンルの「最後の響き」をときに格調高い、ときにクールでシニカルな文体によって再生することを選んだ。

むろん、『うた日記』のような実験的詩歌集も残した鷗外は、決して退嬰的な復古主義者ではない。ドイツの哲学者ハルトマンを手がかりにして「規範的」な美学（審美学）を日本に導入しようとした彼は、幸田露伴、斎藤緑雨との座談会「三人冗語」を通じて樋口一葉の才能を見出し、その後の「雲中語」でも若手の小説に手厳しい批評を加えるという具合に、美学者・批評家としても健筆をふるった。東西の文化がカオス的に混ざりあった明治期の日本において、文芸の監視者として「澄清」な認識をもたらすこと――、そこに鷗外流の批評の衛生学が認められる。逆に、文学上の「標準」を示さない坪内逍遥の「没理想」では「混沌たる文界」の鎮圧は望むべくもなかった。[*48]

しかし、彼が日本文壇に真に偉大な文芸を期待したかどうかは別問題である。そもそも、古代ギリシアからヘーゲルに到る「美学の歴史」を考察したハイデッガーによれば、芸術を知=概念の対象とする美学のプロジェクトそのものが、文芸の衰退と軌を一にしていた。「偉大な芸術が――しかしまたそれと並んでおこなわれた偉大な哲学も――その終末へむかった瞬間に、美学がようやくギリシア人の間で始まるのである」。[*49] 美学者・鷗外の「山椒大夫」や「百物語」も、終末へ向かった芸術の余韻を静かに伝えるものであった。

3　折口信夫と旅する幼い神

人間が法の庇護を失って、剥き出しの存在として扱われる世界――、その市民社会以前の残酷さは鷗外の主要なモチーフであった。問題はその表現様式にある。例えば、中国では古代の『春秋左氏伝』や

＊48　「しがらみ草紙の本領を論ず」『鷗外全集』（第二二巻）二七頁。
＊49　マルティン・ハイデッガー『ニーチェ』（第一巻、細谷貞雄監訳、平凡社ライブラリー、一九九七年）一一五頁。

『史記』以来、歴史書が法外のカタストロフィとしての戦争を象ってきた。鷗外自身の資質も、ヨーロッパ文学で言えば一九世紀の市民社会に立脚した小説家以上に、一八世紀ドイツのハインリヒ・フォン・クライストのようにカタストロフィに取り憑かれた作家に近かっただろう。[*50] 実際、鷗外はクライストの「聖ドミンゴ島の婚約」(「悪因縁」)や「チリの地震」(「地震」)の翻訳者でもあった。

しかし、現実的には、鷗外にとって大掛かりな戦争や災害は文学的なテーマにはなり得ず、大逆事件の後に書かれた「阿部一族」(一九一三年)におけるお家騒動や「大塩平八郎」(一九一四年)におけるクーデターに置き換えられる。だが、そのクーデターの首謀者も、自らの政治的行動を他人事のようにしか感じられない。「己が陰謀を推して進めたのではなくて、陰謀が己を拉して走ったのだと云っても好い。一体此終局はどうなり行くだろう。平八郎はこう思い続けた」(「大塩平八郎」)。こうして、戦争やクーデターのようなカタストロフィをときに離人症的に「夢」のように描く一方で、鷗外は旅行文学の説経節を古典主義的な鋳型のなかに収め、苦しみを象っていた。

このように、日本の旅行文学はたんに美的・快楽的なものだけではなく、倫理的・宗教的なものも含む。ここで興味深いのは「苦しみ」をモチーフとする説経節の遺産が、鷗外だけではなく折口信夫によっても再利用されたことである。折口は説経節の小栗判官の伝説——そこには変身、浄化、復活のモチーフが重層的に畳み込まれている——に強い関心を寄せる一方、説経「しんとく丸」を下敷きにした「身毒丸」(一九一七年)という短編小説も発表した。二年前の鷗外の「山椒大夫」と同じく、折口の「身毒丸」も演劇と隣接している。

わたしどもには、歴史と伝説との間に、そう鮮やかなくぎりをつけて考えることは出来ません。殊に現今の史家の史論の可能性と表現法とを疑うて居ます。史論の効果は当然具体的に現れて来なければならぬもので、小説か或は更に進んで劇の形を採らねばならぬと考えます。(「身毒丸附言」)

もっとも、演劇への関心は共通するものの、折口は鷗外の「芸能の古典主義化」には与しなかった。折口の考えでは、鷗外の作品は「文学上の行儀手引き」にすぎず、文学の将来に必要な「血みどろになった処」が不足していた。[*51]『ファウスト』の翻訳者で医者であった鷗外がゲーテに対応するとしたら、折口はゲーテを批判したロマン派のノヴァーリスに対応するだろう。折口が鷗外よりも逍遥を高く評価した例外的な批評家であったことも、ここで想起しておこう(第二章参照)。

では、折口自身は説経節の遺産をどう受け継いだのか? 説経「しんとく丸」は、継母の呪いによって盲目となった主人公が、熊野の湯に向かう途上で恋人の祈りと清水寺の観音のおかげで浄化される物語である。それに対して、折口はこの原作から仏教の宣伝メディアとしての性格を取り去って「最原始的な物語」に戻そうとした。折口版の「身毒丸」の主人公とその父親・信吉法師は「先祖から持ち伝えた病気」、すなわち「蝦蟇の肌のような斑点」が皮膚を覆う奇病に冒されている。家系の呪いを背負った身毒丸は、父親と離れて源内法師のもとに預けられるが、やがて女人への情欲に苦しめられる。かた

＊50 ジョージ・スタイナー『トルストイかドストエフスキーか』四一頁。
＊51 「好悪の論」『折口信夫全集』(第三二巻) 四六頁。

や、法師も身毒丸を愛するあまりに性的な邪念に囚われる。「〔身毒丸の〕どろどろと蕩けた毒血を吸う、自身の姿があさましく目にちらついた。彼は持仏堂に走り込んで、泣くばかり大きな声で、この邪念を払わせたまえと祈った」。

こうして、それぞれに性欲の問題を抱えるうちに、身毒丸を含めて源内法師の弟子たちは奈良から長谷寺、さらに伊賀へと旅に出る。その道中、弟子たちの口論の後で、身毒丸は法師から「おまえも、やっぱり、父の子じゃったのう。信吉坊の血が、まだ一代きりの捨身では、おさまらなかったものと見える」と告げられ、その晩の旅寝の夢のなかでどこかで見覚えのある顔と出会う……。ただ、物語はこれ以上展開せず、夢から覚めた主人公のせつない心地を強調しながら唐突に締めくくられる。この「原始的」な旅行文学においては、エロスや呪いのモチーフとともに、孤児となった身毒丸の寂しさやせつなさが随所で仄めかされていた。

この謎めいた作品を読み解くのは難しいが、私はひとまず、折口がことさら素朴なやり方で説経節から神の存在論を抽出したと考えてみたい。もとより、折口の考えでは、古代の旅人はしばしば神格を備えていた。「昔、国と国、村と村との境が厳重で、自由に通行出来なかった頃、神だけは咎められずに通る事が出来たので、厳格に言えば、旅行する者は神であった」[52]。さらに、ここで強調すべきは、この旅する神は一神教の父権的な超越者ではなく、むしろ幼く弱い存在であったことである。説経節の主人公は「常にある旅程を経て来り、而もかよわい神であった者」であり[53]、その特性は折口版の「身毒丸」にも受け継がれる。折口は別の論考でより明確にこう記す。

神を携行して、永い旅路を経廻ったのが、日本上古の信仰布教の通常の形となって居た。〔…〕〔その宗教集団の〕神は、其等の神人の手で育成せられて、次第に霊威を発揮した尊い神であるが、時には、まだ幼くて、神人の保護から離れることの出来ぬ未完成の神であることもあった程だ。[*54]

折口は有名な「まれびと」論でも旅人を神として捉えている。しかし、共同体に来訪した他者（旅行者）が超越者になるというだけならば、柄谷行人が指摘するように、人類学で言うストレンジャーやトリックスターの概念とさほど変わらない。[*55] 折口の独自性は、旅行する「客人」としての神を未完成の存在——柳田國男の言う「小さ子」——と見なしたことにある。かつて哲学者のヤスパースは「途上にあること」（Auf-dem-Wege-sein）を「時間のうちに存する人間の運命」と捉えた。[*56] だが、奇妙なことに、日本の場合「途上にあること」は神の存在論的ステータスにも当てはまる。説経節の主人公からかぐや姫、一寸法師等に到るまで、日本の小さな神は道中の存在、すなわち旅し、苦しみ、成長する存在として描き出された。したがって、物語における「養育」や「成長」はたんなる日常的な現象ではなく、しばしば神話的な輝きを授けられる（今日で言えば、宮崎駿のアニメーションの「小さ子」の成長を想起してもらえばよい）。

＊52 「日本芸能史序説」『折口信夫全集』（第二一巻）二二四頁。
＊53 「唱導文芸序説」『折口信夫全集』（第四巻）一〇六頁。
＊54 「日本文学の発生」『折口信夫全集』（第四巻）三七二頁。
＊55 柄谷行人『ヒューモアとしての唯物論』（講談社学術文庫、一九九九年）二九六頁。
＊56 ヤスパース『哲学入門』（草薙正夫訳、新潮文庫、一九五四年）一六頁。

ここには、日本文学における超越的なものとの関係の仕方が示唆されている。

ゲイにして自由人であった折口自身は、近代の再生産＝生殖システムに参与することなく、後に硫黄島で戦死した春洋を養子にしただけであった（晩年の述懐によれば「恋に心を放つことの妨げになりそうな事は、皆避けて来た。其でとうとう家庭なども持つことなく、命も過ぎ行こうとしているのである」）。[57] だが、学者としての折口はむしろ日本文学に潜む家族的関係――「産むこと」ではなく「育てること」――を掘り起こし、それを自作の「身毒丸」において展開した。時間に内在する未完成の幼い神が、養育を介して人間たちと関わるというのは、彼の重要な発見である。

しかし、近代の家族原理はまさにこのプログラムを解体する。時代は中世に設定されているとはいえ、「身毒丸」の主人公はもはや養育から締め出された孤独な旅する神にすぎない。この種の神の孤独さは、「身毒丸」執筆と同時期の一九一四年に連載された未完の自伝的小説「口ぶえ」にも引き継がれた。興味深いことに、大阪の百済中学の学生である主人公の少年・漆間安良（うるまやすら）は説経節の遺産に触れていた。

> 安良はいま、乳母の家が、河内の高安きっての旧家であったことや、よくはなして聴かされた業平の恋の淵の話や、俊徳丸の因果物語を後から後から思い出して、その温い懐のうちで、やわらかな乳房をまさぐっているような心地にかえっている。

安良の父親は「朱子や王陽明などいうむつかしい名の支那人の書いた書物をたくさん蓄えている学者」で、母親は「女大学で育てあげられた女」であった。それに対して、安良の乳母は説経「しんとく丸」

（高安長者伝説）ゆかりの高安の出身であり、彼自身もそのエロスに誘われて旅に出る。まずは安良の祖父の里である「大和国高市郡飛鳥、古い国、古い里、そこに二千年来の歴史を持った、古い家」へ、それから京都へ……。父母が知＝学問と深く結びついていたのに対して、乳母や祖父は文学＝エロスを呼び起こす。祖父の実家では「ひろい神の心が、安良の胸に、あたたかく溶けこんでくる」だろう。

と同時に、大和への旅でもすでに仄めかされていたことだが、善峯寺（よしみねでら）の少年・渥美と落ちあう京都への旅では、同性愛のモチーフがいっそう上昇してくる。そこには罪の意識も伴われていた。「彼〔安良〕は恐ろしいたくみを擁いていた。叔母や母をだました大和めぐりよりももっと根強い罪に対うて行くのだと知っている」。そして、安良と渥美の二人の旅は、最後は谷底を前にした心中を思わせる場面で終わっている。彼らは大人たちの世界から離れ、二人きりの小さ子＝神として死に向かった。

折口が旅と同性愛を関連づけたのは、「口ぶえ」のような小説においてだけではない。例えば、釈迢空名義で一九二五年に出された折口最初の歌集『海やまのあひだ』に収録された連作「奥熊野」は、一九一二年に伊勢清志と上道清一の二人を連れた紀州への旅の経験がもとになっている。*58 当時、中学教員であった折口は、この歌集で教え子の清志への恋心を仄めかしていた。興味深いことに、「奥熊野」

*57 「わが子・我が母」『折口信夫全集』（第三三巻）三一四頁。

*58 折口の弟子・山本健吉は『いのちとかたち』（角川文庫、一九九七年）で「迢空が「海やまのあひだ」といったイメージには、熊野の地勢に代表されるこのような土地柄がある。それはおおかたの日本の地勢でもあった。言わば、海と山とが相接している、悲しい島国日本ということである」と記す（一二頁）。山が海へと一気に落下していく熊野の地勢は、日本の風土そのものの縮図であった。

の原本である「安乗帖」には、花袋の紀行文集『南船北馬』（そこには熊野と志摩への旅行記が含まれる）の影響が認められる。*59 折口は若い頃に『南船北馬』を読んでおり、後の講義では、美少女に夢中になるロリコン男性をあえて安っぽく殺した「少女病」（一九〇七年）以降の花袋について、こう記していた。

自然主義の陣頭に立って戦うようになった彼の作物が、やはり依然として、昔の濃やかな紀行文の色彩を失わずにおり、静かな感激に輝いているような場合は、彼の作物だけがもっているよさに人を誘うたものである。*60

折口の批評眼は、自然主義作家ではなく紀行文作家としての花袋に「良さ」を認めている。内容的に見ても、花袋の『南船北馬』所収の「伊良湖半島」には、ともに安乗の灯台を眺めた四歳歳下の松岡國男に対するほとんどホモエロティックな情緒が記されていた。そもそも、花袋は『蒲団』で有名になる以前に、この美貌の松岡國男をモデルにした小説を『野の花』（一九〇一年）をはじめ数作書いていた。岡谷公二が鋭く指摘するように、花袋はこの初期の小説群で「松岡國男という存在に呪縛されていた」のであり、その呪縛が解けて「前歯のひどく突き出た醜男」としての自分自身を主人公としたとき、彼の自然主義が始まったと考えることができる。*61 してみると、「伊良湖半島」の美青年から「月瀬紀遊」の美少女に到るアイドル的存在を含む花袋の紀行文には、自然主義／私小説の「前史」としての擬似同性愛と少女愛がともに刻印されていたことになるだろう（それにしても、ホモセクシュアルなロリコンというのは、お決まりの性愛論を戸惑わせる存在ではないだろうか?・）。

ただ、折口の同性愛は花袋の『南船北馬』の無邪気な友情関係とは異なり、死や罪、苦しみと隣接している。しかも、彼はその苦しみを「人間的」でどろどろとした情念ではなく、むしろ「神的」でせつない情動として描いた。この情動の神化において、折口の想像力は後の良質の少女漫画を予告するところがあるだろう。安良に説経節の旅する幼い神が暗示的に重ねられたことは、折口のテーマの繊細さと関わっている。花袋ふうのあけっぴろげな紀行文では書けない不透明な秘密に対して、それでも言葉を与えようとするとき、小さい神の苦痛を象る説経節は最適のプログラムとなった。

4　中世的／近世的

鷗外のカルトグラフィックな想像力が澄明な「古典主義化」を準備し、性欲ですら『ヰタ・セクスアリス』で隙なく図面化したのに対して——ちなみに、この性の精密な剥製を「耽美的」に装飾したのが森茉莉のBL小説ではなかったか？[*62]——、折口のロマン主義的な旅行文学は、公共化できないセクシュアリティを「小さ子」としての神に託す。それは、花袋ふうのリリカルな紀行文を「神化」しつつ、せつな

*59　富岡多惠子『釋迢空ノート』（岩波現代文庫、二〇〇六年）一五八頁以下。
*60　『折口信夫全集　ノート編』三九七頁。
*61　岡谷前掲書、二一一頁。
*62　中島梓『コミュニケーション不全症候群』（ちくま文庫、一九九五年）によれば、森茉莉の描く同性愛には父と娘の近親相姦が匂わされている。茉莉は父の古典主義をいわばクィア化しつつ純愛化した。これを別の角度から言えば、中島も指摘するように、ボーイズラブは潜在的に「母の排除」を含んでいるということだろう。

い情動を作中に走らせることであった。

ところで、鷗外や折口が説経節を復興したことは、本書の文脈で言えば、近世を回避したということでもある。もともと、中世の説経節は、近世の浄瑠璃に駆逐された古いタイプの演劇として位置づけられてきた。例えば、近世の享保期の儒者・太宰春台は『独語』で、説経節がもっぱら「古きこと」に素材を限定し、その発声も「哀みて傷るといふ声」であったと評する一方で、新興の「鄙俚猥褻」な浄瑠璃の「淫声」については風紀紊乱の廉で厳しく批判している（なお、音楽を社会の自己表現と見なすのは孔子以来の儒者の常道である）。この太宰の評言は、中世の街場の説経節が近世のエロティックな劇場に不適合であったことも示唆する。それゆえ、説経節を基準点とすれば、中世と近世のあいだの演劇の変容が際立ってくるだろう。

一口に「前近代」と言っても、その内部には当然差異がある。演劇的想像力についても、私は「近世派」と「中世派」の区別を提案したい。谷崎や円地が近世の劇場文化の遺産によってクィアなセクシュアリティを象ったのに対して、鷗外や折口は中世的＝宗教的な野外芸能を参照した。[*63] むろん、後者にとっても、近世の演劇が不可欠であったには違いない。例えば、鷗外は一九〇二年の自身初の創作戯曲「玉篋両浦嶼（たまくしげふたりうらしま）」——芥川龍之介がその「日本語の響」を賞賛したことで知られる——で歌舞伎ふうの七五調の文体を採用し、折口は多くの歌舞伎評論を書いた（特に、歌舞伎役者の市村羽左衛門と實川延若（じつかわえんじゃく）についての文章は出色である）。だからこそ、彼らの短編小説がわざわざ中世の説経節に立ち返ったことは軽視すべきではない。

本書の読者はもうお分かりの通り、いかなるタイプの伝統の遺産を継承し、それをどう変形するかは、日本近代の作家たちにとって決定的な意味をもった。鷗外はエロティシズムと並走していたが――「舞姫」や『雁』、『ヰタ・セクスアリス』等――、近世の扇情的な表現ではなく、あくまで古雅な文体を選んだ。繰り返せば、猥雑な民間芸能であるはずの説経節も、彼の術策によって古典的品格を与えられた。性や民間芸能を高尚な古典に偽装することの巧みさにかけては、鷗外に勝る作家はほとんどいない。

他方、安藤礼二が指摘するように、折口にとっても性欲が中核的な問題であったことは「自己保存に関する食欲、並びに性欲」を文学の原始的意義と見なす「零時日記」の記述からもうかがえる。[*64] ただし、折口のセクシュアリティは谷崎のあけっぴろげな変態性とは異質である。むろん、コカイン中毒者でもあった折口は決して小心翼々とした禁欲的な小市民ではなかったが、その欲望は谷崎のような快楽主義とは別物であり、近世の人工的な「劇場」で救済されるものではなかった。谷崎の劇場内の演劇的想像力がキッチュで性的なモノを増殖させたとすれば、折口の劇場外の演劇的想像力はセクシュアリティを人間から神に転置するものであった。

さらに、折口の芸能論そのものも、劇場というシステム以前にたえず遡ろうとしていた。「本道は日本の芸能に、舞台のなかった時代や、もともと舞台を演出場としなかった座敷芸能のあったことを考え

*63 鷗外は日露戦争期の世相を背景とした一九〇四年の戯曲「日蓮上人辻説法」では、劇場外のパフォーマンスとして辻説法も呼び出した。日蓮は後にも、一九二〇年に刊行された坪内逍遥の戯曲『法難』や、「聖史劇」と銘打たれた田中智学の『佐渡』――逍遥の新文芸協会のために書き下ろされ、歌舞伎座で上演された――において、調子の高い演劇的人間として再現された。

*64 安藤礼二「解説」折口信夫『死者の書・口ぶえ』（岩波文庫、二〇一〇年）三一四頁。

てみなくてはならない」[*65]。その野外の「座敷芸能」はしばしば「鎮魂」に関わっていた。折口の考えでは、鎮魂とは怨霊を鎮めることというよりも、むしろ魂を施術者に付着させ、活性化させることを意味している[*66]。例えば、『万葉集』の羇旅歌の多さに注目しながら、彼は「外界にあるものを捉えて歌を詠む」ことを「鎮魂の方式の一種」として捉えた。折口のモデルで言えば、叙景歌は旅先の土地で霊魂を身に着けるための「鎮魂」の呪術である。「人が旅行すると、外界と内界との結合をしなければならぬ。目前のものを、でたらめに歌っている中に、自然内界との結合を成立せしめて行った」[*67]。

この折口の議論とちょうど対照的なのが、谷崎の友人でもあった和辻哲郎の劇場的な古代論である。歌舞伎好きのロマンティックな演劇青年であった和辻は小山内薫の自由劇場に関わり、自ら舞台に立つとともに、第二次『新思潮』に「常磐」や「停車場附近」といった戯曲や翻訳を発表した。哲学に転じた後も、彼の演劇的想像力は作品に反映される。例えば、代表作『古寺巡礼』（一九一九年）では、原三渓のコレクションにあった天平時代の伎楽面への感動が語られ、東大寺の大仏開眼供養で上演された舞楽がエキゾティックな想像力によって復元された。この「祭政一致」の古代日本は、中国、朝鮮、ヴェトナム等の多国籍的な演劇が上演される光の劇場であった[*68]。

古美術のコレクションを介して想像された和辻の明るい劇場的古代と比べると、折口の芸能的古代はその代表作『死者の書』に現れているように、むしろ闇と親しい。前者が公開性＝公共性と結びつくとすれば、後者は公共化できない秘密や苦しみと結びつく。折口は公共的な散文や演技では語れないものを、中世の旅する「小さ子」を介してパフォーマンス的に示した。人間の情動を古い神の情動へと変換するその技法は、アルカイズムの文学の好例となっている。中世的か近世的かという分岐は、近代の演劇的想像力における隠れた係争地であった。

5　島崎藤村の中世回帰

さて、私は鷗外、折口と続く「中世回帰」のリストに、もう一人の重要参考人として島崎藤村の名前を付け加えたい。今日の読者にとって、藤村は恐らく地味な作家にすぎないだろう。安吾が藤村と横光利一のことを「ある型によって思考しており、肉体的な論理によって思考してはいない」（「デカダン文学論」）と評したのは、鋭い批評である。とはいえ、藤村の文学の「型」も相応に問題提起的な役割を果たしていた。

例えば、藤村は一九一八年に朝日新聞で連載開始された『新生』のなかで、透谷ふうの「牢獄願望」のプログラムを反復しつつ、そこに旅の経験を付け加えた。藤村自身が姪と性的関係をもったことを題材にしたこの長編小説では、主人公の岸本がいわば「出口なし」の状態に苦しんだ挙句、妊娠した姪を

＊65　「日本芸能史序説」『折口信夫全集』（第二一巻）二〇三頁。
＊66　「歌の発生及びその万葉集における展開」『折口信夫全集』（第六巻）で述べられるように「歌からは凡て鎮魂の意味を離すことが出来ない」というのは折口の持論であった（一三〇頁）。この点については、津城寛文『折口信夫の鎮魂論』（春秋社、一九九〇年）参照。
＊67　「歌及び歌物語」『折口信夫全集』（第一五巻）一七頁。
＊68　苅部直『光の領国　和辻哲郎』（岩波現代文庫、二〇一〇年）第二章参照。なお、一九二〇年前後から七、八年にわたって、日本文壇では戯曲がブームになり、小説家もこぞって戯曲を発表した。渡邊一民『岸田國士論』（岩波書店、一九八二年）四〇頁以下。和辻や折口の古代論も恐らくその流行と無縁ではなかっただろう。

置き去りにしてフランス各地を旅行する。そのエゴイズムに目を瞑れば、『新生』は内面の牢獄に閉じ込められた「私」と紀行文作家としての「私」が交差する興味深い作品として読み解けるだろう。藤村は香港、シンガポールを経てフランスに向かう紀行文『海へ』を同じ一九一八年に発表しており（そこには「旅は私に巡礼者の心を与えた」という一節も見える）、それは『新生』のプロットとも重なりあう。花袋と同じく、藤村にとっても紀行文は自然主義的リアリズムの演習場となった。

藤村のカルトグラフィックな想像力は、円熟期から後期の代表作まで失われなかった。彼が『若菜集』（一八九七年）の詩人から散文作家に移るきっかけとなった『千曲川のスケッチ』——一九一一年に博文館の『中学世界』に連載されたが、その草案はすでに『破戒』より前の一九〇〇年から書かれていた——では、若い読者に向けた平明な言葉によって、信州小諸の生活を支える地理的現実が描写された。この教育的かつリリカルな小品を発端として、藤村はリアリズム作家としての地歩を固め、一九三〇年代には木曾馬籠を舞台とした大作『夜明け前』へと到る。「木曾路はすべて山の中である。あるところは岨づたいに行く崖の道であり、あるところは数十間の深さに臨む木曾川の岸であり、あるところは山の尾をめぐる谷の入り口である」という有名な文章で始まる『夜明け前』は、紀行文的な記述を随所で用いている。それによって、個人や世代を超えた土地のエートス（行事、信仰、衣食……）が主役となり、平田神道に心酔した庄屋の当主・青山半蔵も馬籠の点景のように描かれた。諸世代の「差異と反復」を馬籠に畳み込んだ『夜明け前』の世界は、後の日本文学の神話的宇宙——大江健三郎の四国や中上健次の紀州——の雛形にもなるだろう。

ただ、私はここではあえて『夜明け前』のようなセミナルな大作ではなく、『夜明け前』の続編に当たる『東方の門』（戦時下の一九四三年に『中央公論』で連載開始し、作者の死によって中絶した）に注目したい。というのも、この事実上忘れられた小説には、まさに旅を介した「中世回帰」が見られるからである。『夜明け前』の中心的テーマである平田神道（復古神道）は、仏教化した中世日本を猛烈に否定して、古代の神道に帰ろうとする学問であった。梅原猛が述べるように、藤村の父親をモデルとした青山半蔵はまさに神道的＝古代的な「浄」、すなわち「内に深く自己の清浄を信じる思想」の持ち主であった。それに対して、『東方の門』では平田派が否定した「中世」の精神にこそ照明が当てられる。藤村自身、この時期のメモに「父等には古代と近代しかなかった」「中世の門を開くことなしには古代の門に達し難し／随つてまた近代の意味を知る能はず」と書きつけていた（雑記帳（ろ）一九四二年一二月一日）。このメモを読み解いていくと、彼がどうやら「中世の門」を開く鍵を交通の神である「道祖神」の信仰に認めていたことが推測される。[*69]

中世を素通りして、近代と古代を直結させようとする半蔵の神道的清浄観は、ついに狂気へと到った。逆に、『東方の門』は道祖神のイメージを借りながら仏教に、さらには中世に立ち返るが、それは藤村の父の世代の盲点を突き止めることを意味していた。こうして、すでに『夜明け前』にも登場していた臨済宗の僧侶・松雲和尚（木曾馬籠の萬福寺の住職）が『東方の門』に再登場し、長崎から九州各地をめぐって名古屋、さらに東京へ向かう廻国の旅に出ることになる。残念ながら、小説は未完のまま終わってしまったが、藤村が半蔵の限界を超えるために、近世の学問＝知のネットワークに迫ろうとした痕跡は

＊69　梅原猛「浄という価値」桑原武夫編『文学理論の研究』（岩波書店、一九六七年）九四頁以下。

残されている。
例えば、長崎にやってきたシーボルトは、医学のみならず最上徳内のアイヌ語研究にも関心を示し「この国のものの間に隠れている美しい性質」を見つけようと試みた学者として評価される。あるいは、半蔵を熱狂させた平田篤胤でさえ「外来の教を異端なりとして極力攻撃」する一方で「西の異国よりする蘭学を斥けなかった」。師の宣長のように「伊勢松阪にあって古典の吟味につつましやかな生涯」を送ることは、篤胤にはもう不可能であった。彼は学問＝知の拡張に否応なく突き動かされ、蘭学からオカルトまでさまざまな領域に関心を示す。さらに、『夜明け前』にすでに登場していた飛驒高山の本居派の国学者・田中大秀、美濃派の俳諧宗匠・崇佐坊、漢学と国学に精通した眼科医・宮川寛斎らも、『東方の門』では木曾谷の豊かな学問＝知の象徴として再び言及された。彼らは総じて、明治期最大の文化破壊である神仏分離と廃仏毀釈以前の宗教的寛容を示している。
要するに、『東方の門』は臨済宗の和尚をワキとして、学問＝知のダイナミックな歴史を弔いつつ回顧する。その際に、藤村が日本の中世を海岸に喩えていたのも興味深い。

古代と近代とを繫ぐこの国の中世はそこに隠れていた。しかし、この中世は文字通り隠れていたものので、あの日本海の海岸地方にめずらしい集塊岩の甌穴や花崗岩の岩脈などが深く埋もれていたのに似ていた。

藤村はすでに「万葉以後、海は次第に自分等の国の文学から隠れるようになった」（「「海へ」の後に」）

と指摘しながら、鎖国を解いた明治維新を海の「解放」と位置づけた。奇妙なことに、海に囲まれた島国であるにもかかわらず、航海の体験は日本文学の主要な神話にはならなかった。[*70] それに対して、藤村は『新生』でも、それ以前の「名も知らぬ遠き島より／流れ寄る椰子の実一つ」で始まる詩「椰子の実」(『落梅集』所収)でも、日本文学における海の隠匿にこそ反発する。ただし、この有名な「椰子の実」の詩は、海に対する日本の受動性を際立たせてもいた。藤村の関心は、海そのものというより、海と陸のあいだのインターフェース(海岸)にあったと言うべきだろう。

中上健次の『異族』が、近世の馬琴を踏まえて南島に乗り出していったとすれば、藤村の『東方の門』は、中世の道祖神を踏まえて文明のインターフェースとしての浜辺を経巡る(この二つの地図制作的な作品がともに未完に終わったのは、興味深い符合である)。ただし、『東方の門』の巡礼先は決して生気に満ちた土地ではない。明治維新を突き動かした学問＝知が行き場をなくして狂気に閉じ込められるプロセスを『夜明け前』で描いた藤村は、『東方の門』では松雲和尚とともに学問＝知の廃墟を探訪する。

最早長崎も過去に多くの学者を生んだような学問の町でもない。あの蘭医としても、科学者としても知られたシイボルトの経営した鳴瀧塾なぞも、今は夢の跡のようである。〔…〕かく大きな潮の引いて行った跡のようなところに来合せて見ると、一層松雲には時の感じも深い。明治も二十九年の月日を重ねながら、あの維新の万事草創の際に改変と発展との混乱の中で廃仏毀釈の起って来た

*70　その重大な例外（あるいは例証？）としては、琉球王国の編纂した歌謡集『おもろさうし』、特に巻十三を見よ。

ことは、まだ和尚には昨日のことのやうである。

マンハイムとフーコーを筆頭に、二〇世紀のヨーロッパの思想家たちは知が自由なものではなく、常に社会的・歴史的に条件づけられていることを明らかにしてきた。しかし、近代日本の文学者にとっては、むしろ知の限界こそが常態であったと言わねばならない。『彼岸過迄』で若い知識人をロマンティックな観客に変えた漱石や、変態的なセクシュアリティの記述に徹した谷崎は、まさにこの環境に適応した作家である。

すでに『新生』の書斎の牢獄的イメージによって知の不毛さを際立たせていた藤村も、『東方の門』では廻国の旅人を介して、折口的な意味での知の魂振りを執り行った。その「巡礼」には、キリスト教終末論の「怒りの日」を思わせる万物の復活が意図されていた。「神の怒り すべてものを若返へらす」(雑記帳(ろ)一九四二年二月九日)というこの時期の奇妙なメモ書きは、晩年の藤村の誇大妄想的なヴィジョンを物語る(と同時に、ここには「老熟」の回避がはっきり見られる)。彼は中国と日本の交通史に強い関心を抱いており、この時期のメモには鑑真、朱舜水、鄭成功、雪舟、道元、新井白石、本居宣長、平田篤胤らの名前が書き留められていた(同年一月一四日)。未完に終わったとはいえ、『東方の門』における中世の再来には、学問=知の霊を全面的に若返らせる企てが賭けられていた。

古さ/新しさという日常の遠近法を解体し、霊的存在と直接的な関係に入ろうとすること――、この反歴史性は「信仰」の本質である(ハイデッガーふうに形式化して言えば、信仰とは或る表象を真なるものとしてつかみ、その真なるものによって自己を規定することである)[*71]。したがって、信仰においては、ものものしい神学（教義）は必須ではない。現に、『東方の門』の中世の道祖神信仰は一切の神学を欠いている。その代わりに、この旅行文学は過去の学問＝知を「信仰」の対象として蘇生させようとしたのであり、その限りにおいて、原始的な宗教文学としての相貌を呈している。[*72]

＊

宗教と文学がいかに交差したかは、詳細な分析に値する問いである。元来、日本の宗教者はときに新しい言語表現の発明者でもあった。空海のマントラ、親鸞の和讃、蓮如の御文――、これらはいずれも社会の公式的・権威的なコミュニケーションの回路とは異なる、いわばゲリラ的な回路を構築した。宗教的コミュニケーションは、市民社会の透明性・多元性を支える「コミュニケーション理性」（ユルゲン・ハーバーマス）を必ずしも共有しないし、むしろそこからの逸脱を含んでいる。

かたや、近代日本の自然主義もリアリズムの文学言語を新たに創出する一方で、宗教の代用物としての性格も身にまとった。「自然主義文学は、仏教衰退の明治に、文学としてこれを代行したのではないか」

＊71　ハイデッガー前掲書、四五七頁。
＊72　むろん、『東方の門』がたんなる宗教文学ではなく、あくまで「戦時下」の文学であったことも忘れてはならない。連載開始直前の一九四二年、藤村は日本文学報国会名誉会員となり、第一回大東亜文学者会議の席上では「聖寿万歳」「大東亜万歳」の音頭をとった。東アジアの知的交通のヴィジョンを示した『東方の門』には、恐らく藤村なりの「大東亜共栄圏」の理想が映し出されている。

という亀井勝一郎の説に、私も同意したい。[73] 現に、藤村はもとより、花袋も『蒲団』のなかで、小さな罪をわざわざ大袈裟に「懺悔」するという針小棒大の擬似宗教的話法を使用し、[74] 大正期には自然主義からカトリック神秘主義に回帰したフランスのユイスマンスに強い関心を示した。[75] 前章で述べたように、明治以降に文学と宗教（仏教）は分離したが、その裂け目は「告白」や「巡礼」といった宗教的パフォーマンスによって埋めあわされた。日本には「大旅行家」がいない代わりに、旅行の宗教的利用は長く文学の関心事であり続けた。

むろん、自然主義の理念から言えば、花袋も藤村も本来はもっとクールな科学的観察を推し進めるべきであっただろう。しかし、良し悪しは別にして、外界のリアリティを捉えようとする態度にたえず美や宗教性がまといついたところに日本の自然主義の特徴がある。彼らの文学はすでに古くなっているとしても、彼らが何を日本的現実と見なしたかという問いは、今日でも再検討される価値がある。

かつて丸山眞男が指摘したように、フランスのジャン・コクトーが「日常的な市民生活そのもの」を「詩」へと昇華し得たとすれば、日本近代文学における市民社会は往々にして無味乾燥であり、そこからは公共性も自由も美も分泌されない。[76] しかし、本章で示そうとしたのは、たとえ他者との社交に支えられた「市民」の文学は弱体であったとしても、その欠陥は花袋、鷗外、折口、そして藤村といった旅する地図制作者によって少なくとも部分的には穴埋めされてきたということである。改めて言えば、花袋のナイーヴな紀行文が地方のイデア的存在を発見したことは、自然主義の不可欠の「前史」となった。藤村も含めて、リアリズムのプログラムの中枢には紀行文が内包されている。他方、鷗外と折口の短編小説は国民国家以前の中世的な地図を描きながら、人間の「苦しみ」に古典主義的あるいはロマン主義的な形態を与えた。この両者の地図制作はそれぞれ、市民社会の外部の「倫理」に接続するための方法論を示している。

私はすでに序章で「もし文学言語が祝祭と孤独に分極化していたのならば、リアリズムはヨーロッパ文学とは異なる形態にならざるを得ないのではないか」という問いを立てておいた。確かに丸山のように、ヨーロッパの市民主義の立場から日本文学の後進性を批判することはたやすいし、その批判はたえず必要ではあるだろう。しかし、それだけでは文学の十分な理解は得られない。私たちは少なくとも、ヨーロッパとは異なる環境で日本文学はいかに技術的に運用されてきたのか、とりわけリアリズムや倫理（らしきもの）はいかに構築されたかという内在的な問いを手放すべきではない。地図を制作し、鎮魂のために巡礼するという広義の演劇的想像力は、日本近代文学の「現実」と「情動」に組み込まれている。私たちはひとまずこの歴史を出発点にして、日本文学の批評に乗り出していくべきではないか？

それでもなお、日本文学に深く沈殿した「宗教性」を致命的な欠陥と見なし、それを容赦なく外在的に批判するという立場もあり得るだろう。例えば、シェイクスピアの『アテネのタイモン』やラシーヌの『ベレニス』に見られるような、世界を呪詛の対象に変え、いかなる善も和解も救済も断ち切る「真っ黒」

＊73　亀井勝一郎『島崎藤村論』（新潮文庫、一九五三年）九〇頁。

＊74　柄谷行人は『日本近代文学の起源』（講談社文芸文庫、一九八八年）でこう述べている。「『蒲団』ではまったくとるにたらないことが告白されている。たぶん花袋はこんなことよりもっと懺悔に値することをやっていたはずである。しかし、それを告白しないで、とるにたらないことを告白するということ、そこに「告白」というものの特異性がある」（九九頁）。

＊75　五井前掲書、一二〇頁。

＊76　丸山眞男「肉体文学から肉体政治まで」『増補版現代政治の思想と行動』（未来社、一九六四年）三七八頁以下。

な絶対的悲劇——[*77]、この種の凍てついた反宗教的演劇は日本文学には縁遠いものであった。幸か不幸か、日本文学は宗教や救済のヴィジョンと絶縁できないでいる。裏返せば、宗教ときっぱり訣別できる日が来たとき、「日本文学」は終わるだろう。では、私たちは「日本文学」を徹底的に批判し、すっかり啓蒙された市民の文学を望むべきなのだろうか？　それとも、宗教性の残滓を留めた古くて不透明な文学を与件として、新たな戦線を組織していくべきなのだろうか？　本章の分析に残されたのは、このアポリアである。

＊77　ジョージ・スタイナー『言葉への情熱』（伊藤誓訳、法政大学出版局、二〇〇〇年）一七〇頁。

終章　観客——二〇世紀の紛争地帯

文明はあたかも一大劇場の如く、制度文学商売以下のものは役者の如し。
（福澤諭吉『文明論之概略』）

1 観客の異常化

テクストは一種の紛争地帯である。そこでは、さまざまな歴史的記憶や政治的選別、文学的コードが交錯するなか、ある表現は生存し、ある表現は反復され、ある表現は抑圧される。したがって、テクストの解読においては、そこに何が書かれているかということ以上に、何が書かれていないかということ、さらに何が事実上存在しないかのように扱われてきたかということに、最大限の注意を払わねばならない。

本書では、日本近代文学の隠された遺産＝亡霊として演劇的想像力を位置づけてきた。漱石、川端、大岡、逍遥、馬琴、透谷、谷崎、円地、中上、花袋、鷗外、折口、藤村という私の選択そのものは、文学研究のお決まりのレパートリーである。しかし、私は彼らを、文学史を正常化する作家としてではなく、むしろ正常な文学史を不安にする作家として読もうとした。特に、日露戦争期から一九一〇年代にかけての彼らの作品群――『新曲浦島』（一九〇四年）、「名張少女」（一九〇五年）、『草枕』（一九〇六年）、『蒲団』（一九〇七年）、『虞美人草』（一九〇七年）、「刺青」（一九一〇年）、「少年」（一九一一年）、『彼岸過迄』（一九一二年）、「山椒大夫」（一九一五年）、「身毒丸」（一九一七年）、「呪われた戯曲」（一九一九年）、「鮫人」（一九二〇年）――を一望してみれば、紀行文のスタイルも含めた演劇的想像力がこの時期に広く分有されていたことが分かるだろう。[*1] そして、この「小説のなかの劇場」には、モダンな観客としての男性、不気味な演技者としての女性、琳派的なインスタレーションや中国的な建築、クィアなセクシュアリティ、メタ演劇的趣向、彫刻的身体、旅する小さ子としての神、近世中国の記憶、地図制作的主体等々のマイナーなものたちが生き延びていた。

演劇的想像力を起点とするとき、私たちは文学史の無意識的な係争＝対決を意識化することができる。例えば、『草枕』の「純客観的」な観客は、バロック劇的な『虞美人草』と新世代の谷崎のポストモダン的な『痴人の愛』によって、エキセントリックな女性に翻弄される男性の観客に置き換えられた。さらに、漱石は演劇的想像力を再導入した『彼岸過迄』において、新世代の台頭を明確に意識しつつ（彼は緒言で自分が「近頃しばしば耳にするネオ浪漫派」でないことをわざわざ断っている）、軽薄な若い観客・敬太郎をあえて自分の嫌いな「探偵」として描いた。旧世代のモダニズムから新世代のポストモダニズムへの移行は、まさに観客の差異として現われる。

この観点からすると、漱石の『こころ』は旧世代の先生が『虞美人草』以来の三角関係によってKとの友情を失う一方、新世代の「私」に女を介さずに真実のメッセージを手渡そうとした作品として読める。

＊1　むろん、それ以前に尾崎紅葉や泉鏡花らの「演劇的小説」があったことも忘れてはならない。日露戦争以前と以後の演劇的想像力の差異については、別に検討される必要がある。

「あなたは真面目だから。あなたは真面目に人生そのものから生きた教訓を得たいといったから」という理由で「私」宛に書かれた先生の手紙＝遺書は、かつて致命的なやり方で引き裂かれた「男たちの絆」を再建しようとする。『こころ』は一種のミソジニーも潜在させつつ、世代間継承のテーマをホモソーシャルな尊敬と友情によって描き出した。それに対して、新世代の不埒な変態作家・谷崎は、漱石を深く敬愛して自身も教養主義の担い手となる友人の和辻哲郎とは違って、この世代間継承をなし崩しにする。例えば、『こころ』の私と先生は鎌倉の海水浴場で最初に出会う。だが、谷崎はこのホモエロティックな「演出」を台無しにするように、『痴人の愛』ではわざわざ『草枕』を引用しつつ譲治とナオミという「痴人」たちを由比ヶ浜でデートさせるのであった。しかし、デリダ的に言えば、この「変形」こそが「遺産相続」の名に値することは序章で述べた通りである。

以上に加えて、近代の範囲を思い切って「東洋的近世」にまで拡張すると、漱石とは別のモダニズムの系譜が浮かび上がってくるだろう。近世日本最大の「小説批評家」であった馬琴は、中国文学の最新の動向を踏まえて「俗語化」の必要性を訴えた。李漁や金聖嘆の遺産に連なる馬琴の演劇的モダニズムは、逍遥の『小説神髄』によって悪魔祓いされた後も、一種の「悪霊」のように日本文学にたびたび再来した。例えば、谷崎の「鮫人」は東京の大衆化を背景に『水滸伝』を呼び戻し、円地の『朱を奪うもの』の主人公は、母系的な伝承空間において馬琴の人工的＝劇場的セクシュアリティの「毒」に感染する……。

近世の劇場文化がクィアなセクシュアリティの鋳型になったとすれば、劇場外の演劇的想像力（紀行文的文体）はメタフィジカルな「風景」やフィジカルな「苦痛」を含んでいた。花袋から安吾に到る地図制作者たちは、地方の風景にイデア的なものを埋め込んだ。その一方で、文学の地図をことさら中世的な次元に巻き戻し、鎮魂＝魂振りのモチーフやアルカイックな感情を呼び覚まそうとする動きも一部では生じてくる。私はそこに、鷗外的な古典主義と折口的なロマン主義、すなわち苦痛の形式化と苦痛の神化という対立を認めた。

むろん、これらの地図制作的な作品が当時の旅行の習俗に支えられていたことも見逃せない。例えば、一九一六年に「旅行の話」を書いた柳田國男は、一九四七年の「旅行の話　その二」では、従来の「旅行道」が決定的に衰微したことを記しながら、だからこそ「あわよくばもう一度、明治時代のような活気に充ちた若い旅人の、全国を跋渉する世の中を再現させたい」という願望を語っていた。[*2] この観点からすれば、大正期のアナクロニスティックな旅行文学である「山椒大夫」や「身毒丸」は、まさに古いタイプの「旅行道」が輝いていた最後の時代の産物ということになるだろう。他方、藤村の戦時下の文学『東方の門』は、柳田の言う「旅行道の衰微」などお構いなしに、知の鎮魂＝魂振りのための巡礼を敢行したのであった。

それにしても、ここまでの記述を振り返ってみると、観客という存在様式が多様な形態を示したことに驚かされる。ここで巨視的に見るならば、日本文化が総じて観客に高い評価を与えてきたことにも留意すべきだろう。

例えば、社会の内と外の中間に位置する隠者は、中世文学の主要なエージェントであった。鴨長明や吉田兼好のようなエッセイストは社会の内部にいながら、同時にその観客として振る舞う。折口信夫

＊2　「北国紀行」『柳田國男全集』（第三巻）三一二頁。

が彼らの「隠者文学」を「常に社会に対して、優越感を持っていた。はぐらかしと、苦笑とを以て、一貫したものであった」と評したように、[*3] そこには日本の「シニカル理性」の原型も認められるだろう。あるいは、隠者文学の系譜に連なる松尾芭蕉も「仕官懸命の地」と「仏籬祖室の扉」、すなわち俗世間で「官」として生きることと仏の道に入ることのいずれにも惹かれていたと語る（「幻住庵記」）。この中間的なあり方は日本人の宗教意識にも及んだ。今日でも在家主義は日本の仏教に深く浸透している。逆に、空海や道元のように社会を切断する宗教者は、決して多数派ではなかった。

芸術批評も観客の発見を抜きに語れない。例えば、中世の芸術論のなかでも突出した世阿弥の能楽論には「離見の見」、つまり観客の立場から演技をチェックする必要性が説かれている（演技者自身の視点は「我見」と呼ばれる）。それは肉眼では見えない役者の身体的動作にまで、観客的＝第三者的な観察を行き渡らせることであった（『花鏡』）。さらに、「わび茶」の祖である村田珠光が「客振り」と「亭主振り」を説いたのも、茶室というミニマルな劇場における一種の演技指導だと考えられる（もとより、茶の湯とは一期一会のパフォーマンス・アートである）。これらの事例において、演技者と観客のあいだにはひとまず生産的な関係が想定されていた。

それに対して、近代は観客の存在論的身分がぐらついた時代として定位することができる。漱石、鷗外から花袋、折口、川端、谷崎、大岡らに到るまで、観客（旅人）は徹底操作され、ときに変態的な、ときに神的な存在へと変貌した。従来の中間的存在としての観客が異常化し、多様に変形していったことは、日本文化の大きな転機であったと言わねばならない。[*4]

2　哲学と観客

以上のように、本書は「文壇史」や「メディア史」としての文学史ではなく、むしろ文学的遺産が変形されるプロセスこそが真に「歴史的」なものだという立場から書かれている。モダンな美の観客は、クィアな欲望を追求しようとするポストモダンの観客へ、あるいは中世的な地図制作者へと多方面に発散していく――、その様相をつぶさに観察することによって、私たちは日本近代文学そのものを一種の作品＝労働として了解することができるだろう。

ところで、この種の観客の発見が日本近代文学に限らず、人類の文明のさまざまな局面で起こってきたことも忘れてはならない。ここまでの議論をより高次の視点から意味づけるために、西洋における観客のプロブレマティックをごく簡単に掴んでおこう。

興味深いことに、演劇をどう見るかという問題は西洋思想の中枢部に刻印されていた。例えば、ニーチェは『悲劇の誕生』で、ギリシアの哲学者が新しいタイプの観客であったことを指摘した。彼の考え

＊3　「女房文学から隠者文学へ」『折口信夫全集』（第一巻）三〇三頁。
＊4　と同時に、近代文学はときに演技者もデフォルメする。例えば、太宰治は自らの尊厳をとめどなく引き算することによって、道化的な演技者として自己呈示した。かつて高橋和巳が指摘したように、太宰は「自己を取りまく社会を、構造としては見ず、感情的に作用しあう個人としてみる」傾向がある（『逸脱の論理』河出文庫、一九九六年、二三八頁）。太宰の自虐的な男性の演技者は、市民的な公共空間というより感情としての世界に適応していた。

では、哲学者ソクラテスは劇作家エウリピデスとともに、悲劇に対して不遜な態度で臨んでいた。

ソクラテスは古い時代の悲劇を理解せず、したがってまたそれを尊重もしていなかった例の第二の観客であった。エウリピデスはこのソクラテスと組んで、新しい芸術創造の先駆者になろうとくわだてたのである。この新しい芸術創造のために古い時代の悲劇が滅んだ以上、美的ソクラテス主義は殺人的な原理であったわけだ。[*5]

エウリピデスと並び称されるソフォクレスの演劇は、ポリスの福祉に奉仕する神話や祭式の枠組みを導入している。それに対して「合理主義者エウリピデス」はあくまで神話や祭式を理性的に操作する。[*6]ニーチェの見立てでは「第二の観客」としての哲学者ソクラテスも、エウリピデスと同じく「芸術的感動のやさしい狂気が燃えたためしもない」クールな人間であった。このエウリピデス＝ソクラテスという「美的ソクラテス主義」の同盟を突き崩すために、ニーチェは古代のディオニュソスの神憑り的陶酔及び同時代のヴァーグナーの楽劇を擁護する。

むろん、哲学者はたんにクールな演劇批評家であっただけではなく、プラトンのように演劇の技法を吸収することもあった。プラトンは疑いなく天分豊かな劇作家であり、ソクラテスと彼の対話者たちを戯曲の魅力的な登場人物に仕立てあげた。もっとも、プラトンの戯曲的な対話篇には、ギリシア悲劇のなかで共同体の高次の自己表現を担ったコーラスという観客——例えば、『オイディプス』のコーラスは本音丸出しの熱狂的なモブではなく、共同体の伝統や思考、感情を背負いながら「民族の良心」を高度に意識化した[*7]――はもはや出てこない。その代わりに、ソクラテスたちの対話を取り巻く聴衆＝読者がそこでは想定されている。

それに対して、アリストテレスはプラトンの戯曲的＝伝記的スタイルに終止符を打った。[*8] 彼は演劇的な対話をお払い箱にする一方で、哲学の本質をテオリア（観照）に求めた。生活の必要性に悩まされることなく、一切の先入観を取り去った「視覚的人間」として、世界を純粋に「理論的」な立場から、驚きとともに観察すること――、それがテオリアとしての哲学である。後にカール・レーヴィットはまさにこの「演劇の観客」のような世界受容を、動物にはない人間固有の特権として位置づけた。[*9] ここでは、観客という存在様態は人間中心主義を守る防波堤と見なされる。

むろん、観客という存在はどこか嫌らしい。彼らは何かを制作する力はないし、重大な責任も負わない。制作者が少数であるのに比べて、観客は圧倒的に多数である。彼らは天才の産出した美を、趣味として

＊5　ニーチェ『悲劇の誕生』（秋山英夫訳、岩波文庫、一九六六年）一二三頁。
＊6　フランシス・ファーガソン『演劇の理念』（山内登美雄訳、未来社、一九五八年）によれば「［エウリピデスの］神話や祭式の使い方は、コクトーか、もっと正確にはサルトルのそれらの使い方に似ている――パロディか、諷刺的説明のためであって、それらの意味はちっとも信じてはいないのである」（五七頁）。
＊7　アレクサンドル・コイレ『プラトン』（川田殖訳、みすず書房、一九七二年）五一頁。
＊8　アルナルド・モミリアーノ『伝記文学の誕生』（柳沼重剛訳、東海大学出版部、一九八二年）一〇九頁。
＊9　カール・レーヴィット『世界と世界史』（柴田治三郎訳、岩波書店、一九五九年）一〇頁。「動物は動物なりにその環境をわれわれよりはるかによく、はるかに正確に知っている。しかし動物には純理論的に驚き眺める自由が欠けているから、動物はその環境を認識しない。それゆえ、何かに対する静観的な驚異は本能的あるいは実存的に何かに力を入れるのではなくて、演劇の観客のように――観る者としてそれに関与はするが、直接に演技をするわけではない観客のように――さしひかえている」。

消費するばかりだ……。だが、一八世紀の哲学者カントは、この趣味的な観客こそが哲学にとって本質的な存在だと見なした。なぜなら、哲学的真理というのは自然科学のように第三者の実験によって確証することができず、ただ一般読者＝観客への「伝達可能性」によって確保されるからである。したがって、自身の書物の難解さにもかかわらず、カントは哲学書には「通俗性」が必要だと考えていた（このことは、ヘーゲルが哲学を群衆とは関わりのない「秘教的」なものと見なしたのと対照的である）。後期のハンナ・アーレントは、カントのこの公共哲学をアリストテレスのテオリアの発展形と見なしている。[*10]

観客は天才的な制作能力をもたないが、利害関係者（演技者）にはできないやり方でコンテクストを変更することができる。こうした第三者的な観察を介した「心性の拡大」を抜きにして、啓蒙のプロジェクト（偏見からの解放や精神の適切な拡張）も成就することはない。美的な観察によって市民社会の多元性・開放性を確保しようとするカント＝アーレントの公共性の哲学は、無数の観客ないし観光客がインターネットを介して惑星上を覆い尽くしている今日、改めて検討される価値があるだろう……。ただ、急いで付け加えると、このテオリアとしての哲学も決して無傷ではなかった。ひとまず二種類の批判を挙げておく。

第一の批判は、古代ギリシア人の観察の範囲の狭さに向けられた。例えば、アリストテレス以来の学問を批判した一七世紀イギリスの経験論者フランシス・ベーコンは、ギリシアの学者たちが国外の地理や歴史についてろくに知らなかったこと、それは「一切を経験に置く」立場からすると最悪の状態であることを指摘していた。

無数の人々が生き暮らしている沢山の地域や地帯が彼ら〔ギリシアの学者たち〕によって人の棲息できない土地であるかのように宣告され、それどころかデモクリトス、プラトン、ピュタゴラス等の国外旅行が、それも決して遠路ではなくむしろ国はずれ程度のものが、大したこととして持てはやされたのであった。だが我々の時代においては、新世界の数多くの部分も旧世界の辺境も、至るところ知られており、個々の経験の積み重ねも無限に増大した。[*11]

ベーコンの批判は単純ではあるが、ギリシア哲学の隠れた弱点を暴いている。例えば、アテネの法に従って、都市の外に逃亡することもなく毒を仰いで死んだソクラテスは、徹頭徹尾ポリスの忠実な住人として振る舞ったが（面白いことに、パイドロスはソクラテスについて「都市を離れたことがなく、国境線を越えて旅行することも、また私が思うに、そもそも城壁の外に出ることもない」人物と評している）[*12]、世界じゅうを飛び回る「蜜蜂」のように身軽な旅行者＝観客の「経験の光」を重んじるベーコンからすれば、それはたんに

＊10　以下のカント像は、ハンナ・アーレント『カント政治哲学講義録』を再構成したものであり（七三〜七五、九九〜一〇一、一〇四、一〇七、一二四、一三六頁）、厳密には「アーレント版カント」と呼ぶべきである。

＊11　ベーコン『ノヴム・オルガヌム』（桂寿一訳、岩波文庫、一九七八年）一一九頁。

＊12　この「引きこもり」のソクラテスは、『パイドロス』ではパルマコン（薬＝毒）としての書物＝エクリチュールの力によってポリスの外に誘惑される。ジャック・デリダ『散種』（藤本一勇他訳、法政大学出版局、二〇一三年）一〇五頁以下。アテネに劇作家や学者が集ってエロスについて賑やかに討論する『饗宴』に対して、『パイドロス』では郊外の静かな木陰でエロスが語られた。さらに、後期の対話篇『国家』では、アテネの外港のペイライエウスに赴いたソクラテスが理想の国家システムを語るが、これは『饗宴』の求心性と対照的である。これらの巧妙な「演出」には、劇作家プラトンの才能がよく示されている。

深刻な経験不足をもたらすだけである。

もう一つの批判は、観客としての哲学者そのものを標的とするものであり、一九世紀に顕在化する。例えば「哲学者たちは世界をさまざまに解釈してきただけである。肝心なのは、それを変革することである」と言ったマルクスは、まさにアリストテレス以来の観照的な哲学に転向を迫っていた。[*13] さらに、ニーチェはソクラテスという「第二の観客」のみならず、美と観照そのものを厳しく断罪する。彼の『ツァラトゥストラ』はまさに「観照」を「欺瞞」として退けていた。「あなたがたはあなたがたの去勢された流し目を「観照」と呼ぼうとしている！　そして臆病な視線で撫でまわしたものを「美」と呼ぼうとしている！　おお、高貴な名称の冒瀆者よ！」。「まことに、あなたがたは欺瞞者だ。「観照する」者たちよ！」。[*14] この異例の哲学書が、古代ギリシアの悲劇や対話篇ではなく――つまりエウリピデスでもソクラテスでもなく――聖書のパロディとして仕立てられたことも、ここで思い出しておこう。

3　観照から気散じへ

ヤスパースが指摘するように、哲学者は宗教者と違って「固有の社会学的形態」を欠いているので、その存在様態はそのつどの社会状況によって左右される。[*15] それでも、利害や臆見、世評に邪魔されることなく、世界の驚異を「観客」として純粋に見つめることは、哲学の代表的な権利として保持されてきた。哲学は驚きから始まるという信念はギリシア以来の伝統をもつ。だからこそ、マルクスやニーチェのような一九世紀の戦闘的な哲学者は、従来の哲学の観照的＝観客的姿勢そのものに刃を向けた。哲学における観客は、まさに物議を醸す存在であった。
さらに、ここで哲学と芸術の交差に注目すると、観客はいっそう問題含みの存在として立ち現われてくるだろう。例えば、一八世紀中頃のフランスでは、絵画の観者（beholder）が批評家や理論家によって強く意識されるようになり、批評の枠組みにも変化が生じた。その代表格は、古典的な悲劇・喜劇には属さない新しいタイプのドラマ、すなわち「ブルジョワ劇」を提唱した哲学者ディドロの言説である。彼は俳優に対して次のように要求した。

> 脚本を書くときでも、演じるときでも、観客は存在しないものだとして、それ以上考えてはいけない。舞台の端に大きな壁があって、それが君たちを一階席から隔てていると想像してみなさい。カーテンが上がらなかったかのように演じなさい。[*16]

近代的な「ブルジョワ」の「ドラマ」を創出するにあたって、ディドロは観客を意識しすぎることをやめて、舞台に没入せよという指令を下した。彼のモダニズムの中核には観客の意図的な無視がある。

*13 なお、ピーター・シンガーのユニークな解釈によれば、この言葉からは「哲学（理論）を捨てて革命運動（実践）に身を投じよ」という素朴なアジテーションではなく、むしろ「哲学上の問題を解決するために世界を実践的に改造せよ」という呼びかけを読み取るべきである。『マルクス』（重田晃一訳、雄松堂出版、一九八九年）五三頁。
*14 ニーチェ『ツァラトゥストラはこう言った』（上巻、氷上英廣訳、岩波文庫、一九六七年）二一二、二一四頁。
*15 ヤスパース『哲学入門』一九六頁。
*16 Michael Fried, *Absorption and Theatricality: Painting and Beholder in the Age of Diderot*, p.95 より再引用。

フランス革命の観客＝注視者（spectator）に哲学的な意味を与えたカントとは違って、フランス革命直前に死去したディドロはあくまで観客を遮断すべき存在と見なした。
だが、現実的には、芸術が観客を無視し続けることもできなかった。例えば、二〇世紀以降の前衛的な劇作家たちは、観客に干渉し、彼らを安全地帯から引き剥がそうとする試みを幾度も繰り返してきた。ブレヒトの異化、アルトーの残酷劇、寺山修司の市街劇等々の戦闘的なアイディアは、まさに観客の受動性を攻撃目標とする。例えば、寺山は「あらゆる場所を劇場に変えてゆくための想像力の組織」を自らの課題としながら、アルトーとともに「演劇の戯曲への従属」を批判した。「展示する人間」ではなく「たくらむ人間」を自任した寺山にとって、旧来の戯曲は弱々しいプロジェクトにすぎなかった。[*17]
もとより、芸術の主要な仕事は、新しいコミュニケーションの手段をたえず創造し続けることにある。その見地から言えば、ほどよく美しく綺麗に整った舞台を、ほどよい知性と教養を備えた観客が毎回正しく距離をとって眺めるというコミュニケーションの作法は、二〇世紀において厳しく指弾されるようになった。極論すれば、二〇世紀以降の人間は、理想的な観客であることに失敗し、美への期待をこっぴどく裏切られるために劇場や美術館に赴くのだ。
美しいタブローがあり、それを心静かに一人熟視する観者がいるという伝統的な鑑賞モデルは、とっくにズタズタにされている。現に、今日のギャラリーには、作品を漫然と見て回る「気散じ」状態の観者が付き物ではなかったか？　彼らは美術館を歩きながら、自らの不意をつくショッキングな出会いが起こることを密かに願っている。観客の注意力は今や穴だらけだが、この統覚の陥没地帯にときに強烈な刺激＝ショックを侵入させることが、アートの新しい課題となるだろう。私たちはこの「気散じ」状態の観客に、アリストテレス的観照とは異なる新しいタイプの知覚を認めることができる。

実際、ベンヤミンの一九三六年の論文によれば、こうした「気散じ」と「ショック」は、二〇世紀のメディア環境において顕著になったものである。ベンヤミンは絵画と映画を比較しながら、観客の統覚の変化について論じる。絵画のキャンバスは世間の喧騒を断ち切り、たった一人の観者による静かで集中的な観照＝黙想（contemplation）を可能にした。それに対して、映画のスクリーンのイメージは（ちょうど建築を触覚的に受容するときのように）刻一刻と移り変わり、観客たちの思考を寸断してしまう。[*18] 映画は個人的・精神的な内省＝観照の場を切り裂いて、集団的・身体的なショックと緊張をたえず作り出していく。アリストテレスのテオリアが人間の至上の権利とされたとすれば、映画の気散じ的な知覚体験はこの人間中心主義を脅かすものでもあるだろう。

映画の野蛮な知覚体験は、絵画にとっても無縁ではあり得ない。メディア環境の変化とともに観客の統覚が動揺している以上、一分の隙もない美的なタブローを設立しようとしても、それが正しく観照される保証はない。今日のギャラリーの観者は、慢性的な気散じ状態のなか、タブローの陳列をいわば映

*17 『寺山修司著作集』（第五巻、クインテッセンス出版、二〇〇九年）三五二、三七一、四二五頁。

*18 「複製技術時代の芸術作品」『ベンヤミン・コレクション1』（浅井健次郎他訳、ちくま学芸文庫、一九九五年）六二五、六三九頁。ベンヤミンによれば、ショックと弛緩の交錯する「遊戯空間」（Spielraum）としてのスクリーンにいち早く適応したのが、チャップリンのような喜劇役者であった。映画は内容以前に、そのメディア＝スクリーンそのものに「遊び」がある（喜劇映画ならぬ喜劇としての映画）。他方、不気味な無声映画の謎を探る谷崎潤一郎のミステリアスな短編小説「人面疽」（一九一八年）が、スクリーンに投射される以前のフィルムに遡り、その物質性にホラーを重ねたことは、それ自体がきわめて興味深いメディア論と言うべきだろう（ホラー映画ならぬホラーとしての映画）。

画のスクリーンないし動画のモニターのように見ているのではないか？　逆に、一枚の絵画作品への熟視を復活させようとすると、日本の美術館におけるモネの絵画のように、ときに不自然なほどに「礼拝的」な展示方法が導入されることにもなる。

こうしたメディア環境の変容の傍らで、二〇世紀後半にはアーティストの側も絵画を「見る」経験を大胆に書き換えていった。例えば、神智学者のクリシュナムルティの影響を受けたジャクソン・ポロックは、絵画の平面にいわば物質的な神秘化を施した。イメージの反復が画面上にどんどん累積されていくポロックのオールオーヴァー（斉二）の平面では、始まり・中間・終わりという組織的な順序化がなされない。[19]どこから見始めて、どこで見終わってもよい装飾的な絵画——、それは画面上を無限にさまよい続ける観者の眼差しを許容する。旧来の絵画の美的な「シーン」（情景／場面）が適正な距離をとって見ることを要求するのに対して、ポロックの絵画はこの種の距離とシーンの代わりに、迷宮的な模様のなかに観者の視線を取り込む。

さらに、アメリカの抽象表現主義の旗手であるバーネット・ニューマンは、絵画が美を中心とすることに激しく抵抗した。「近代芸術を駆り立ててきた衝動は、美を破壊しようとするこの欲望であった。しかしながら、印象主義者たちは、美についてのルネサンス的な発想を放棄しながらも、崇高な伝達内容に取って替わるべき適切なものを欠いていた」。[20]ニューマン以前のヨーロッパの実験的な画家（モネ、ピカソ、モンドリアン）は、なお伝統的な約束事に囚われていた。このヨーロッパの歴史の重荷を振りほどき、「野蛮人」たるアメリカの芸術家として絶対的な情動を組織すること——、それが彼の「崇高」のプロジェクトであった。この崇高な芸術は、気散じ状態の観客の知覚をも一気に凝縮するだろう。

このように、気散じと崇高、相対的視線と絶対的視線のあいだで、二〇世紀の美と観客は激しく責め立てられ、徹底的に事情聴取される対象となった。してみれば、やがて観客のイメージが芸術的題材になったとしても不思議はないだろう。例えば、ウクライナ出身の現代アーティストであるイリヤ&エミリア・カバコフの《Where is Our Place?》(二〇〇三年)は、まさに観客そのものを奇抜なインスタレーションの素材に変えてしまった。カバコフはギャラリーの壁にかけられたモノクロの写真と対比するように、天井を突き抜ける巨大な脚と下半分だけの巨大な絵画をセットする。理想的絵画を見る理想的観客は今や巨人としてそそり立ち、現代の観客にはもはや目視できないのだ。カバコフの作品はまさに観察者の観察、社会学者のニクラス・ルーマンふうに言えば「セカンドオーダーの観察」をやってみせた。ボリス・グロイスが示唆するように、ここではかつての「観照」のプログラムがユートピア的に追憶されている。[*21]

アリストテレス的な観照(theoria/contemplation)からベンヤミン的な気散じへ、すなわち美的なタブローに集中した知覚から穴だらけで粗い野蛮な知覚へ――、これは芸術の成立条件そのものに関わる重大な変化である。観客の変容は、芸術の根幹をも揺るがすのだ。

*19 クレメント・グリーンバーグ『グリーンバーグ批評選集』(藤枝晃雄訳、勁草書房、二〇〇五年)七八頁。
*20 バーネット・ニューマン『崇高はいま』(三松幸雄訳、東京パブリッシングハウス、二〇一二年)一八頁。
*21 ボリス・グロイス「観客のインスタレーション」イリヤ&エミリア・カバコフ『私たちの場所はどこ?』(森美術館、二〇〇四年)所収。

＊

以上は駆け足の概観にすぎないが、とりわけ二〇世紀以降、観客という存在様式が無垢なまま放置されず、執拗に審議されてきたことは了解されるに違いない。もとより、社会にとっても芸術にとっても、観客を全面的に打ち消すことはできない。だからこそ、観客は文化的な紛争地帯となり、さまざまな角度から吟味されてきた。二〇世紀前半の日本文学における観客の変容も、この大きな歴史から再考することができるだろう。

私は、演劇的想像力をたんに文学にとっての任意の選択肢の一つというよりも、社会の構成要素（歴史、身体、性愛、情念、権力、芸能、宗教、快苦等）を探索し、その可能性と限界をテストし、批判的に検証するのに必須のプログラムとして位置づけるべきだと考えている。その一つの試みとして、本書では小説ジャンルのなかで、演劇という厄介な遺産がいかに作家たちを狂わせ、いかに文学史を「スリップ」させたかを分析してきた。漱石や谷崎をはじめとする日本の小説家たちは、ある意味では本職の劇作家以上に演劇的想像力に深く取り憑かれながら、情念やセクシュアリティ、身体のモチーフを追求する。と同時に、演劇的想像力は近代と近世、あるいは近代と中世を接続するインターフェースでもあり、そこからはときに中国の遺産へと通じる道も開かれた。東アジアの演劇が独自の歴史を背負ってきたこと、したがってそこには明治期の西洋化とその後の「小説の時代」を標準とする議論を超えるものがあることは、ここで繰り返し強調しておきたい。

むろん、本書の内容はあくまで試論の域を出ず、その足取りもまだまだ覚束ない。とはいえ、私は用心に用心を重ねて痩せ細った結論を出すよりは、あえてざっくばらんに演劇的想像力の系譜を描くこと、それによって日本文学の遺産相続の経験そのものを「作品」に仕立てることを選んだ。今後の批評と研究の展望を開くために、五つの論点を提起して締めくくりとしたい。

【1】文学史の盲点。日本近代の演劇の歩みはしばしば成長の失敗として描かれてきた。しかし、狭義の戯曲からひとたび離れてみれば、潜在的な劇作家としての小説家たちの実り豊かな仕事が浮上してくる。特に、これまで過小評価されてきた漱石や谷崎の「演出力」には新たな光が当てられるべきだろう。さらに、日本の小説に内包された「演じること」「語ること」「描くこと」という三つのプログラムの交差についても、今後さらなる精査が求められる。

【2】近代の拡張。近世中国の演劇や白話小説周辺のモダニズムは、馬琴に新しい批評的な自己意識をもたらした。しかし、明治期を絶対的な切断点とする限り、この東アジアの伝統は文学史のミッシングリンクに留まるしかない。ならば、私たちはいったん「近代」の範囲を「東洋的近世」にまで仮説的に拡張してみてはどうか？　それはまた、近年の「キャラクター小説」を歴史的に観察する一助にもなるはずである。

【3】厄介な遺産。漱石や逍遥をはじめ、近代の作家にとって演劇的想像力は必ずしも好ましいものではなかったにもかかわらず、強迫的に反復された。小説の時代における「不気味なもの」としての演劇

は、伝統＝遺産についての新しい考え方を要求するだろう。伝統に帰依する保守主義も、伝統を切断しようとする進歩主義も、ともにこの厄介で不快な遺産には戸惑わざるを得ないからである。

【4】係争地としての観客。いかなるタイプの観客を生成するかという問題は、日本近代文学における隠れた争点であり、モダニズムとポストモダニズムの差異にも密接に関わっている。と同時に、世界的に見ても、ディドロ以来の批評家／芸術家は観客という厄介な存在をどう処理するかに頭を悩ませてきた。この観客の歴史を紐解くとき、アリストテレス以来の「行為」を中心とする詩学についても、別種のモデルを考案する必要が生じる。

【5】リアリズムの解剖。近代日本のリアリズムの「前史」には紀行文／地図制作の技術が含まれており、その作用は花袋の自然主義から柳田の民俗学まで、あるいは鷗外の古典主義から折口のロマン主義にまで及ぶ。リアリズムとは現実に近づこうとするたえざる試行錯誤のプロセスであり、そこにはさまざまな技術が関わっている。その重層的な歴史を解きほぐすことによって、リアリズムがいかに複合的な企てであったかをより深く了解できるだろう。

あとがき

本書は『復興文化論——日本的創造の系譜』（二〇一三年）に続く書き下ろしの文学評論である。前著がひとまず私なりの日本文学の「通史」を目指した本であったとすれば、本書では演劇的想像力を中心に据えながら、オーソドックスな文学史の「分身」を創出しようとした。もとより、私は演劇の専門家ではないし、演劇の良い観客であったとも言い難い。しかし、狭義のジャンルの枠を超えて「演劇的なもの」を文学の総体のなかで考えることもときには必要であり、その仕事は専門家だけに独占されるものでもないだろう。一介の批評家が本書のようなテーマに挑んだのは、そのためである。

従来の文学史はおおむね、明治期における伝統の「切断」を強調してきた。むろん、その時期にさまざまな不可逆的変化が起こったのは確かである。しかし、日本の演劇はいわば近代と伝統を結ぶゲートであり、したがってたんなる進歩史観では理解できない。むしろ「演劇的なもの」は私たちの線的な歴史観を狂わせる迷宮的な遺産として捉えられるべきではないか？——私はこの仮定のもとで、小説と演劇の「あいだ」の不調和や軋みに眼を向けようとした。出来栄えはともかく、日本近代文学の解釈としては類例の少ない本になったと思う。

歴史を再検証することは、作品の評価基準を変更することでもある。例えば、漱石や谷崎の作品がなぜ優れているのかという問いについても、私たちは基本的な枠組みから再考してよいだろう。そもそも、過去の作品を成長させ、そこに新たな価値を付与し、現代の時代状況にぶつけていくための演奏法を考案することに関して、日本の学者や批評家はややもすれば禁欲的すぎたように思われる。少なくとも、私は優等生的なコメンテーターであるよりは、不器用な演奏家でありたいと強く願っている。

もしかすると一部の読者は、演劇ないし舞台芸術というと、今日の情報社会とは逆行する古臭いジャンルだと感じるかもしれない。しかし、私の考えでは、身体や空間のもつ意味はインターネットのコミュニケーションが浸透したことによってかえって増幅している。その意味を紋切り型の「身体回帰」に回収しないためにも、テクストと物理的現実の関係という古くて新しい問題に対して、私たちは粘り強く取り組む必要があるだろう。本書のヴィジョンがその一つの手がかりになってくれれば、著者としては望外の喜びである。

本書の執筆には思いのほか時間を要し、青土社の菱沼達也氏には色々と迷惑をかけた。氏と本を作るのはかれこれ三冊目になるが、氏の大らかな態度にはいつも助けられている。その他、折々に教えを受けた方々に深く感謝したい。

二〇一六年四月

福嶋亮大

著者　福嶋亮大（ふくしま・りょうた）

1981年、京都市生まれ。文芸評論家、中国文学者。
京都大学大学院文学研究科博士課程修了。博士（文学）。現在、立教大学文学部助教。近世からポストモダンに到る東アジアの社会的文脈を踏まえながら、文学にとどまらず日中のサブカルチャーや演劇など幅広いジャンルで批評活動を展開している。2014年に『復興文化論』（青土社）でサントリー学芸賞受賞。そのほかの著書に『神話が考える』（青土社）。

厄介な遺産
日本近代文学と演劇的想像力

2016年8月 1 日　第1刷印刷
2016年8月15日　第1刷発行

著者——福嶋亮大

発行人——清水一人
発行所——青土社
〒101-0051　東京都千代田区神田神保町1-29　市瀬ビル
［電話］03-3291-9831（編集）　03-3294-7829（営業）
［振替］00190-7-192955

印刷所——ディグ（本文）
方英社（カバー・表紙・扉）
製本——小泉製本

装幀——水戸部功

ISBN978-4-7917-6943-8　C0010

人名索引

＊斜体は脚注のページ数

ア行

カ行

サ行

タ行

ナ行

ハ行

マ行

ヤ行

ラ行

ワ行